世界上最適合愛情的人

第四十四屆時報文學獎
得獎作品集

盧美杏 主編

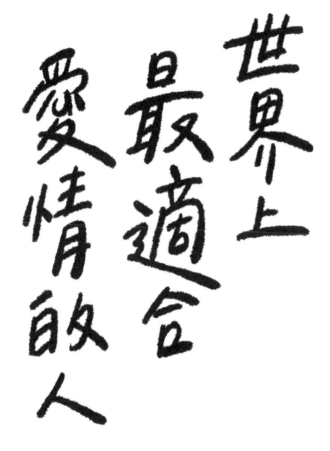

目次

序

新詩類

散文類

影視小說類

決審會議紀錄

序

記得或者遺忘，都是一首首生命之歌

盧美杏／中國時報人間副刊主編

該怎麼吟唱時代之歌？用文字吧！於是那些挖自生命最深層的親情互動、身心靈感受的社會氛圍、心內流淌的無限愛意，就這樣一字一句形塑出第四十四屆時報文學獎的篇篇得獎作品。文字讓萬物生機，讓時代立體，並且留下見證，多年後，不管記得或者遺忘，它都曾經如歌般被歌頌著。

第四十四屆時報文學獎循往例，自七月一日起至七月卅一日截止徵件，依然透過網路報名及掛號報名兩種管道，共收到一千二百七十八件作品參賽，包含影視小說類三百六十五篇、散文類三百五十七篇、新詩類四百八十八首、報導文學類六十八篇，其中來自中國大陸、美洲、東南亞等地的作者，都因爲網路報名的便利性而熱絡參與。

報導文學向來被視爲社會現象的探照燈，今年四篇得獎作品的探照範圍更是遼闊寬廣，〈舞在黑色除夕夜〉關照美國槍枝氾濫所造成的槍擊衝突事件，以及一群生存於異鄉的中老年華人社群所透出的寂寞、無助與無奈；〈台廠人〉寫台籍幹部在越南工廠面對群衆抗爭運動時的應對，誠如作者所言，當台商與全球化的重頭戲在海外激烈上演時，她蹲點進行紀實書寫，向上仰望西方品牌的行銷操作，向下俯視勞工階級的無奈；〈金山逐光〉寫少年火長的百年漁法，記錄蹦火仔捕魚的失傳場面，以及少年火長面對轉型觀光漁業的掙扎；〈翻越一座山〉則以史詩般的筆法，記錄西藏佛學家仁青久美流亡的故事，四篇得獎作品充分顯現報導文學的世界觀。

失智書寫是近來最常出現的題材，今年散文得獎作品罕見地出現兩篇皆與失智相關，〈蓮仔〉雖寫失智母親，卻點出母親的記憶與情感乃根植於土地，耐人深思；而另一篇〈失智阿嬤教我的歌〉則是精神科醫師以失智門診所見，追溯阿嬤們依稀哼唱的日本童謠與相關歷史，不僅溫暖動人，也呈現人的最終記憶或許終將回到童眞時代？「遺忘」難免心酸，但「記得」卻是殘酷；〈腹中靈〉作者記得母親對兒子當醫生的執念，記得他身爲婦產科醫生接生的極度恐懼；而〈霧中遊戲〉的作者則記得弟弟一點一滴把自己「變成」犀牛的，說起神的語言的過往。

而在新詩類部分，今年時報文學獎特別將行數增長至一百行，不少評審認爲長詩較之於短詩更能兼容敍事與抒情，讓故事更爲完整，但因台灣的文學獎長期未徵長詩，致詩人在駕馭結構方面良莠不齊，也顯見本屆得獎作品各個功力深厚；例如被選爲書名的詩作〈世界上最適合愛情的人〉就被評審大讚情意纏綿，潺潺細述先生對妻子的無限愛意；而其他如〈鳥影之窗〉關注受瑞氏兒；〈頹廢者和他的床〉以詩意表現生命哲學；〈萬華謠言〉以特殊剪輯手法寫出萬華浮世繪等，皆屬一流之作。

影視小說類始終是小說家們最想一爭高下的擂台，能從三百多篇脫穎而出進入決選，篇篇皆有實力，在今年得獎作品中，〈銹病〉藉植物病蟲害點出了台灣社會所面臨的長照問題；〈橋下的灰鸚鵡緊緊挨著避雨〉寫出家庭、網路世界與宗教間的虛實分歧；〈巢寄生〉不僅闡述現代女性生存困境，也充分展現人性的複雜度。

作爲台灣歷史最悠久的時報文學獎，文學擂台固然殘酷，但我們期許作者與讀者都能從文學得到力量，感受字裡行間透出的人性溫度，每首生命之歌或高亢嘹亮或轉音曲折，都因作者的深情吟唱而悅耳動聽，但願大家能依隨這些作品，一步步走向有光的世界。

報導文學類

首獎／

邱瀟君

山東壽光人。政大新聞系畢，1978 年赴美。
在美經營房地產投資；先生去世，有兩位成年女兒。
因疫情關係，美國這片文化大沙漠，欣逢甘露，有機會在線上向台灣老師學習，重新拿筆，寫下身邊的事和故事。

得獎感言

離台前，書寫是青春的主旋律。滯美後，文字是牆角蒙塵的舞鞋。
去年參觀時報頒獎典禮，報導文學得獎者在台上爲她筆下的人物落淚。當時思忖：北美華人的淚，是否亦可在我筆尖滑落。
我不會跳舞。舞星慘案後，我只想把那些人那些事記下來。
謝謝評審老師，你們讓那晚異鄉顛躓的舞步被看見。而我受鼓勵的筆，舞不停歇。

舞在黑色除夕夜

二〇二三年初，剛過完農曆新年，新聞驚傳劉文正死訊，隔了兩天，又證實只是假傳，劉文正依然神隱，見首不見尾。

趁著新聞熱度，各媒體又開始播放起劉文正傳世歌曲，包括〈三月裡的小雨〉。這是街知巷聞的名曲，大家聽著懷念，網路上紛紛聊起過往記憶。但少有人知道，就在稍早，半個多月前，美國發生了一起華人槍擊案件，背景音樂就是〈三月裡的小雨〉。

二〇二三年除夕夜，美國加州洛杉磯蒙特利公園市（Monterey Park）的「舞星舞蹈學院」發生一場槍擊事件，兇手分兩輪連續射擊四十二顆子彈，造成多人傷亡。死傷者年紀在五十五歲到七十五歲之間，槍聲響起時，這些開心玩樂的人們還以爲是慶祝新年的鞭炮聲，正在歡欣鼓舞，幾秒鐘後，眼前的世界崩塌了。

那天，他們原本興高采烈地迎接一個歷史性的農曆春節，因爲加州州長簽署的 AB 2596 法案生效，加州成爲美國第一個將農曆春節列爲法定假日的州。紐森州長這個舉動肯定了亞裔爲加州文化帶來的多元豐富，也爲所有加州人提供一個參與華人傳統慶典的機會。

所有在美華人都熱切期待著這個法定紀念日，大家知道，此後除夕和農曆新年將會不一樣了。

他們想不到的是，使除夕夜變得不一樣的，會是另外一件事情。

蒙特利公園市簡稱「蒙市」，是洛杉磯的一個小城，面積約是新北市的60％。因大量台灣移民遷入，而被通稱爲「小台北」。六萬六千人口中，華人占48％。

新移民喜歡住在這裡，就算一句英文都不會，也可以在這裡安安穩穩地過上幾十年。手機修理、燒餅油條、參茸雜貨、八字米卦、酒鬼茅台，幾乎所有家鄉的東西，在這邊都買得到，這個華人近半數的小城，也是鄉愁最短的城市。

蒙市每年舉辦農曆年節會展，市政府把五個街區封起來，成爲行人徒步專區，舉辦匯集華洋文化，民俗工藝，風味美食，國際商展以及精彩歌舞表演的嘉年華活動。

很多華人開兩三個鐘頭的車來參加，把年節展當作農曆新年的主要活動；走在飄香的小路，比肩摩踵的都是人不親土親的同胞，耳邊的鄉音，心中的鄉思，偶爾碰到久未見面的友人，就站在舞獅隊伍的後面，彼此敬根煙，在煙霧瀰漫，滿天鑼鼓聲中，緩緩地說起故鄉事，有時說著就笑了，有時說著，就哭了。

科技進步，故鄉已經不遠，搭飛機回台只是一個日夜的事，但鄉愁鄉愁，愁的往往不僅是距離，還有回不去的生命記憶，所以不管在哪裡，人們總要時刻創造儀式感，以連結過往，創造出一種新的，舊的回憶。

這次因疫情停辦兩年的活動恢復辦理，取名「兔 Tu-Gether 迎春年節展」，適逢周末，預計兩天會有卅萬人潮同樂，將是史無前例的盛大。

年節展第一天在二十一號九點結束，活動一如預期精彩，氣氛熱絡，賓主盡歡。近十點，人潮終於漸漸散去，街道慢慢沉寂下來，朋友們互道晚安，明天再來，或明年再見。值班警察們也回到警局做最後盤點與交接，一日辛勞，大家終於可以稍喘口氣，爲第二天做準備。氣氛一片祥和。

突然之間，連續的報案電話打了進來，「舞星」這兩個字拉開蒙市警察局瘋狂忙碌的一夜。

舞星藝術舞蹈學院

「舞星」位在年展會場旁，從會場走過來，只要兩分鐘。

老闆梁卓於二〇一七年買下舞星，把舞星從傳統的交誼舞廳「Star Dance」更名爲「Star Ballroom」，中文正式名稱爲「舞星藝術舞蹈學院」。

經營未及兩年，不幸遇上全球新冠肺炎大流行，舞社被迫停止營業，所以梁卓趁機做了很多修繕和改建，期待疫情後的曙光來臨。

梁卓企圖很大，不想要舞星只是一處舞蹈交誼場所，她大開舞蹈教學門徑，廣納舞界名師，排班招生，短短時間把舞星經營得有聲有色。曾有行內人士表示，如果舞星的師資規模稱第二，全美恐怕沒人敢稱自己第一。

疫情重啟之後，很多人仍感覺出門不安全，所以舞星除了平日教舞課程外，只開放周六一個晚上給一般民衆，讓大家跳跳舞，見見老朋友，會會新朋友，十塊美金進門，非常大衆化。

二〇二三年一月二十一日，癸卯兔年。

晚上八點，舞星跨年晚會開始。

隔街年節展的歡笑音樂聲、烤肉的香氣，此起彼落的鞭炮聲，陪伴著相偕前來參加的舞客們進場。

周愚跨過鐵門，經過走廊邊的接待桌，左轉身站在門口向內觀看，這個他幾十年來頻繁進出，熟悉得像自家廚房的熱鬧場地，右手邊是收銀台，旁邊放著可推動的活動音響，音響旁邊擺著一張沙發和一個圓桌。站在門口，正面對的就是彩燈閃爍的大舞池。右牆面是一大片鏡牆，舞池左邊和後面沿著牆擺著兩排小圓桌，錯落而整齊。爲了配合農曆新年慶典的氣氛，桌上還特別鋪著粉紅色和白色的桌布。

站在門口，目光掃過這些慣見的景物擺設，八十九歲的周愚忍不住開心地搖擺起來，彷彿自己也成了一段音樂。

正坐在進門口第一張沙發上的，是七十三歲的舞星經理馬名偉，他看到熟客周愚進來，立卽站起來，把位子讓給這位老大哥，自己開始去打點忙碌。

燈光旖旎，色調繽紛，樂聲靡靡，年節的舞步開始慢慢踢踏旋轉，多美好的一夜。

在周愚座位旁，坐著常在舞廳見面的菲律賓舞客馬可仕，另外還有幾位熟悉但叫不出名字的客人。

舞廳總是這樣的，大家尋舞而來，有時早已共舞過好幾十支曲子，體態步伐習慣早已摸透摸熟了，但連名字都互不知道的，大有人在。

七十二歲的高宇倫和周愚、馬可仕互不相識，但他們同樣出入舞星，同樣把出門跳舞當作每日例行活動。高宇倫和建國中學校友會會長張虎是好友，張虎組了一個二十多人的男士跳舞班，每周日早上聚集在一起，請老師指導練舞。張虎是舞班班長，高宇倫是其中水準最高的學員，精熟各種國標舞步。

張虎輔仁大學畢業，在美國拿到碩士後，投身電腦界工作了一輩子。在他和高宇倫這一代人的高中及大學時期，台灣還有少年刑警隊，學生參加舞會仍是禁忌，被抓到了是要送警察局的。或許是如此，跳舞對這個年紀的人，總帶著一些特別神祕的吸引力。年輕時在異國爲前途打拚，無暇他顧，到了退休後，有錢有閒，那股原初的誘惑又浮上心頭，趁著身體還能動，大家就聚在一起開始踏起舞步，撿拾些掉落的青春，彷彿時光不曾遠去。

跳完舞，這些散居各地的菁英分子，結伴到附近中國餐廳吃個飯，聊聊天，談談枯燥少變化的退休生活，時間到了，搶著埋單，爭一點鋒頭，之後，便又各自回到自己拚搏一生掙來的家園中，過回枯燥少變化的退休生活。

跳舞，便成了不可或缺的生活重心。

以舞蹈串起的小聯合國

高宇倫另有一批親近的朋友，連他一共六位。包括從越南來的瑞秋，剛退休，有個成年的女兒；從柬埔寨來的莎莉，她和先生法藍司兩人在附近開了家甜甜圈店；從緬甸來的素，天眞爛漫；從香港來的珊蒂，一手好廚藝；從台灣來的張曼君，已經七十歲了，仍有一把好嗓子。

這六位認識十幾年的好友，都是來自不同國家的華裔，用帶些鄉音的中文交談，溝通無虞。大家都是外向開朗的個性，常約好到彼此家中吃飯打麻將，談天說地，唱歌聚會，也很有默契的到下午兩三點就解散，老人家們都身負重任：要去接孫子孫女放學。

長期的交往，彼此個性都摸熟了，親近又互相敬重，從沒有發生過衝突。

跳舞的客人中女性和男性的比例大概爲三比一，男性稀缺，所以較高大的女生也會學習男步，沒有異性舞伴時，同性朋友就可彼此對跳。張曼君跳的便是男步，常伴著好友們共舞，其樂融融。

這群夥伴，是彼此的第二家庭，總是找機會相聚，學到新的舞步就交換分享，到了周末就到舞星打卡共舞。他們常說舞星是他們的第二個家，總覺得可以一起旋轉到時光的盡頭。

這一晚，六人各自與家人吃完年夜飯，八點左右便紛紛趕到舞星，打算一起跨年同歡。因爲是常客，已經預先訂票，所以他們坐在標明VIP的前排座位，開心的聊著天。

賓客寒暄賀歲的聲音中，可以聽見國台語、上海話、天津話、越南話、寮國話、廣東話……當然，也摻雜著南腔北調的各式英文，儼然是個小小聯合國會議。在美國，這樣的溝通方式是常態，看似多元和諧，各種語言並用，有時也會擦槍走火，多國語言吵得面紅耳赤。

不過在舞星這個歡樂的場合，大家都忙著隨歌起舞，就算有點不愉快也就隨風過去了。

馬經理和助手吉米忙著安排舞客的座位、準備音樂及分發當晚的抽獎彩票。

舞曲響起，賓客們按著各自的喜好，在半明亮的舞池中跳舞。沒有跳舞的賓客，就坐在場邊聊天休息，等待著新的一年到來，氣氛愈見熱絡。

年節斷裂在此時此刻

年節歡樂的氣氛正酣暢，周愚因爲答應妻女要回家一起守歲，便向馬經理告別，同時把手中的抽獎彩券送給坐在鄰桌的菲律賓光頭舞友馬可仕。馬可仕開心地吻了一下彩券，深信今晚一定會中大獎，戲劇性的對著周愚深深鞠了一個九十度的躬，在哈哈大笑聲中，約好和往常一樣，明天下午在另一家舞場見面。

馬經理也向周愚鞠躬握手道別，互賀新歲，同時在周愚剛空出來的沙發上坐下來喘口氣。這是個重要的位置，這是個重要的時刻。

無人知曉災厄已經趕在新年之前到來了，歡愉的氣氛就在此時開始變調，第一位碰到槍手陳友艮的，是比周愚早一步走出大門的顏美美。

六十五歲的顏美美，比周愚早幾分鐘從晚會離開，打算回家準備新年祭祖事宜。晚上十點十五分，當她發動引擎準備倒車離去時，在後照鏡裡看到車後有人，她停下車想讓行人先走，沒想到那位行人逕自走到她車子左邊，隔著窗戶朝她開了一槍。她沒來得及呼叫，一槍斃命。

顏美美一九八〇年代從越南胡志明市移民到美國，一生未婚，長年照顧著病重媽媽，兩星期前，才剛和家人們替媽媽辦了葬禮。美美唯一的消遣就是每個周末到舞蹈社跳舞，她謙和有禮，她不招誰惹誰，她看到人總是笑咪咪地點點頭，她不認識陳友艮。她成爲這場槍擊案的第一位受害人。

跟她一起在車上，坐在她身旁的朋友嚇壞了，立刻撥９１１報警。

槍手開槍後，就轉身向「舞星」走去。

往記憶裡回望，總會有一種奇怪的感覺，彷彿伸手一撥就可以改變它，但事實不能，所以我們往往會在腦海裡無限次的重播，試圖找到唯一可能的那一次。二〇二三年除夕夜晚上十點廿二分，這個時間點肯定在很多人的腦海裡播放過許多次，那是槍手陳友艮走進舞廳的時間。

響在舞曲中的槍聲

晚上十點廿二分，在開槍打死顏美美後，七十三歲的槍手陳友艮走進舞星，二話不說就朝坐在門口沙發的馬名偉開了一槍，再朝馬名偉身旁的吉米開一槍。馬名偉中槍傾倒，吉米則是手臂受傷。陳友艮對著馬名偉軟倒的身體又補了一槍，吉米趁亂逃開躲過一死。

槍聲連續響起，隔桌的馬可仕及朋友跟著中槍倒地。隨後，陳友艮開始向舞池中的人群掃射，舞廳音樂正熱烈，槍響沒入音樂聲中，多數舞客甚至毫無覺察。

退休警探吉姆倒是立即反應，他拖著舞伴彭嘉溱後退，趴倒在地。彭嘉溱事後形容「我當時傻了，還不願躺在地上，吉姆把我推倒，因爲他做過警探，反應很快。」

彭嘉溱看到兇手拿著一根粗粗的槍管，在收銀台附近先開兩槍，之後再往舞池掃射。第一輪掃射時，吉姆被擊中，子彈穿過他的左腳。

新年吉慶的紅色突然變成柔軟的蟲，彭嘉溱看到血從中槍的傷口蠕流出來，嚇得大聲狂叫，心中閃過的第一個念頭卻是：吉姆不能再跳舞了，怎麼辦？

怎麼辦？吉姆怎麼辦？

而吉姆知道，兇手還會裝填子彈再次攻擊，他就像防護網一樣趴在彭嘉溱身上，擋住了第二顆子彈，第二顆子彈從背後射中吉姆，卡在他的兩根肋骨之間，因為射進的位置奇特，到現在醫生仍不敢冒險動手術取出子彈。

吉姆應該是現場第一位對槍聲做出反應的人。

陳友艮站定在門口位置掃射，腳下是受害人流淌扭曲的鮮血。他為什麼沒有走進舞廳？如果他走進衣香鬢影的舞池掃射，會不會造成更大的殺傷力？又或者，在場的人士便有機會近距離搶下他手中的衝鋒槍，為自己爭取一線生機？

這些問題，已經和兩把行凶的長槍一起鎖進檢察官辦公室的證物櫃中。

有人在前面開槍！

陳友艮第一輪掃射時，音響正播放著〈三月裡的小雨〉，樂音震響，舞池中有二十幾個人在跳舞。前排的人在跳排舞，後面的人在跳八步的牛仔舞，也有人隨意擺動著身體，氣氛極盡歡快。不跳舞的人就在座位上休息，聊天，等待著時間流逝，把舊的一年帶走。

歡樂聲中，中槍的瑞秋爬過來，高喊著：「有人在前面開槍。」

這時，血在瑞秋爬過的地面上寫成彎曲的長線，賓客才知道舞池前面發生事情，一陣慌亂地各自找地方遮掩躲避。可是寬闊的舞池哪裡有可以躲藏的地方？但人還是想躲，這是生存天性，生死巨變面前，哪怕是一片落葉，一張薄紙，都想要拿來藏身，只求一點活命機會。

事後被當成英雄的瑞秋回憶，中槍當時不覺得痛，只知道喊完後，和大家一起趴在桌子底下躲藏，看著殺手的槍來回掃射，口中邊唸「南無阿彌陀佛」，邊用手機撥打911。

「我知道黑暗中手機的光會引來殺手的注意，但是我不管，電話不通，我就拚命地撥。」

兇手掃射時，莎莉正和她十五年來的舞伴高宇倫在舞池中跳狄斯可，突然感到現場亂成一片。驚懼的莎莉形容，她看著槍手在帽沿和拉起的領口中露出的眼睛，感受到對方要殺光全場的恨意，覺得今天難逃一劫。

「弄不清楚是高大哥推著我跑，還是我拉著他跑，我們往後面有桌椅的地方跑過去，兩人挨擠著躲在桌子底下。」莎莉說。

「高大哥一直要說話，我拚命噓他，告訴他不要出聲音，不要引起殺手注意。」卽便事件已經過去幾個月，莎莉訴說時的聲音仍然顫抖。

聽到躲在近旁好友瑞秋在唸「南無阿彌陀佛」，莎莉也跟著向天地諸神祈禱。同時，她也急著拚命撥打911，只是電話一直沒有打通。

當意會到有殺手在掃射時，珊蒂和張曼君正在舞池中捉對跳舞。珊蒂站的位置背對槍手，聽到槍聲，看到大家的慌亂，兩人拉扯著一起衝往休息區，鑽到桌子下面躲避。珊蒂慶幸有地方躲藏，深以爲兩人逃過一劫，沒想到，此時張曼君已經中彈。

槍聲終於停了，現場一片死寂。

丹尼爾，來自台灣，退休後閒著沒事，因爲愛跳舞便在舞星打工，與馬名偉輪流擔任DJ。原本排休的他，今晚仍回到舞星和舞友歡度新年，不幸，遇上這場劫難。

槍火停下來時，躲在桌子下的他，只敢輕輕呼吸，感覺到吸進肺裡的空氣中有一絲絲鐵鏽和煙火的味道。他偷偷睜開眼，眼珠稍微轉著看著周遭，突然，他聽到厚重的腳步聲朝著他藏身的方向走來，走，頓，停，走，頓，停。聲音越來越大，彷彿死神愈來愈近。

「子彈聲停止，我聽到沉重的腳步往我這邊走來時，眞的以爲死定了。」丹尼爾拚命想思考些什麼，腦袋中卻只是一直迴旋著這句話「死定了，就是現在了。」他用力屏住呼吸，只聽到自己心跳聲碰碰碰的，伴著頭頂上的腳步聲。

腳步聲沒有停頓在他身旁，繼續往前走過去，他鬆了一口氣，睜開眼，剛好看到腳步聲的主人在他左前方倒了下去，「碰」地一聲，又一條亡魂。

一切靜了。

只有〈三月裡的小雨〉仍弔詭地在死寂的空氣中迴盪著。

三月裡的小雨　淅瀝瀝瀝瀝　淅瀝瀝瀝下個不停

山谷裡的小溪　嘩啦啦啦啦　嘩啦啦啦流不停

剎那間，槍聲突然又啪啪啪地爆了起來。

那兩三分鐘的腳步聲，是丹尼爾對這個事件僅剩的記憶。

咫尺之別，天涯之遠

第二輪槍聲在幾秒鐘後終於安靜下來，煙硝中只剩音樂在盤桓，莎莉眼角看著殺手轉身走了出去。似乎過了好久好久，才怯生生的從桌底爬了出來。她發現自己的手上滿是鮮血，趕緊去拉身旁的高宇倫，才驚覺他已經一動不動地躺在地上。

「高大哥用全身護住了我，他到底是什麼時候中槍的？他一直想對我說什麼？我為什麼沒有讓他說出來？」莎莉哭嚎地向躺在血泊中的瑞秋爬過去，抱著瑞秋大聲痛哭。

從躲避的桌子下慢慢爬出來，珊蒂是第一個注意到張曼君中槍的人，她和素蹲下來陪著張曼君。「妳受傷了嗎？」

「嗯。」點頭。

「痛嗎？」

「嗯。」張曼君按著右小腹，血慢慢滲了出來。

「妳可以說話嗎？」

「可以，拜託打電話給我兒子。」

「明明是我背對著槍手，妳面對著槍手，應該是我中槍的，爲什麼會是妳呢？」珊蒂握著曼君的手，嗚咽著不公平的上天。

正倉皇無措，身旁的素，突然站起來向著斜對角方向飛奔！

珊蒂形容：「大家都蹲著，躲著，她突然往前衝過去，我嚇壞了，不顧一切地高聲喊：『素，妳回來，妳快回來。』受傷虛弱的曼君也側著頭想喊她回來。」

珊蒂描述，大家都擠在小圓桌底下不敢動，自己才看著兇手轉身走出去，又發現一位好友中槍，還沒有回神，素就站起來奔跑。當天素穿著一條漂亮的紅短裙子，凝凍的現場中，只看到她飛跑的身影。

事情發生後，媒體很快趕到現場搜集材料，電視新聞和網路到處流傳的照片中，有一張照著滿地倒臥在血泊中的傷死者，旁邊捕捉到一位奔跑紅短裙女子的背影，那位女士就是素。那一張懾人魂魄的照片，似乎記錄了當時素心神俱失的狀態。

在這個時刻，現場還能呼吸的人，又有哪一位不是心神俱失呢？他們似乎鎖在一場醒不過來的惡夢中。

而飛奔全場的素，倒是把扭曲的夢境全看在眼中了。

慌亂中，大隊警察負槍衝了進來，喝令大家立刻離開，驚惶失魂的三個好友還未還魂，珊蒂和素就被吆喝推押著離開現場。

張曼君獨自躺在地上淌血的身影，是她們對她最後的印象。

珊蒂和素被從張曼君身邊拉開，身著單薄的禮服站在午夜的街道旁，瑟縮在風中，等待著執法人員的安排，兩人互問對方：「我們怎麼可以把曼君一個人孤零零的留下來？她受傷了耶。」

兩人都沒能回答對方。

在這場槍擊裡，又有哪個人不是孤零零的呢？

留置在警局的一整夜，兩個好友彼此打氣，互相陪伴，一面打探曼君的消息，匆促中，竟沒有人知道曼君被安排到哪家醫院。

「等她出院後，我們星期一到她家去看她，親口跟她說對不起。」她們和對方約定。

但是老天爺和張曼君都沒有給她們這個機會。

第二天聯絡到曼君的兒子時，才知道張曼君已在手術台上離世，成爲這起事件中的第十一位死者。

「我們怎麼可以把她孤零零的留下來？」珊蒂和素只要想到這個問題，就紅了眼眶。她們以爲曼君會沒事的，她們以爲只是在強力的驅趕下，暫時的分別離開，很快就可以再見面的。沒人能想到，當時的咫尺之別，已是天涯之遠。

不要留下我一個人

負傷後奮勇示警通知大家躲避的瑞秋也躺在血泊中，她對身旁的莎莉哀求：「妳不要留下我一個人。」莎莉手上還有著高宇倫的鮮血和餘溫，她已失去一個好友了，再也不要失去第二個，當警察要莎莉離開現場時，莎莉對地上的瑞秋說：「我答應妳我不走。」她對來驅趕她的警方人員大聲喊「ＮＯ！我絕對不離開她，死也不要離開。」直到確定瑞秋安全的上了救護車，她才願意起身到警局備案作證。瑞秋眞的安全了。

由於當時並不知道兇手是誰，有多少人犯案，犯案原因是什麼？所以從瑞秋一進到醫院，就有兩位聯邦調查局的探員陪在她身邊，彬彬有禮的照顧著她，直到第二天確認兇手身亡，大致釐清了案情，兩位探員把這個消息告訴瑞秋後，才禮貌的告辭。

來來舞廳，搏鬥

就在大批警察忙著處理舞星凶案現場，安撫倖存者及到處搜尋殺手資訊的同時，就在兩哩路之外的「來來舞廳」，也險些發生慘案。

「來來」和「舞星」一樣，是年長華人喜歡光顧跳舞的地方。

那晚，槍手陳友艮在射擊了四十二顆子彈之後，丟下滿地死傷血斑，一刻也沒多留，翻身走出「舞星」，很快便開車到了附近的「來來舞廳」，企圖再次行兇。

當時正在「來來舞廳」辦公室準備打烊的蔡班達，發現陳友艮持槍強入，立即衝向前和他搏鬥搶下槍枝。根據ＮＢＣ報導，二十六歲的蔡班達很快把槍枝搶到自己手中，但陳友艮不罷休試圖奪回，一度從房間一側抓起消毒液瓶子毆打蔡的頭部。蔡堅決不放手，最後揮槍把兩手空空的陳友艮趕出舞廳，這個機警且勇敢的行爲，阻止了下一場悲劇的發生。舞廳的監控錄像完整清晰拍下這一分半鐘的打鬥過程。

蔡班達在這個時候，還不知道和他爭鬥的是一個剛剛造成十幾人死傷的殺手。

蔡班達搶下了殺手的步槍後，立刻打電話報警，才能讓警方在最短的時間內藉由槍枝編號，確認舞星殺手是陳友艮，進而發出全面搜索令。

事發後，調查人員在距離舞星一條街區遠的路邊，發現一輛登記在陳友艮名下的摩托車，懷疑這是他事先替自己安排的逃脫之路，迅即通緝反應，堵死了他一切退路。

槍案隔天下午，陳友艮來到離蒙特利市西南方二十五哩的托倫斯，進了一家醫院急診室想要就醫，但很快便起疑離開，院方根據通緝令認出了他，立刻向有關單位報備。

特殊武器戰術小組在醫院停車場圍補他時，陳友艮在自己的車內開槍自盡。

一個兇手留下的謎團

是如何的瘋狂，讓這個七十三歲的老人在除夕佳節提起一把槍，橫過街頭，傷人性命？

是如何的憤怒，讓他會朝著一群與自己來處相近的同胞開槍掃射？

又是如何的懦弱，讓他最終將殺人的槍口朝向自己，逃避生命？

如果殺人是重罪，那麼畏罪而殺了自己，又是怎樣的罪呢？

他覺得自己有罪嗎？

他原諒過自己嗎？

開槍前，陳友艮思考過嗎？

他猶豫過嗎？

他難過嗎？

根據警方調查，陳友艮在越南出生，後來移居香港，年輕時到台灣求學。在慘案剛發生時，許多媒體推測陳友艮行兇動機，是當天他的妻子參加跨年晚會而他未被邀請，因此憤怒嫉妒殺人。

CNN追訪到陳友艮的前妻，二十年前，她在舞星的一場舞會中遇到陳友艮，陳免費幫她上舞蹈課，兩人認識不久就結婚了。婚後她發現陳友艮暴躁易怒，兩人關係並不和睦。後來陳友艮逐漸對她失去了興趣，主動於二〇〇五年底申請離婚，法官於二〇〇六年批准。離婚後兩人完全沒有聯繫。依此調查看來，說陳友艮跨年晚會未受前妻邀請，因而挾怨殺人的推論，犯案動機不夠明確，可能性不高。

陳友艮生前曾開過卡車公司和洗地毯公司，但並沒有留下可追查的營業紀錄。二〇一三年，他賣掉居住二十多年的房子，多次從華人聚居的蒙市附近往更荒遠的東邊搬遷。二〇二〇年他在離蒙市車程一個半小時的老人社區，買下活動房車，這種相對廉價的生活空間，成爲他最後的居處。

社區的鄰居常看到他騎著小摩托車進進出出，偶爾會開他的麵包車出門。他會停下來撫摸鄰居的狗，和周遭的人打招呼，在鄰居們眼中，是位和善安靜的人。

從另外一個線索來看，調查人員有理由懷疑他有情緒方面的問題，而且恐怕日趨嚴重。就在槍擊案發生前一星期，一月十四號這天，陳友艮到他居住地的警局報案，說家人多年前曾想毒死他，同時還說他受到詐騙集團欺詐。警方深入詢問時，他說要去拿出證據，離開警察局後就消失了蹤影。

槍擊案後，警方在陳友艮最後居住的活動房車內，緝獲攻擊步槍和大量子彈。攻擊步槍和大量子彈！

如果他沒被警方圍捕？如果他沒有畏罪自殺？如果他成功逃回家了？

這一切都難以想像。

在他十四號離開警局，到二十一號持槍走進舞星，這中間發生過什麼，沒有人知道。

根據調查，陳友艮是台灣政治大學畢業，以那個年代來說，是相當優秀的高材生。一個有爲的政大畢業生，滿懷希望地在美國這個土地上生根，玩樂，結婚，買屋，創業，數十年後，淪落到獨居在活動車房內改裝槍械，到舞星開槍漫掃，最後舉槍了結自己！這是什麼樣的生命歷程？

誰經歷過他？

他經歷過誰？

美國司法平等研究機構的「暴力研究計劃」數據分析指出，過去六十年來，美國大規模槍擊案的兇手平均年齡為三十二歲，截至二〇二〇年，只有一件大規模槍擊案的兇手超過七十歲。陳友艮是記錄上年紀最大的兇手。

槍擊兇手通常會挑選引發他們不滿的場合下手。資料顯示陳友艮曾是舞星常客，但他至少在過去五年沒有進過舞星。高齡七十三歲的他，為什麼會挑在這個對華人來說最歡樂、最團圓、最泯除恩仇的除夕夜裡，拿著一把一九九九年二月便在蒙市購買的 M11-9 半自動衝鋒槍，對著一群不認識的同齡者開槍濫殺？

這是一個什麼樣的謎團？

〈三月裡的小雨〉未停

事發後，美國政府及當地有關單位組織了很多「倖存者支援會」支持在這起事件中的倖存者。

這些倖存者大多是舞蹈愛好者，他們倒是逐漸恢復喜愛舞蹈的舊日生活，因為舞星已經關門歇業，有些開始到來來舞廳，有些參加了附近麋鹿俱樂部的下午茶舞蹈時間。

早走了七分鐘，堪堪與死神擦身而過的周愚，現在改在「麋鹿俱樂部」茶舞時間出現。他指著明亮燈光中在舞池旋轉的顧客們，「這些人都認得十幾二十年了，通常只記得臉孔，見面也只是打個招呼，很少有深交，但一跳起舞來，便熟了。」

「不跳舞能做什麼呢？」想到高大哥仍然會落淚的莎莉坦率地說，來美國辛苦這麼多年，總算生活安定了。孩子長大，有自己的家庭，除了偶爾幫忙接送孫子外，平常和子女見面的機會都不多。長日漫漫，在音樂聲中，扭動一下身體，時間過得快。

「我們才不會讓一個瘋子偶然一次的瘋狂行爲，改變我們對跳舞的熱愛。」好幾位人士這樣說。

周愚老當益壯，開了一個「文舞雙全」的群組，在群組中廣邀老舞伴們到麋鹿俱樂部來重聚。

丹尼爾發出了幾個影片通知大家，在舞星事件後的三個月，老朋友們終於找到了新的尬歌場所，可以一起放聲高歌。

朋友們彼此安慰，提醒要爲了張曼君而繼續歡笑，在天上的她，一定希望大家共樂。她生前最喜歡邀約大家相聚歡唱，到了天上，一定也是如此期望。

還是有些不一樣了

事發當晚，被舞伴吉姆擋了子彈的彭嘉溱，現在改到「麋鹿俱樂部」跳茶舞。衣衫華麗的她，舞藝超絕靈活，不斷被男士們邀舞。偶爾坐下來休息，拿著扇子搧動，拂去臉上汗水，她說：「眞希望那個晚上我生病沒有去，眞希望把那個晚上從記憶中抹去。」

開甜甜圈店的莎莉，告訴大家，上星期有個黑人彪形大漢衝進店裡，對她大聲吼叫：「我有槍，把錢櫃的錢都給我。」莎莉鎭定的說，「看他這樣嚎叫，我心中想，你有槍早就掃射了，哪裡會在那裡呱呱叫。」她一邊打911報警，一邊拿起店裡的掃把，往彪形大漢打去，施力太猛，連掃把都打斷了，彪形大漢反身奪門而逃。聽的人一面佩服她的勇氣，一面擔憂她的安全，莎莉豪氣的說：「經過舞星那夜的生死之旅，這些綠豆般的小事哪裡嚇得到我。」

回到原來生活中，看起來沒變的人，到底，還是有些不一樣了。

或許更勇敢，或許更畏懼，或許，更孤單了。

譬如舞星之夜後鮮少對外發言的伊靜（化名），那晚因爲座位的關係，蹲躲在第二排，讓她和兇手之中多了一排人牆及桌椅，所以她比其他人鎭靜。槍聲一停，她從後門奪門而出，衝上自己的汽車。「我往外倒車時，聽到警車呼嘯而來，差一點就走不了。」

伊靜現在改到「來來」跳舞，舞星慘案對她最大的影響是在來來跳舞時，她一定坐在後排，而且總會不由自主地看向門口，怕有什麼事情會發生。

伊靜沒有告訴任何家人當舞星槍殺案發生時，她就在現場。「如果他們知道，就不會再讓我出來跳舞了。」

對五十七歲的伊靜而言，不能出來跳舞，比什麼都更讓人害怕。

寫在遺忘中的數字

在白宮的網站上，美國總統拜登寫著：「我們都看到舞星經營者梁卓的勇敢堅強，我要謝謝她傾注心力，為社區提供這樣溫暖和諧的場地，凝聚社區的向心力，尤其是照顧那些年長者。」

事件結束後，統計出死者共十一位，傷者有九位，然而，舞星案件的受害人，絕不只十一位死者及九位傷者。事隔五個月，民意調查證實，因為寒蟬效應，不但舞星在事後隨即永遠關閉，在舞星附近的飯店、小生意，都仍未恢復以前的景氣。尤其周圍幾家飯店，幾乎從早到晚沒有客戶上門，面臨了生存上的危機。以往的老客人總說，走到附近，就覺得腳軟，有毛骨悚然的感覺。畢竟，十一條無辜的性命，在這裡兀然消失。

現在晚上開車經過蒙市，儘管飯店商店都開著燈，但可以看到裡面沒什麼客人，以往大巴士帶來吃中餐買伴手禮的遊客也不見了，顯得特別荒涼。市政府在街道掛上的大橫幅「我們用跳舞團結」（United we dance），隨夏風刷刷的飄著。

幾年前，有一位槍案受害者的家屬說過：「在美國，槍殺案只是一星期的頭條，一個月的新聞熱，然後就過去了，不再有人記得。對人們而言，這只是一個數字。但是，對受害者家庭而言，天地永遠變了。」

舞星槍案是近幾年發生的華人槍擊案件中，死亡數字最高的一件。這些受害的長者們，年輕時爲了更好的前途，爲了家人，離鄉背井，在新環境中奮鬥一生，終於可以放下重擔，在退休的年紀，用健康的舞蹈消磨時光，卻因爲一個永遠找不到答案的原因被槍殺了。

若他們有知，是否感到憤怒？是否爲生命的消亡感到疑惑？是否想要報仇？

陳友艮也死了，他們是否碰上了？

是鬥毆？是操著帶有鄉音的母語爭吵？或是一笑泯恩仇，乾脆再跳一場舞？

不管如何，我們還在，必須把他們的故事留下來。

截至六月十九號爲止，美國在二〇二三年已發生了三百一十一件造成四人以上死亡的大規模槍擊案件。槍聲不斷，猶如音樂不停。

是的，很快的，這件事會被遺忘，這些人會被遺忘，變成一個數字記載，天地並不會變色。

而〈三月裡的小雨〉仍然會響起，旋轉的華爾滋，仍然會繼續。

評審意見

楊渡

屠殺的敘事，透出異鄉寂寞

以重大社會事件為報導文學題材，在歐美並不少見；以槍擊案為題材，從深度報導到記錄片都做過；但以一個華人社群的舞廳所發生的槍擊案為主題，透過現場目擊者的眼睛，重建槍案悲劇，這卻是第一次。

更重要的是，槍案發生的舞廳是以退休的中老年華人為主，有點小錢和閒暇的中產階級。這些華人社群怕寂寞，怕孤獨，內心卻又分外孤寂。這是本篇作品最為動人的基調。

當然，槍擊案的主角與受害人的回憶仍是敘述主軸，故事性很強；但每一個人的回憶卻不自覺的顯現出共同的孤寂感。因為孤寂而互相需要，特別怕被排擠。槍手也是另一個生活的挫敗者，看不到希望，無由取暖，從現實到靈魂，都是如此孤單無助，終至於憤怒絕望。

從報導文學的角度看，本篇敘事完整，節奏明快，卻能在屠殺的敘事中，隱隱透出生存於異鄉的中老年華人社群的無助無奈，這是它更為深層的意義。

二獎

飛梗

文學圈外人，因藝文產業環境險峻而轉職，在海內外台商工廠工作超過四年。在本科系畢業即失業之時，看見越來越多畢業生帶著受過藝術薰陶的視角，像種籽一般被撒向社會角落，用各種方法紀錄當代，我是其中之一。

得獎感言

台灣外移的工廠都去哪了？他們現在可好？
從楊青矗的〈工廠人〉到陳界仁的〈加工廠〉，記錄了台灣的代工經驗與產業外移，本島的故事似乎趨緩，而這場台商與全球化的重頭戲正在海外激烈進行。我蹲點台廠進行紀實書寫，「台幹」的身分位處觀賞資本主義這場大戲的最佳視野，向上仰望西方品牌的行銷操作，向下俯視勞工階級的無奈。

六月了，雨季已經遲了快一個月。雨季前，是胡志明市一年中體感最難受的時候，遲遲下不來的雨讓午後天氣更加悶熱。艷陽將柏油路灼得快要融化，胡志明市街上賣咖啡的小攤子黏著陳年的油垢混合著空污粉塵，路邊攤的塑膠桌椅，被外國人戲稱爲兒童玩具座椅，上留著乾掉的湯漬。走在路上，剛流下來的汗水馬上就被蒸發，一天下來帽沿和領口會留下一層乾掉的平鹽，街上許多穿著「北京比基尼」的摩托車司機，將自己的腳蹺在車頭，姿勢維持著奇妙的平衡睡著午覺。烈日之下的街上只剩下對熱帶充滿新鮮感的觀光客，他們穿著熱帶洋裝，搭配傳統斗笠、金髮碧眼、天眞浪漫地散步，和本地人十分對比。胡志明市的小巷子細如血管一般交錯，拐一個彎就很容易迷路。生鏽鐵捲門的縫隙散發著不安與焦躁，不僅天氣，城市的氣氛像壓力鍋一樣。

星期六——第一天

Dear all,

剛剛 Lisa&Mai 提醒我們這個星期天千萬不要去胡志明市

因為星期天有大型的抗議

抗議越南政府把河內／富國島／胡志明市／芽莊等部分區域改成中國的經濟特區

人民不同意政府把部分地區和利益讓給中國

因為中國之前在寮國也是相同作法　結果土地變相成中國的

政府已公布任何被拍到去抗議的學生將會被強行退學　導致民眾反應更激烈

昨天河內已有抗議　星期天換成胡志明會有抗議　所以提醒不要去市中心　小心安全

請各主管再次通知廠內其他同仁　謝謝！

Jennifer

Outlook 跳出新郵件訊息，各個團隊的年輕小台幹，一個個面面相覷，用最低調的方式通知所有台灣和大陸人。最高層級的協理集合所有外籍幹部緊急開會，一位位同仁走進大辦公室後，大門被重重關上，慘白的日光燈打在所有人嚴肅的臉上，沒有人知道接下來會發生什麼事？

「大家好，今天緊急召集所有海外幹部，相信有一些人應該已經耳聞，但是由於我們不懂越南文，看不懂他們的新聞，我現在來跟大家解說一下，順便宣導公司總部的訊息。」

「由於這次周末的抗議可大可小，希望所有海外幹部周末留在宿舍並禁止外出。晚上十點宵禁，協理會點名，每個人都需要回報。另外，這一次的抗議很可能會演變成罷工，根據總部應變罷工的SOP，若罷工開始，各單位主管知道罷工最重要的是什麼嗎？」

面對協理忽然地抽考，現場一片安靜。去年公司爲了節省預算，裁掉了一大批資深主管，今年所有的外派台灣人都是剛出社會的年輕人。他們一臉稚氣未脫，看著協理，希望不要在會議中被點到。

「嗯，應該沒有人知道，這邊公司其實有SOP應對手冊，大家跟著我複述一下。」

《罷工處理SOP》

1 確認罷工規模，是否爲特定部門個案？這個由我和總經理負責。

2 了解收集員工訴求，確認潛在的眞正原因。若大家有相關消息須馬上回報。

3 進行行動，與工團溝通，尋求當地執法部門協助，以防暴力衝突。這個我會和總公司處理，找到共同的解決方案。

4 四小時內回報品牌，然後每四個小時回報最新發展。

5 若罷工超過一天，工廠經理持續採取上述行動，並持續每四個小時回報品牌最新發展，每日更新進度，直到事件解決。

6 全員遵循品牌媒體政策，切勿擅自對外發言，切忌於社群媒體發文。
7 本廠由最高職位負責，就是我本人，若是我不在，受予副協理爲代理人。

「以上爲公司處理SOP手冊，還是要讓大家了解一下。總而言之就我二十年的經驗，罷工最重要的就是必須先把電箱上鎖，以免有人縱火引發火災。大家一定要切記這點，以上注意，大家回去有任何異狀都要通報，散會。」

小雞是我在辦公室的好朋友。工廠就像是一個小社會，裡面有男有女，也有LGBT。身材嬌小的她留著像小男生一樣的短髮，中文說得非常流利。外表看起來像個小孩，但三十歲的她在公司已經是資深大姐了，可以一個人帶領一個越南團隊。小雞的好搭檔叫胖胖，顧名思義他又高又壯，是純越南人，不懂中文但是英文說得非常流利，念了幾年國際學校，至於爲什麼會淪落到工廠，是另一個故事。胖胖最喜歡跟我說英文，這似乎讓他能想起學生時期在國際學校那一段不愁吃穿的上流回憶。

「你不要擔心，這是我的電話，如果有暴動或是危險什麼的，你打電話給我，我會去後門旁邊的小橋載你回家，把你藏起來。」小雞拍拍我，拿出張紙把自己的手機號碼寫上硬塞給我。

我看著他們，拿起我的手機給他們看，內容是網路上台灣外交部傳來的一張圖片。內容是一張台灣島圖，上面翻譯越文說：「我是台灣人，不是中國人。」我拿給小雞和胖胖看，兩個大笑起來。

「越南人分不清台灣和中國的啦，覺得你講中文就都是中國人，你拿出來更會被打，你就不要講話就好了，你長得這麼像妙黎[1]，還怕人家不相信你是越南人？」

星期日——第二天

#請大家盡量迴避這些區域

為抗議越南政府國會近日審議「經濟特區」草案，將租約期限最長展延至九九年，越南部分民眾在FB召集全國性示威活動，抗議地點包含：

+河內：歌劇院，還劍湖和李太祖雕像前

+同奈：AMATA廣場，邊和市Vincom, Tan Phong路口

+峴港：Tran Phu路區域，Bach Dang路

+廣治省：東河市歌劇院

+芽莊：歌劇院廣場，Tran Phu路

+胡志明市：

●巴黎聖母院大教堂區

● Nguyen Hue 步行街區
● Hoang Van Thu 公園
＋全國或其他國家的其他區域：任何其他公共場所

Facebook 越南自由行資訊交流

一早醒來我就收到小雞的簡訊，內容是：「Thông báo: Toàn thể đồng bào cả nước vì tương lai Việt Nam. Đúng 8h sáng ngày 10/6/2018 tập hợp tại công viên Hoàng Văn Thụ.」（爲了拯救越南的未來，大家集合起來！二〇一八／〇六／一〇在 Hoang Van Thu 公園集合。）

小雞興奮地說：「要開始了！要開始了！」

我不知道該感覺到害怕，抑或是以平常心面對即將發生的未知。我在想，華人的她到底在越南是中國人還是越南人？怎麼會面對排華抗議如同期待嘉年華一樣？

中午到台幹餐廳吃飯，老遠就聽到其他人在討論罷工，我拉了張椅子坐下來，對面和旁邊分別坐了莉欣和阿富。莉欣三十歲，皮膚很白，是一個長得像西方混血兒的原住民，媽媽是台

1 妙黎（Miu Lê）是一位著名的越南歌手，音樂風格主要是流行音樂和抒情歌曲。

東阿美族，只要誇她像混血兒，她就會開心地咯咯笑。而莉欣是個認眞負責的台幹，又有事業心，願意嘗試其他非本業的工作，以及無償加班，公司乾脆辭掉幾個人，節省支出，讓她兼做環安和人權。

我的另一個好朋友阿富是一位有幾十年經驗的資深版師，接近五十幾歲，個頭不高，但眉宇間氣宇不凡，他自幼患有小兒麻痺，走路時一跛一跛。即便不方便，他也會用一隻手提腳走路，從未看過他拖著腳。阿富年輕時就開始從事鞋業，從基層管理樣品室與倉庫做起。他是台灣第一批西進大陸的前輩，阿富大部分時間駐外，老婆帶著三個小孩在台灣鄉下生活，阿富賺的錢都匯回家給老婆小孩了，他常常自嘲自己是提款機，但若是沒有對家人的愛，哪裡忍受得了長期離家背井的辛苦？

「這幾天總公司規定不要去市區，晚上宵禁點名。」莉欣邊滑手機邊說：「你有沒有看到工廠裡面路邊有停幾輛巴士？那是公司派來的，若是有需要，馬上會批次買機票讓你們這些幹部們回台灣。」

「聽說之前五一三排華暴動當晚，公司分三批逃走，有些人把自己打扮成越南人，但一下子這個護照沒拿，一下子又要等誰，最後只有廠長一部車能跑掉，另外兩部車遠遠看人圍過來，大家趕快跑去躲，眞的很緊張，因爲你根本不知道他們會做什麼？眞是叫天天不靈。最後大家擠上另一台小巴士，把車上窗簾拉得緊緊的，一路上飆速到胡志明市。公司在市區訂了五星級飯店，讓台幹住了一個禮拜。」阿富吃飯時總會和我們講古。

「好啦，反正大家各自出外要小心啦，這幾天不要亂跑，而且今天晚上要晚點名。罷什麼鬼工啊？找我人權的麻煩。」莉欣說完生氣地扒了一口飯。

星期一——第三天

「今天早上很多人穿國旗衣。」胖胖興奮地說。

「對呀，後門小橋一早就有人在發傳單。」

「傳單？上面寫了些什麼？」

「就寫說，要我們一起為國家努力，一起罷工！對抗外國勢力！」小雞氣勢凜然地說著。

「上一次罷工很嚴重？」

「對呀，那時候我也在這裡，上次我們把樓下的門鎖起來，他們還是打破窗戶衝上來，好多電腦都被拔走了，值錢東西都被拿走了，還有些大陸的主管被打。」

「你的上一個台幹女主管當時也很害怕，她不敢待在宿舍，我就帶她回我家住了幾天，哈哈。」

「然後呢？」

「然後她就離職了，哈！被嚇到回台灣。」

嗶嗶嗶！台幹 Line 手機群組傳來訊息：

大家各廠區都還好嗎？聽說 A 廠區已經開始罷工了？——瘦猴

對呀，我們品牌開始停工了，樣品室下班啦！大家都開始往外走，吵死了，像菜市場一樣。——胖虎

誒！管管你們的人好不好？他們跑來我們的樣品室叫大家下班！——瘦猴

我們都沒有動靜耶。——我

為什麼每一次罷工都是你們 A 區開始啊？又不知道要停線多久……，靠！又要賠錢空運了！——瘦猴

好像聽說我們這邊特別多異議份子吧，改不了啦！——胖虎

總部現在有什麼動作嗎？——我

好像根本來不及有什麼行動，哈哈！但我們要趕快回報給品牌客人。——瘦猴

「罷工的隊伍來了！好酷喔！」小雞說

「眞的嗎？」我拿著手機跑到窗邊占了一個好位置，想說機會難得準備拍照紀念，旁邊擠滿了越南員工。遊行隊伍緩緩地由廠區大門浩浩蕩蕩地走進來，領頭的男子背著越南國旗，上

面有一顆大大的黃色星星，領著約千名流水線員工，戴著操作員的帽子，像螞蟻一樣湧入廠區，邊走邊高喊標語。

「他們在說什麼？」

「他們說，還我們南海，中國企業滾出越南！無良企業！我要合理工資！」

我像個狀況外的觀光客一邊錄影，一邊心裡唱著 Bob Marley[3] 的「Get up, stand up! Stand up for your rights！是啊！起來吧！無產階級，支持你們！」

「全部斷電！把燈關掉！所有人給我離開窗戶邊！」

「×××！你在幹嘛？你台灣人還給我在越南人裡面帶頭！」Judy 姊對著我用台語生氣地咆哮。

「馬上回位子！快點！」Judy 姊用中文生氣地對大家說。還不忘用台語唸我幾句。「還給我錄影！你真的忘了你是誰。」

原本喧鬧的越南人一哄而散，回到位子上。

2 因為時間緊迫，無法使用陸運、海運等其他運輸方式，而採用快速的航空運輸方式來加快送達時間，但相對的運輸費用也會較高。

3 Bob Marley（一九四五～一九八一）是一位牙買加籍的音樂家、歌手、詞曲作家，雷鬼音樂的代表人物之一。

「哈哈哈哈！剛剛 Judy 姊用台語說你什麼？」胖胖問。

「大家都在笑你台幹被罵耶，你好丟臉。」小雞大笑。

「我去廁所順便出去看看。」我紅著臉覺得尷尬，打算尿遁離開這裡。

「好啊，你是台幹，不會有人管你，你出去看看，再回來跟我們說。」

趁沒人注意，我揮了揮手請警衛讓我出去。兩個警衛互相看了一下，用越南語講了幾句後，還是打開閘門讓我出去，我低著頭低調地加入了遊行隊伍。接近行政辦公室廠區，我老遠就看到莉欣一個人的站在門口警衛亭的旁邊，她白皙的皮膚在一群越南人中更是顯眼，旁邊幾個中年的警衛，默默地看著所有工人破門而入湧進辦公室。

「莉欣！你那邊還好嗎？」

「我都從辦公室跑裡這裡了，能再更好嗎？他媽的這些越南人，無法無天。」

「你們辦公室也關燈了喔？」

「對啊，還鎖了起來，怕他們衝進去搶電腦，一台電腦都好幾個月他們的工資耶！隨便搶一台都賺翻了。」莉欣翻了一個大白眼。

「而且這幾個守衛有夠扯的，我都已經叫他們不可以放人進來，剛剛還在我眼皮子底下把門打開讓這些暴民進來，他們是公司守衛耶！也不看是誰發薪水給他們！我發薪水給他們還給我開門！幹！快被他們氣死了！好啊！大家都不要上班啊！大家都不要拿薪水啊！」

「畢竟守衛他們也是越南人，這種被施以愛國的壓力應該很難不開門吧。能想像若是不開門，應該會被叫叛國賊、中國狗之類的。」

「靠！要不是有我們公司，他們哪裡會有工作？而且我們的守衛都是公司自己培訓的，不是外面保全公司，因爲公司不相信外面的公司，之前就有太多賄賂守衛，盜賣機器或是偷賣鞋子、材料的鳥事，公司才決定所有守衛都是公司自己培訓，你看，這種時候依舊還是開門讓這些暴民進來，請他們有個屁用？氣死我了！」

看到莉欣這麼生氣，我轉頭看到警衛正跟幾個被稱爲「暴民」的中年婦女員工閒話家常地聊天。十分鐘後，悅耳的下班鐘聲響起，罷工的暴戾之氣被夕陽與晚霞照得一片祥和，人群開始往門口和停車場前進。

星期二——第四天

到了罷工第二天，市區又舉辦大型遊行。路上的人們高舉標語，一人一張Ａ４大小自製的小紙牌，上面用越南文寫著「反對經濟特區賣國草案」、「反對將租約延至九九年」、「反對中國勢力入侵越南」，但我只看得懂「NO CHINA 99」。這些遊行隊伍由巴黎聖母院大教堂至Nguyen Hue步行區，到Noang Van Thu公園。除了胡志明市以外，罷工也在其他城市同步舉行。

「你要不要看影片？有人在門口直播。」小雞偷偷拿出手機，工廠的罷工氣氛也十分沸騰。

接著，小雞的手機畫面顯示出Facebook的直播影片，畫面中由樓上往下拍攝，一群工人正在與守衛和警察爭吵叫囂，地點位於公司的大門口。

看完影片，好奇的我又大膽地溜下樓，走到接近大門口的地方，老遠就看見一大群人圍繞著工廠大門口觀望。我努力地從後面擠到前面，終於差不多到了第一排。前面站著幾個穿著綠衣的警察，他們戴著面具、手持盾牌和警棍。旁邊的越南工人開始鼓譟。仔細一看，發現第一排都是女性。接著，人們越來越大聲，幾個我身邊的越南歐巴桑對著警察大罵，嘈雜喧鬧的聲音聽起來像是一群水鳥在叫，而警察也開始不甘示弱地透過擴音器回應，希望現場的民眾冷靜下來。接著團結地工人一齊高聲吶喊標語，一步步向前進。警察勢單力薄，只能吹哨子、揮舞警棍，讓這群工人不要太靠近，而警察揮舞警棍的行爲似乎被當成了挑釁，人群越來越憤怒。

直到前排和警察發生了推擠，忽然有人大喊「有人被打了！」憤怒的工人開始撿拾地上破掉的地磚，或是花圃裡大顆的石頭，朝著警察猛丟，緊接著任何可以被當成武器的物品都被丟了出來，水瓶、紙杯……等等垃圾齊飛，連掃把都被拿出來當武器，有個工人還拿了滅火器出來朝著警察亂噴一通。

警方眼看著局勢已經難以控制，按照現場的人數比例，大概是十個人圍毆一個警察。忽然間警察拿出催淚瓦斯，朝著群眾投擲，沒戴口罩的工人被瓦斯嗆得眼淚直流，紛紛往後退，有戴口罩防護的工人們繼續頑強抵抗。忽然間連續幾聲「碰！碰！碰！碰！」人群們才被驅散，幾個人開始大叫說「警察開槍了！警察開槍了！」其實只是警察爲了驅散民眾，點燃了一大串鞭炮。

這招倒是挺有效的，而且在越南警察的權力不小，工人們開始摀著耳朵往回擠，誰都不想掛彩，在混亂的推擠中，我好幾次差點被推擠得撲到地上。

好不容易我才狼狽地逃回辦公室，滿身大汗混合著酸臭味，下班的鐘聲響起，還在辦公室的員工三三兩兩收拾東西，排隊打卡下班。罷工跟上班一樣消耗體力，當然也要準時下班回家，好好休息，才能儲備明天罷工的體力。

星期三——第五天

「你來啦！我今天好威風啊！」罷工還在繼續進行，小雞一早看到我便拉住我，炫耀地說。

「你有沒有看到門口貼的那張紙？那是協理的新創意。」

親愛的各位同事

1 各位同事表現愛國的精神，工團與經理都非常了解，提議各位同事要冷靜，不要讓不良分子煽動，影響安寧秩序和公司的穩定生產。

2 根據勞動法令與公司勞動內規，上班時間離開崗位和擅自停止生產，是沒有薪資的。但考量維持良好勞資關係，經理部與工團協商 6/11、6/12 給予停工待料假。

3 6/13（含）後正常上班者依公司規範支付薪資；正常上班時間離開崗位的同事，將不給付薪資。

4 工團與公司經理部非常希望各位同事能夠回到生產崗位工作，保持日常生產運作。

工團領導簽名　總經理簽名＋公司官印

「嗯……，所以簡而言之就是，前幾天的罷工公司都可以網開一面，照常給薪，但接下來如果繼續罷工下去就不給薪了是吧？」

「是啊，滿聰明的，但應該沒有用吧。」

「那另一張紙上面都越南文，那是誰寫的？寫什麼？」

小雞一邊看一邊說「喔……是越南勞動聯合總會[4]。」

致所有的國家勞工、工會工人！最近議會對《特別行政區——經濟單位法案進行了討論》，有些不良分子煽動當地工人聚集。影響生活、生產勞動、秩序和社會安全，並造成交通擁堵與極端行為，出於審慎考慮，國民議會於二〇一八年六月十一日上午投票決定調整第六屆會議通過《特別行政區——經濟單位法案》的時間。將會在維護國家安全、國家主權和國家經濟發展的基礎上繼續研究，最大限度地聆聽人民的意見，並完成草案。我代表越南勞動總聯合會執行委員會，敦促所有工會會員和工人保持鎮定、警惕，不聽從壞人的煽動，不要濫用愛國主義；

> 同時請傳播給親戚、朋友和同事，請不要從事非法的行為，或在社交網站上分享挑釁的內容。為了國家的穩定與發展，讓我們大家團結一致，相信黨和國家的領導，才能戰勝敵對勢力的陰謀；保持秩序與安全，保護公司，保護企業，保護人民的工作，祝所有工會會員，勞動者身體健康，安心地活動並穩定家園的生活！真誠地祝福！

「嗯……他們是政府嗎？」我聽完後還是一頭霧水。

「不算是，是爲勞工發聲的官方組織，如果勞工有提議，會透過他們傳達給政府。」

忽然間我想到外面的廣播，依然像念經一樣持續地在播放，中間串場的音樂則像是晨間新聞的音樂，感覺在這個情況下，這種音樂有點撫慰人心。

「現在放的廣播是什麼？越南歌滿好聽的。」我苦笑著問小雞。

「煩死了，那是工團[5]放的愛國歌曲，廣播內容大概是越南勞動聯合總會的聲明。前幾天工團才開會討論是否要罷工？工團當然都是幫公司講話，那些幹部都是有領薪水的，前幾天工團領導講話還被轟下台，如果這麼順應民意，現在還罷工嗎？」

4 越南勞動總聯合會（Tổng Liên đoàn Lao động Việt Nam）是越南的唯一合法和官方勞工組織，代表越南的工會運動和勞工利益，是越南共產黨領導下的國家機構之一。

5 工會。

回辦公室前我忽然想去和阿富打聲招呼，關心一下他的狀況。走著經過樣品室，樣品室旁邊就是版房，沒想到樣品室一片漆黑，作業員也不見了。彎進隔壁的版房，也是一片黑暗，只有窗外的陽光微微地照在空無一人的辦公室，好不容易我看到三個人影，分別是版房經理、阿富和大陸版師老劉。

「喔是你喔！嚇死我了，還以爲是誰？不是啦，早上上班才沒多久，外面就開始了。跟前幾天一樣，然後忽然有幾個人穿著黑衣突然闖入，手中拿著棍子揮舞，大喊『都叫你們停線了，還開設備？國難當頭，你們還如此自私地爲了自己的工作！從現在開始，誰工作我們就打誰！』說完還拿著棍子打旁邊的鐵櫃，你看！櫃子都凹下去了。」阿富說完指著無端受波及的鐵櫃。

「是啊，然後大家就都被他們趕出去了，我們家小朋友[6]們都不敢回來，怕會被打。」老劉邊笑邊擦著斗大的汗珠，因爲斷電，冷氣也關了。

「你也不要到處亂跑，以你的個性一定像個好奇寶寶一樣跑去探險，莉欣已經跟我說了，要我看緊你。你待在這裡，等一下就下班了，多一點人一起走去吃飯吧。」阿富一臉嚴肅的樣子，看起來是不會讓我離開視線。因此我只好被迫待在版房待到下班，鎖上門後和他一起走去飯堂。

「今天你來沒來的時候，我其實在跟老劉閒聊，他說公司的陸幹其實對公司很不滿。」

「他們有什麼好不滿的？」

「他說已經有幾個陸幹在罷工裡被打了，很多陸幹都不敢上班，怕會被趁機報復。」阿富嘆了一口氣。

「他們平時對越南人不好？」

「這也沒有辦法，產線的管理本來就跟我們坐辦公室不一樣。有些陸幹除了強勢，也有些壞習慣，這都是在大陸就養成了，你知道中國人，本來就愛收禮，上次我去量產產線還看到一個女陸幹坐得高高的讓幾個越南人幫她修指甲，活像個太后一樣。但是總而言之，他們覺得無論如何，他們都是爲了公司，但是公司沒有特別保護他們。」

「嗯，我也聽說一些陸幹要求公司立刻幫他們買機票回去大陸。」

「是啊，這也是情有可原，五一三那時候發生時狀況這麼慘烈，聽說公司在第一時間就把台幹的機票都買好了，見苗頭不對就派車送去機場包機回台灣，反而是陸幹被困在這裡。」

「我聽說當時陸幹吵著要回國，不想跟公司同進退，還跑去飯堂外面舉牌抗議。造成外面罷工，裡面抗議，完美地表現了『外患』和『內憂』，讓公司很生氣，接著開始擬定政策，不再請大陸人，離職後不補人，這幾年大舉招募台灣新鮮人當儲備幹部。」

6 在海外，當地助理都被稱「小朋友」，即便年紀比台幹大，還是被台幹叫「小朋友」。

「也不能怪他們，當時聽說外面罷工的人連宿舍的鐵門都打壞了，一個個衝進來，看到值錢的東西就搶，跟暴民一樣。」

星期四——第六天

「小姐，快點把你脖子上的員工證拿下來。昨天 Facebook 上就已經有人在發文，威脅全公司都必須停線了，不然會給我們好看。現在整個公司只有我們還在開工，員工還來辦公室上班。他們說我們很不合群，丟越南人的臉，沒有支持罷工。所以放話如果看到我們廠區的名牌，會見一個打一個，直到我們都沒來上班爲止。我們的名牌又是紅色的，實在有夠明顯，所以你趕快把你的吊牌拿下來。」胖胖趕緊幫我更新最新動態。

「上午一群暴民衝來樓下辦公室門口，協理早有聽到風聲，把四周鐵門都拉了下來，單單留下一樓的一個玻璃門。你沒看到協理雖然不年輕，但還是拿著一根鐵棍站在門口，手扠著腰守著門口不給人進來，超帥的。」

「然後暴民爲了要進來阻止樣品室開工，用力推玻璃門，而協理他們用力拉著玻璃門，力量太大，整個玻璃門碎掉，協理的手還被劃了一道好深，流了點血。」

「他們衝進來後，就嚷嚷著讓大家出去，不許開工。」

「那協理他們還好嗎？有沒有被打？」
「是也沒有啦，但有幾個其他台幹在擋門的時候扭到手或腳，抗議的人把產線的作業員趕出去之後，就走了。」
忽然間，廠外的馬路上出現了敲鑼打鼓的聲音。罷工的工人拿著各種工具敲打著垃圾桶之類的鍋碗瓢盆，拿著標語呼喊著口號。應該是又攻陷了一個廠區，成功地迫使裡面的工人斷電停工，興奮地歡呼著。隨後，他們三三兩兩地聚集在廠區空曠的地方，繼續吶喊著，發出他們的訴求。

星期五——第七天

一早起來，神奇的是已經沒有再聽到工團發送的廣播，走到辦公室的路上一片安靜。一般來說，平日的早晨，在廠區與廠區連接的道路上總是有三三兩兩的工人，穿著花花綠綠的工作服，戴著生產線的小帽子，各自圍成小圈圈席地而坐，一邊享用保麗龍碗裝著的新鮮早餐，邊吃邊聊天，即使偶爾颳起風沙也不會影響大家一起吃早餐的興致。反觀今天早上的街道上一個人也沒有，取而代之是全副武裝，穿著黑色防彈衣的警察，帶著全罩式頭盔，除了有護肘護腿，腰間還各自掛著一根木頭做的警棍，手上拿著盾牌。二十個一排，共有十列，在路上挺直腰杆，一致的動作，遠看像是一塊黑色、移動中的立方體。

拐個彎，來到下一個路口，原本也是工人們的早餐特定席座，成了警察的休息區，一個個警察坐在公司花圃的草地上喝著咖啡，每個人都把頭盔解下來，放在盾牌上，一整組防暴配件被放在一旁，看似悠哉地閒聊。幾個警察之間配一隻狗，這些毛色黑黃交雜的警犬被戴上嘴套，綁在警察們後面的圍牆邊，一隻隻乖乖地坐著，看著人來人往的路人。

「欸！協理說台幹開會！」Judy 姊用台語對我說。

我拿起我的筆記本走進會議室，今天沒有任何越南幹部參與，等到台幹與陸幹都就坐後，協理開始說話。

「今天開會的內容，希望各位不要外洩給越南員工。昨天總公司已經開會研議，今天大家上班應該有看到路上有很多荷槍實彈的警察，這些警察是公司花錢請來的，一方面我們身爲越南最大外商工廠之一，公司給了政府壓力，才能請到這麼多鎮暴警察，一般小工廠就只能坐以待斃。總而言之，今天開始應該可以恢復產能。」

「另外，找各位來的目的，是爲了提振各位士氣。在這樣混亂之後，不管是產線、樣品室，還是辦公室，都需要清潔與整理。此外，請各位多多鼓舞自己組上的越南員工，提振正向士氣。目前爲止，整個工廠幾乎都停止生產，只有我們品牌堅守崗位，只停工幾小時，總公司給了我們獎勵與鼓勵，而這分榮耀都是屬於現場的同仁們。希望大家能夠傳達這個訊息給我們的越南員工，因爲他們也都值得鼓勵，沒有受到叛亂分子煽動。」

「總而言之，大家都辛苦了。若是沒有其他問題，我們就散會吧，有問題請私下找我。」

落幕

> 鑒於民眾反對聲浪高漲，越南當局也進行了一定的妥協。越南政府將原定於十五日提交國會表決的經濟特區法延後至年底表決。這次示威遊行為越南當局顯現了國內的矛盾，越南政府想要擴大與中國的經濟交流，但民族獨立主義者卻認為領導人正在一點一點將國家賣給中國。越南台灣商會聯合總會會長也表示，從當地情況可知，攻擊不是只有針對台灣，此次暴動並非排華，而是由小部分破壞分子發起的不理性行為，無論企業國籍為何都受到攻擊。台灣社會對越南暴動深感震驚，甚至有台商考慮撤資，但越南是台灣第四大投資來源，希望台商能繼續留在越南。
>
> ——越南台商群組

「沒辦法解決的議題，就把它交給下一個任期的當權者。」這似乎是世界上所有政治團體會使用的萬用招式，給了中國面子，對自家人也有了交代。

一大清早，工廠寧靜如往日，路上工人坐在樹蔭下悠閒地吃著早餐，看著這幅祥和的景象，我十分確定罷工應該已經結束了。事實果然如此，協理一到辦公室就精神振奮地召開了早會。

「大家早，相信今天大家看到早上樣子也能猜到，這次罷工已經在一個星期內結束了。通常一個星期的罷工也算長的，這幾天的暴動雖然輕微，比起五一三那次，這次就是個小感冒。之前比較嚴重的罷工，都是陸幹被打、台幹被丟蝦醬魚露，滅火器噴得到處都是，廠內被砸得一團亂，員工衝破大門，像喪屍片一樣。」

「這一周的罷工造成其他品牌空運損失嚴重。公司將徹查滋事員工並處罰。總公司表示，越南近年罷工頻傳，造成公司利益大損，且由於人均工資上漲，作爲傳統產業，無法承受高成本壓力，因此公司決定不再投資越南，將前往其他國家設廠。以上不需告知越南員工，散會。」

回到座位上，小雞看到我八卦地說。「我們剛剛聽到其他廠區的人說，人資辦公室擠了一堆人，一把鼻涕一把眼淚的，哭慘了。」

「聽說總公司調監視器出來，打算把所有滋事分子一個一個抓出來。」胖胖著急地插嘴。

「很多年紀比較大的產線員工跑去和人資哭，求公司不要處罰他們，說他們不是故意的，只是跟著其他人一起走，不知道怎麼會這樣？如果被辭退家裡就完蛋了，有小孩又有父母要養，怪可憐的。」說著小雞打開手機，找了當地新聞。

根據報紙報導，大型製鞋公司在越南胡志明市的工業區上周傳出大規模罷工。造成公司停工、產線大亂，並有部分機械器材遭到破壞。公司對外表示將處罰相關人員，預計將資遣一千名涉嫌參與暴動的雇員。有員工指出，部分罷工暴徒爲廠外人士，收買了大約一百人進行煽動。

這些被煽動的員工原本對公司已有許多不滿，因此在外界的影響下，進行了這次的暴動。除了胡志明總部外，加上所有其他地區的產線，預計總共有四千人會被開除。

——越南「民智報」新聞網站報

罷工平息後產線被重新開啟，過了一周超過三十六度以上令人難耐的高溫，這天下午烏雲密布，雷聲迴盪，從遠方飄來的烏雲開始籠罩天空，陽光被遮住，出現類似夜晚的錯覺。小雞、胖胖和我跑到窗邊。我們手扶著窗台，像孩子般望著天空。

突然間泥作窗台出現一滴雨滴，一分鐘內，豆大地雨伴隨著雷聲大作，遠方還有閃電助陣。突然一個閃電正好打在我們樓頂的避雷針上，把我們驚得跳起來，隨後大雨傾瀉而下，我們開心地歡呼！夏季暴雨帶來的沁涼，讓人忘記炎熱如壓力鍋難耐的氣氛。

評審意見
古碧玲

由小看大，觀微知著

〈台廠人〉題材極好。寫出台商轉進越南設廠，正逢與越南國族意識崛起VS.中國「一帶一路」的衝突之下，從一個台幹由個人角度反映出中越、越台、中台之間的矛盾關係。工廠被逼迫罷工，但業主不願承受停產的損失。工廠是個小社會，也是個小世界，台幹、陸幹、越南勞工之間相互傾軋。

作者將電子郵件、Line、臉書、簡訊等現代工具的訊息交換自如嵌入，頗見新世代寫作者的特色。在勞資對立的當下，也將逐工作而居的台幹彼此走告撤守，只謀求自保的心態幽微呈現。由小看大，觀微知著。或許作者還在台廠系統中，許多細節著墨太輕，也較缺人物心緒的立體轉換；收場倉促，結尾稍嫌可惜。

佳作／

楊婷雅

筆名 Yama，1988 年降生台中，看似男童的中年婦女。大疫之年開始投文學獎，自小品文和散文練起，喜獲後山和林榮三等文學獎；去年轉戰報導文學猶如發現天命，連得夢花文學獎、玉山文學獎，並蟬聯兩屆磺溪文學獎首獎。

得獎感言

感謝時報文學獎肯定，也謝謝沒有放棄百年漁法的簡士凱火長，還有埋首寫作到天亮的自己。即便揹著黑夜，我想我們都會繼續燃燒下去。

金山逐光——少年火長的百年漁法

初見火光

從未想像過，黝暗浪潮上以絢爛火花蹦出群魚，會在眼前烙印出何等震懾的壯麗光景。

我與擔任金山文史工作者長達二十餘年的導覽員卓清松相約午後於磺港漁港相見；此行目的，與該地淵源極深，畢竟，也只剩此處海面綻放欲見的光了。一下車便感受到空氣中透出鮮明的海味，卓清松早在港邊等候，並自背包拿出幾張護貝好的黑白照片，娓娓道出蹦火仔的由來、金山的歷史以及磺港漁港的今昔對比。提及魚路古道，「魚」與「古道」乍看顯得相悖，他突地拋出該景況是何以產生？山路險陡，爲何金山漁民非得翻山越嶺，只爲擔魚至大稻埕販售？

「當時要躲避日本人。」我答，腦裡更是開始構築出當年跋涉山水的艱苦畫面。

「有概念。」卓清松雙眼一亮、追問：「那爲什麼他們需要躲日本人？」

「漁獲是走私品，只能躲著日本人偷偷拿去賣。」

卓清松眼角堆起褶皺，笑說：「哎呀！你是有做功課才來的耶，看來我不能隨便亂講了。」

一九四一年太平洋戰爭爆發，日本人爲了支援軍隊，實施物資管制，將所有資源集中管理、供應軍方使用。天候不佳，漁民沒能出海捕魚期間，泰半會趁機縫補漁網、製作魚露、賭博以及增產報國，也因此港邊居民幾乎都出身「大戶人家」。彼時，一個月才配給每名漁夫四兩肉，遠遠不夠溫飽一家老小，身爲家中經濟支柱不得不鋌而走險。爲了多掙點錢，漁民都會謊報數字，若是今日總收穫兩百斤，僅上繳日方一百斤，剩下的漁獲藏在船艙，等到晚上七、八點再挑著魚徒步前往大稻埕販售。有句俚語「兩頓星，一頓煎」，正是意指漁夫披著星空出門，日正當中、被豔陽煎到眼冒金星仍未停下腳步，直至隔天又見滿天星斗，才得以歇息。

興許是感受到眼前的毛頭小子不是純粹來旅遊，而是眞心想深入探索金山與蹦火仔的文化，點燃了卓清松的熱情，他講得更加起勁，一路上知無不言。

我們沿著磺港漁港漫步，朝著對面的魚路古道前進，邊走邊看船說故事，「別低估這些小漁船，這一艘至少要六、七十萬起跳，行情可不輸國產車！」又或者講述起令人驚嘆的民間信仰，「你看這船頭尾，相傳龍王是海中地位最高的，昔日漁民造船便以龍爲意象，磺火船前方的兩撇弧線及飽滿圓點，分別代表龍的嘴巴與喉嚨，象徵漁船能順利乘風破浪、平安歸來……」我出神聽著有些可愛的信仰生成故事，背後所代表著的，其實是早年漁業的險峻哪！一次出航、需要付出的成本及代價，遠非科技進步的現代生活可以想像。

「來了，阿凱來了！」雙眼方才不捨的從船身離開，便又緊循著卓清松的視線望去，一名頭戴漁夫帽、身穿寬鬆的卡其色 T-Shirt 搭配深藍色短褲及涼鞋的少年騎著機車迎面登場、緩緩停下來和我們打招呼，他正要去幫忙載晚上給娛樂船的ＢＢＱ食材，旋即加速油門離去。

簡士凱，在地人口中的「阿凱」並非一般的海港少年——他是全台僅存一艘的磺火船火長，不僅在黑夜裡領著富吉２６８號在茫茫大海尋找魚群，更領著瀕臨失傳的蹦火仔文化貼近人群，試著讓身懷的技藝不成爲世人的記憶。

卓清松看著簡士凱的背影，感慨阿凱眞的是傻瓜，讀到大學畢業居然想不開、回來接火長，語氣難掩對年輕人的疼惜與不捨。他說自己雖然也很孝順，但假如父親要求自己接火長，斷是無法答應的，只因他容易暈船、身不由己。接著開玩笑不曉得阿凱是不是帶衰，六年前他一回來接手父親的漁獲事業，金山便接連發生兩次大災難。二〇一六年三月十日北海岸、十八王公一帶因發生「德翔台北號」貨輪漏油事件，當時整個海岸布滿了油汙導致生態浩劫，潮間帶恢復需要三年以上。那時卽便有魚，漁民也不敢抓，不僅黑油難以洗淨、網子易耗損之外，別的魚吃了沾上油汙的青鱗魚也有致命危險，養殖業者自然不願收購；二〇一七年六月二日，當地人稱「白素貞回金山」的一場天然災害，暴雨狂襲、水淹金山。卓清松返鄉工作十幾年了，從未遇過淹水這麼嚴重，菜市場也全都淹沒，那次大量淡水灌進海中，直接造成海水淡化。

「如果你的棲息地或生活環境被破壞，你會怎麼辦？」

「直接搬家！」我毫不猶豫道。

「所以魚很聰明也會搬家。那兩次災難的代價就是磺火船整整六年都抓不到魚。」卓清松指著全勝2號和明順8號：「你看，那兩艘也是磺火船，但沒人要接手，也沒人願意買，就一直停留在那了。」

極盛時期全年都是魚季，上百艘磺火船在淡金公路沿岸隨意抓都有魚，一個晚上漁獲量曾高達八百八十六簍，每簍六十斤，一夜得折返三趟。老一輩的火長出海前還會和船員相約至診所打營養針，錢都來不及賺，哪有閒工夫吃飯；然而過去幾年，磺火船一個魚季（四個月）加起來，總量竟不超過兩百簍。現實的浪潮不斷朝著漁民襲來，漸漸的，磺火船僅存四艘。經歷兩大災難衝擊後，其中的三艘找不到人手，只能含淚選擇放棄，如今簡家的富吉268號，是唯一仍在運作的磺火船。

捕魚七十年的退休老火長盧秀雄提及，早年每名船員每個月平均可賺取快二十萬元，但青鱗魚魚期一年比一年短，漁民的蹦火之路只會更加艱難，畢竟磺火船每趟出海皆承載了六、七個家庭生計；輝煌時期漁獲成績同樣斐然的火長李克通，二〇一五年自覺年事已高、體力大不如前，加上抓到手軟，錢卻沒賺多少，最終也不得不忍痛熄滅手中的火把。

「阿凱是眞的很努力在耕耘蹦火仔文化，如果不是他的堅持，現在的人想要了解就完全看不到了，所以大家一定要給他支持、幫他多宣傳！」卓清松的語氣及模樣，彷彿在向我拜票，懇請惠賜這名有爲青年一個機會，好讓他把全球獨家的磺火捕魚技法傳承下去。

卓清松講解完魚路古道，簡士凱亦恰巧回到富吉268號上，正與數名年長的海腳忙著準備稍後出海的作業，包括補充磺石、確認電石桶的安全狀況、檢查連接水桶與火把的導管是否完好，以免發生氣爆。

磺石又稱「電石」，爲磺火船的火把燃料來源。金山盛產硫磺，導致許多人誤以爲當地漁民是就地取材，但其實磺石並非硫磺，更不是天然產物。早年都是向南方澳或台北的商號購買，台灣目前已停產二十年了，只能自中國進口，每桶一百二十公斤重，售價約一萬台幣。每趟出海至少需要三十公斤，光磺石成本一趟就大約三千塊。

「想想，如果金山產磺石的話也是滿恐怖的，整座山在下雨的時候就爆炸了吧？」卓清松向簡士凱索取一塊爲我示範，此刻按下打火機絲毫不見任何火花。淋上些許礦泉水後，磺石便開始冒煙，代表產生了易燃氣體乙炔，再輕輕一按下打火機，火舌旋卽竄出。若想助長火勢，反需謹記遇水則發的道理，顯然水火不容的道理並不適用於此；磺火船上設有電石桶，兩側分別連接水桶與火把，水流入電石桶內產生的乙炔會快速流入導管，火長一點燃火把時，便會瞬間產生強光火焰，連帶「蹦！」一聲巨響，一連串的動作誘發趨光性魚類跳出海面，此時正是下網、將魚群一網打盡的黃金時機。

這也是爲什麼磺火船出港前，放水仔必須再三檢驗電石桶，畢竟稍有不慎就容易發生憾事；退休火長盧秀雄回憶，幾十年前他跟別人的船至南方澳抓魚，磺石的母火點著之後大夥決定趁空檔小歇片刻，沒想到有名在甲板上補眠的海腳不小心踢到水的開關，導致水不停流入電石桶裡，引發乙炔氣爆，有人當場被震到海裡去，連遺體都不見影。若說磺火船每趟出海，都是拿命在與老天爺豪賭也不爲過。

海面逐光

法規明文規定必須考取船員證才能上漁船，即便再渴望登上富吉268號、近距離研究傳承百年的捕魚技法，也只能乖乖搭乘娛樂船、和遊客們一同在波光粼粼的海面上遠觀磺火船作業。

曾有遊客詢問卓清松能否保證當晚一定看得到魚群，他反向對方索取兩枚銅板、好讓他擲筊問蒼天。「有沒有魚一來靠天氣，二來靠運氣！如果有旅行業拍胸脯保證一定看得到魚絕對是騙人的。青鱗魚又不是臨演，你call牠來就來。」啟程前，卓清松不忘幫遊客打預防針，不論出場的青鱗魚數量多寡都當作賺到。這次和青鱗魚無緣也不要氣餒，下次再來碰運氣，大家出來搭船旅遊圖的就是歡喜賞玩，放下得失心，才能感受到眞正的快樂。如此樂天的想法，我想亦適用生活的各種航線上吧！

似乎是不希望從中部專程前來的我太沮喪，他隨即補充近期魚況都不錯，加上當日天氣晴朗，應該不用太擔心。近一個月他帶領的觀光團，團團皆喜得青鱗魚賞臉，除了一艘攝影團包船，專業的攝影師們沒能成功以相機捕捉魚群，無疑印證了參與蹦火仔，運氣實在凌駕於技術之上。

傍晚六點多，由簡士凱帶領富吉２６８號率先出港尋魚，站在船頭的他還特別向娛樂船的遊客揮手、示意晚點海上相會。旅人們把握停靠在港邊的時光，在甲板伴著徐徐微風享用ＢＢＱ與小卷湯麵，補充能量來迎接入夜的重頭戲。

磺火船上，火長等於船長，爲整艘船的靈魂人物，一肩扛下在茫茫大海找魚、點火吸引魚群以及抓準時機發號施令下網的重責大任。然而簡士凱現在最大的壓力，不是漁獲量是否足以負荷海腳們的生計，而是不希望讓遊客滿載失望而歸。畢竟火把燃起來那一刻，倘若不見青鱗魚在船邊相伴，爾後人們再來金山觀看蹦火仔的意願自然會降低。

七點半，夜幕已低垂，娛樂船上的外籍移工開始發放救生衣，海巡署人員準時前來查驗身分證、核對出海名單無誤。「阿凱有發送位置給我，我們準備出發和他會合囉！」船長廣播結束，船隻隨即發動引擎，尚未駛出港口，已有零星的青鱗魚挨著船體跳出水面，彷彿在祝福我們的蹦火仔旅程順利。卓清松見狀，順道講解「蹦火仔」之所以選用足部的「蹦」，是由於早期漁民不像現在擁有結合科技的漁具，因此他們會手持火把在漁船上大力踩踏船板，魚群受到震動驚嚇就會躍出海面，漁民再趁機打撈。

海上重頭戲就此揭開序幕。一場追逐戰遂而展開，簡士凱追魚群，我們追他的磺火船。

趁著港邊還有路燈照拂，我趕緊更換鏡頭。爲了捕捉蹦火仔的精彩瞬間，出發前一天特地去租借長鏡頭；縱使事先做好功課，包括光圈多少、快門多少勝率才高，無奈海上實戰時顯然徒勞。在搖搖晃晃的船上，首先必須穩住自己、以免一個倒栽落海，手中相機沉甸的重量已經略顯吃力，還要讓自己如狙擊手般不停來回掃瞄海平面，靠著人類有限的視野，妄想在黯黝的海平面上捕捉磺火船。然視窗一片漆黑，別說瞄準目標物了，我連船身在何處都找不到。

「蹦——！」簡士凱燃起手中的火把，火光乍現之際，磺火船隱隱現出真身。

大批青鱗魚在富吉268號周邊躍動，引出細細的水面拍鰭聲，幾名海腳身手俐落、聯合自船邊布下三叉網。難以言喻那一瞬間所帶來眼淚盈眶的震撼。瀕臨消逝危機的傳統文化，在自身面前展演開來，而我兀自內心波濤洶湧著。

火光一滅，富吉268號再次完美隱身於黑夜之中，直到第二次蹦聲響起，慢一拍的我才又開始對焦、按快門，試圖捕捉魚躍磺火船的畫面。

然而機身等級不夠，黑夜與速度都難以駕馭，實在吃力捕捉那電光石火瞬間。最後一聲「蹦——！」我決定放下手中的單眼，以雙眼專注紀錄蹦火仔、將畫面儲存於腦中的記憶卡。

返航時檢視這趟出海成果，九成的照片宛如宿醉時的拍攝結果，著實挫敗。

「你有拍到嗎？」卓清松向前關心。

「只有一兩張能看而已……」淡淡的語氣藏不住的，是深深的沮喪。

「有拍到一張就很棒了，很多人來好幾次都不見得能拍到耶！」

這倒是令人精神一振，我並非專業攝影師，又是蹦火仔新鮮人，第一趟出海就能親眼目睹完整的磺火捕魚流程，還成功捕捉兩張畫面，已然滿足。卓清松的話起了安慰作用，也加深了我想精進拍攝技術、再來金山「補考」蹦火仔的決心；而看著簡士凱站在磺火船頭的專注模樣，在海上發出一聲又一聲巨響，彷彿是他不甘心蹦火仔成爲絕響的不鳴之聲，讓我心生渴望，想細細了解這名少年火長接下傳承蹦火文化的心路歷程。

持光少年

一周後，我帶著猶未消褪的興奮，再次搭乘客運前往金山。這回瞄準的不是磺火船，而是火長簡士凱。當天的陽光與我的好奇心都比上周更加炙熱，下午四點半，港邊已出現熟悉的身影，簡士凱只是沉靜地站在一旁，看著導覽人員向觀光客們介紹自己的富吉268號，有小朋友想使用一旁的地下水洗手時，只見他一個箭步上前扭開開關、溫柔地說：「弟弟，我來幫你。」

眼前這名爲觀光客親力親爲的大男孩，其實並非一開始就認同蹦火仔轉型觀光業。簡士凱坦言，起初金山休閒觀光協會理事長徐正成提議結合觀光時，他是直接拒絕的，自認爲漁民、和觀光沾不上邊，有段期間不斷叩問自己爲什麼要接觀光？畢竟捕魚是爲了供養家人，並不是爲了娛樂他人。明知沒有魚汛，卻爲了滿足觀光客拍攝蹦火仔的慾望，仍舊得出海「表演」，自顧自地燃起火光，海腳們照樣下網、收網，面對空空如也的三叉網，強大的落寞感湧上心頭，彷彿自己正在耍著荒唐的猴戲一般，漁夫成了愚夫；而另一個婉拒原因，是當時共有四艘磺火船，依現在的運作方式是無法均分資源的，以現有觀光團量來說，只夠維持一艘船的船員收入，也將造成第二艘磺火船參與演出，每名船員收入勢必會減半的窘境。雖然偶爾出團量多的時候，確實有兩艘磺火船一同出港表演畫面更爲精彩，但依船員現況來說，人力實在無力負擔。

父親簡坤本來同樣強烈反對蹦火仔轉觀光，認爲身爲漁民、好好捕魚就好，但轉念一想，這不失爲船員的額外生計，這才說服兒子嘗試看看。簡士凱一次又一次「演出」之後，想法才開始慢慢鬆動，遂而跳脫漁夫的身分框架，直至現今慢慢將自己定位成文化保存者。只要這道微光有繼續在海上燃燒的可能，他就不願放棄任何機會，至少出團等於收入保證。不管是漁業也好、觀光業也罷，要能養活船員，才能延續手中的文化火焰。

「心態轉變後，現在即使沒有魚，但至少能把這套傳統漁法展現給觀光客看，讓大家認識蹦火仔。觀賞性固然重要，但背後有更深層的意義，我希望透過遊程把文化價值讓更多人知道。」簡士凱眼睛瞇成一條線，靦腆地笑。

回首過去幾年毫無魚汛的期間，深信魚群一定會再回來的父親時常鼓勵他，再堅持一下吧，沒想到青鱗魚眞的在這兩年回歸了。簡士凱慶幸自己有撐到現在，不然蹦火仔文化就消失在自己手中。

「我大學是化學科系畢業，如果要走這條路勢必要再升學，收入才會比較好，所以當兵後確認不再升學了，才決定回來試試看。」

剛回鄉開始接手的時候，簡士凱有穩定交往的女朋友，但遲遲不敢結婚，因爲抓不到魚、深怕雙手無法撐起一個家。回憶起二〇一七年後，整整一年的時間，富吉268號每名船員平均一個月賺不到兩萬塊，最慘曾經整個魚季收入沒有破萬，一度覺得手中難以再握緊希望之光；直至二〇二一年成婚，隔年喜獲麟兒，青鱗魚也回來了，呼應老一輩的生小孩帶財之說，索性成立「蹦火漁業合作社──富吉268號」來推廣蹦火仔文化。二〇二三年魚汛又比去年來得更佳，卓淸松特別叮囑簡士凱一定要好好疼愛兒子。

簡士凱攤開雙手，與我分享他手心裡的灰白勳章，斑塊的生成全與抓青鱗魚的工作有關，「這個是拿火把造成的，如果有乙炔在裡頭會變緊，我就會像扭棍子一樣，一直轉一直摩，摩擦久了就變這樣；那個則是大學暑假幫忙卸魚的時候，手持一根長鉤拖青鱗魚桶，包含水和冰塊、桶桶都是一百公斤左右，一天至少要拖上兩、三百桶，拖到生出了繭。」

「你蹦火有發生過意外嗎？」我問。

簡士凱表示受傷難免會發生，最早從放水仔的角色開始學起，偶爾手伸進去清理電石桶就會被高溫燙傷。偏偏卸魚的時候雙手又不得不泡在水裡，當下傷口真的很痛、很痛；也曾經在海上作業期間，電石桶管線突然噴起來，前面的小火母引到後面便燃燒起來，烈火熊熊，讓人眼睜睜瞧著，怯意徒生。

五點半，富吉268號的海腳們陸續登場，有人直接坐上駕駛座就定位，有人整理起礦石，也有人就坐在港邊聽 la-ji-ooh（收音機）放送台語節目。

加上火長，礦火船至少要有六、七名海腳才能運行，包括開船的舵手、負責下網和起網的三叉網小組、控管電石與放礦水的放水仔，我戲稱「海腳七號」。其實富吉268號的海腳幾乎都是直接找親戚，簡士凱的叔叔們皆經歷礦火船長年洗禮，像負責掌舵的是他的堯翔堂叔，少了他，卽刻出港便成奢望；放水仔則是由宏崎叔叔擔綱，要精準掌握放水時機以及留意電石桶庫存；菜脯叔叔則是資深的舨頭仔，專門操作三叉網，每艘礦火船幾乎都會有他的身影。

簡士凱見我注視著放水仔補充磺石的過程，便分享起擺放訣竅。

「原來不是把磺石丟進去就好？」很顯然的，讓我當放水仔，磺火船恐有生命之虞。

小顆磺石放下面，大顆磺石再逐一疊上去。因爲小顆磺石反應比較快速，如果位置顚倒，一下子就會化成粉掩蓋大顆磺石，水流不到裡部、大顆磺石也無用武之地；電石桶則是請人以黑鐵客製，太小或太薄都不行，也都要定期除鏽、保養，但仍舊會耗損，殼身愈發薄弱。

接著一名外籍移工登船協助放水仔扭緊電石桶。我好奇外籍移工也能勝任磺火船、繁冗複雜的海腳工作嗎？

簡士凱認爲肯認眞做都好，不過外籍漁工在船上都是偏勞力活，也的確需要比較長時間的磨合，有的比較靈活就能理解、表現也不俗。他直說眼前、與他一樣剛滿三十歲的阿彬已來臺近十年，國台語都通，漁作也幾乎得心應手，但技術性較高的職位仍舊沒辦法。

成爲一名優秀火長，仰賴的是純然的技術，或是俐落的個人特質？

火長技術和經驗固然重要，畢竟要懂得判斷魚群、直接影響海腳收入；但也要懂得如何跟海腳相處，他笑說以前的火長比較有威嚴，自己沒有，雙眼再度瞇成了弧線。

「叔叔們以前都磨了十幾、二十年才當上火長，我完全是意外。出海找魚的過程比較像用討論的方式，但也幸好有他們的支持，讓我能邊做邊學，蹦火仔也才能繼續。」簡士凱雙眼冒著火光：「魚只要有進來就有希望。」

燃燒之後

自從政治因素，對岸不再進口臺灣的石斑魚，中南部養殖業也不再收青鱗魚後，簡士凱現在也不太抓魚了。縱使近兩年漁獲量有達標，一簍簍的青鱗魚卻實在找不到市場歸宿。石斑魚價格太便宜，連帶影響作爲石斑魚飼料的青鱗魚，魚價原本就低廉，現在更如青鱗魚般薄得透光。若沒有承接觀光演出，僅僅仰賴青鱗魚收入、光打平磺火船出海一趟的成本都不夠，還要苦惱該上哪去銷售。

「必須幫青鱗魚找到銷路，磺火船的海腳們也才有出路。」

現在富吉268號的青鱗魚唯一銷路是賣給簡士凱的叔叔，製作延繩釣的魚餌，捕回來當晚就會拌鹽保鮮再入庫保存。每趟只捕一、二十簍，超過需求的量就不捕了，多了也賣不掉。簡士凱的下一步想做加工，將青鱗魚製成魚乾和魚米餅販售給消費者；返鄉接家業這段期間，簡士凱並不是純以蹦火維生，也會以焚寄網方式來捕撈吻仔魚和小卷等經濟價值較高的漁獲來貼補家用。

有時公家機關會邀請簡士凱參與活動，但這類型的採訪邀約都沒有費用，對年邁的父親來說也許覺得無意義；而他卻認爲不然，藉由公家單位的影響力可慢慢累積無形資產，雖然這一年來有時觀光團虧錢或收入微薄，至少帶起了當地許多產業上的經濟往來，也間接地增加船員、導覽員及觀光船家的收入。

自從簡士凱返鄉接下火長第三年嘗試結合觀光後，現在每名船員魚季可以達到十二萬收入，二〇二二年夏季觀看蹦火仔的人數落在三千人左右。先前發覺觀光客只是來看蹦火船就離開了很可惜，才打算藉由蹦火仔吸引人潮進來金山，並結合在地漁村的文化導覽，也希望遊程能與更多當地業者配合來做一個經濟循環，將海陸串聯起來，對於在地的整個產業是最好的。

昔日全職捕魚是下午四點開始準備船上作業，六點多出港，隔天早上才回家，確實會感到疲累；蹦火仔轉型觀光後，工作時數相對來說不長，只是早上要處理觀光客報名事宜，無預算聘請專人協助，索性樣樣都自己處理。

「反正魚季也就四個月，撐一下就過去了。」

磺火季過後，海腳叔叔們仍需四處打零工度日，搖身成為油漆工和水泥工；簡士凱則是轉當魚販、協助家中的冷凍海產買賣。

我納悶發問，自日治時期流傳下來、如此具有文化價值的傳統技法，公家機關難道沒能給予補助，讓蹦火仔可以繼續傳承下去嗎？

「文化局有給我一筆十五萬的經費做計畫，讓我可以培育導覽員來協助遊程。我想說先做好可以做的部分，慢慢產生效益，一年只要有一兩個年輕人願意回來參與蹦火仔文化的話，即便是想學火長技術，我都願意教。」

卓淸松則認爲最理想的方式應該是公單位編列預算，與磺火船採取契作方式，不管出海有沒有魚，起碼保障漁民有基本底薪。「雖然蹦火仔在二〇一五年被列爲新北市無形文化資產，但漁民們實際上沒有獲得太多補助，只有拿到一點點的油錢與磺石費用。」他始終強調，蹦火仔持續下去的先決條件，最重要的是必須養活這些漁民。

人類與魚群歷經數百千年來的追逐未曾停歇，也許蹦火仔逐漸式微，但此時的金山，卻仍落著小小的鱗光。

「我要出港囉！」簡士凱再次登上富吉268號，向我揮揮手，領著僅存的一艘磺火船，準備向當夜的遊客們呈現絕佳的文化聲光饗宴。

偶爾在電視紀錄片中看到與大海拚搏的漁民身影，總會想起那一夜，望著簡士凱佇立船頭的堅毅身影，向著暗黝深沉的海面，燃起一瞬卻像永恆的百年之光。

評審意見

須文蔚

呈現多重面向與思索

金山地區特殊的磺火捕魚法，俗稱蹦火仔，是即將失傳的捕魚方法，在夜間的海面因製造火燄，會產生「蹦」的聲響，又有魚群受到火光吸引而蹦跳的景象，近年來成為文化觀光的節慶。本文特寫青年簡士凱傳承蹦火仔的技法，面對漁業環境的天翻地覆，原本捕獲青鱗魚可作為石斑魚的飼料，但養殖業隨著兩岸經貿的緊張關係而萎頓，衝擊了近海漁民的生計。

文中描寫蹦火仔捕魚的場面、危險以及轉向觀光漁業時的掙扎，呈現出主人翁的多重面向與思索，顯現出作者採訪寫作功夫的扎實。如果在開場的段落，能夠讓蹦火仔故事的主角早些現身，或直接寫目擊夜間捕魚的畫面，省略說明採訪前的準備工作，會讓通篇的行文更聚焦也更有可讀性。

佳作／
林佳樺

孵出兩本散文集，
喜歡讀字與寫字的人。

得獎感言

謝謝時報、評審、家人、寫作路上的老師、有鹿出版社，謝謝好友艷雲及久美格西邀約的印度行，我非常非常的幸運。

這趟為期兩周的南印度下密院參訪似乎充滿了寓意，此區有文明科技產物，但似乎也什麼都沒有——有熱水器但點不著，有Wifi但網路超慢，有馬路、但須時時目測，因為牛羊狗與人同行，有餐具但有時以手抓食。我們可以從混亂的角度看待南印，也能解釋這是自由；能看到生活水平不高，但當地人不覺得自己貧困。

當我們全員坐在負責招待的主人——仁青久美格西的精舍裡（「格西」意指藏傳佛教格魯派佛學博士），他開心歡迎，說他與我們一樣都是印度的「客人」，才知行程結束我們搭機便回到了家，久美的家在喜馬拉雅山另一頭，家這個字對他而言，是遙遠又抽象的名詞。

十二歲那年的驚險逃亡

那天，拉薩時間晚間不知幾點，外頭漆黑一片，十二歲的仁青久美換下藏衣、變裝做簡單打扮，肩背小袋行李，不安地躲進一輛貨車底板。這輛貨車是舅舅聯繫的仲介公司所安排的。久美惶惶地想著不知何時能再回到家鄉。

正想閉眼休息時，左右傳來身體捱著身體的推擠聲與悶熱感，原來狹窄車底藏了二十二位偷渡客，都是從拉薩經由喜馬拉雅山逃亡到印度，有人想研修佛法、有人要經商，原因不一，黑壓壓地擠在裝滿貨物、布料、箱子等的車底板（底板有分出隔層），誰也無法動彈。久美只能忍著飢渴，減少如廁次數，一來路上時不時有人查哨，車子不可能因應生理需求隨時停車；二來上廁所時得爬過一個個人體，耗時且不便。「離家這條路是自己選擇的，必須忍耐。」久美對自己這麼說。

天色全黑，車燈只能微微亮，一路上有查哨、狗吠、行駛在晃顛石路上的車輪巨響、老舊引擎催促油門的喀喇聲劃破了寂靜黑幕，彎身伏在車底板的久美藉由晃來扭去的身體猜測路的彎曲，車裡無光，也許是逃亡，司機只能挑黝黑的山路行駛，也不知車行多久，久美只感到一路的晃搖。

日夜趕路，這一行偷渡者不敢抱怨顛簸帶來的痠疼，久美由車內隱隱透進的日光，才知又是一天的開始，在心裡默數離家的日子。

有天趴在車底的久美感受到車身穿過山谷、翻越山梁，聽到司機與查哨人員交談，似乎來到了重要的關隘處，車內的逃亡者大氣也不敢喘。不久車子繼續向前，一會兒後司機打個暗號，一行人快速背著行李下車，躲藏地從關側入山。這是喜馬拉雅山中印交界帶的入口，自此的交通工具，只能是雙腿。

中印交界的泡罕裡峰（Paohanli Peak）海拔七一二八米，是喜馬拉雅山主峰之一，位於西藏日喀則亞東縣與印度北方錫金縣東北的交界處。從此峰開始向南，中印邊界還矗立著海拔六千米以上的山峰四座。

談到家鄉，久美岔開了回憶，回答我們的提問——西藏是否該改稱「圖博」？「西藏」英文爲 TIBET，音譯類似「圖博」，但事實上 TIBET 包含了安多（現在青海、部分甘肅及四川）、康（四川、部分的雲南青海及甘肅）以及藏（卽現今的西藏自治區，又名烏藏）；而「藏」指現在中國境內的「西藏自治區」，是以中原爲中心的大漢沙文心態而稱之「西部的藏」。久美知道有些人傾向使用「圖博」，他笑笑地依舊使用「西藏」。我在本子中記下久美的開示：「佛法要破除執著。」

久美繼續追憶老家在西藏芒康縣——西藏自治區東部，毗鄰四川與雲南，海拔與舅舅家的拉薩區差不多，近四千米，久美從未徒步在海拔六千米以上的高山，跋涉過程雲常遮住了月亮，夜間黑影幢幢，從十二歲小久美的眼睛來看，山上叢叢針葉林彷彿四周站著千百個偵察、監視的哨兵，萬一被抓到，自己的未來、父母的下場……久美打了個哆嗦，按下內心對高山黑夜的恐懼，忍耐著砭人肌膚的寒風，咬牙趕路。

久美的爺爺是達賴喇嘛弟子，年僅十二歲的他深受爺爺影響，小時便接觸藏傳佛教、立志學佛，但父母堅決反對，單傳的獨子怎能遠去他方？在爺爺的支持下，久美找住在拉薩的舅舅幫忙，策劃偷渡。

年幼的久美在故鄉芒康的藏區人們時常談論「一九五九年拉薩事件」——該年三月藏民集會遊行，當時未滿二十四歲的西藏政教領袖——第十四世達賴喇嘛率家人和藏區部分官員，於三月十七日深夜離開羅布林卡，經過兩周跋涉翻越喜馬拉雅山，前往印度尋求政治庇護。

達賴喇嘛出走四十八小時後，駐藏解放軍出動了強大砲火，對羅布林卡一帶發動攻擊。之後三十年間西藏問題頻傳。

久美生長在這樣的時代，年幼的他常在親情和宗教自由間拉鋸，即使與父母相處的甜蜜畫面常讓他不捨，但這些鐫刻在血液裡的藏族歷史讓久美決定要走一條艱辛的路。

久美一行人的逃亡過程，三餐往往只是糌粑，有時撿乾草點火燒茶，但高山捲起的寒風灰沙往往將火吹熄。由於長途跋涉，腳和身體都受了傷，加上糧食帶得不多，一路捱餓，他們早晨休息、趁夜趕路，

如此十幾天在高山雪地上疾行，久美在寒凍中時不時想回老家，也擔心會遇到猛禽，十二歲的他仍是愛玩、愛唱歌跳舞的年紀，從未歷經如此漫長的行程，每天提心吊膽度日，最擔心被抓回去，一想到倘若回鄉，到時自己、家人……他，再也沒有回頭路了。

有時山上冰封雪蓋、寒風刺骨，陽光照著雪地，反射出強烈的光，一行人在蒼茫雪域裡艱難前行，久美只能轉念想著山後的金光照耀之地是閃亮亮的自由，讓自己撐過想放棄的念頭。

等到徒步至中印邊界時，久美一算，已是離家的第二十一天。他站在海拔四千公尺的印度

國土，回望西藏，眼前依然是高聳入雲的山，細如針的樹林，如此安詳寧靜，若非身上骯髒破舊的衣物提醒著逃亡的事實，臉上閃現對未來既篤定又不定的茫然，旁人或許會錯覺這一行人只不過是來登山郊遊。

久美對回望的方向合十默禱，然後往南印度下密院的方向走去，他再也不能與父母聯繫了，西藏註銷了仁青久美的身分。久美看著山路，人的腳印、馱獸的蹄印，在山間步出細碎零亂的蹤跡，似乎預示著久美未來的取經、習佛之路也是充滿了無數的皺褶。

不得不離家的藏民們翻越了喜馬拉雅山、流亡到印度，建起一個不被中共認可的政府，在南印的藏人們努力學習各種外語，印度文、英文、中文，流亡的藏民手裡都有一本黃色的難民護照，可以去幾個國家（有時會遇到困難），但這輩子都無法再回到那片風吹草低見牛羊的高原了。

那時第一次踩在印度國土的小久美，此刻在我面前已是身穿絳紅袈裟的一米八高壯身材，眉清目長的他今年三十四歲，仍能哼出家鄉小調，讓大家傳閱他母親的照片。這對母子五官極為相似，我們好奇高原民族是否為適應寒冷空氣，鼻型都偏長？久美笑說不清楚，看著照片的眼神有緬懷、渴慕及許多我們都懂的情緒，但我們選擇不說。

我在台灣是中學教師，教導的高中生即使到了選塡志願校系，對未來仍是茫然，成天瀏覽ＩＧ、打手遊，而十二歲的格西卻放棄了物慾，在小小年紀篤定了未來的志願。

我問久美如果寫下他的故事，有什麼地方要注意？「不要放我父母的照片，不要提到他們的名字。」兩個不要，那是小心翼翼且深厚的愛。

南印度下密院的勤讀歲月

西元一四三三年，宗喀巴大師的弟子協饒生根在西藏中藏地區創立下密院，一九五九年此院隨達賴喇嘛遷移到南印度洪素縣——此縣是印度政府規劃給流亡藏人生活屯墾的特別保護區。自該年起，印度藏區有六千多座寺院，流亡來此的藏人家庭中至少有一個男孩去寺院修行。寺院本身兼具教育機構，在日夜苦修中要做各種佛教儀式，學習從藏語、語法、文學、誦經、冥想到五明（聲明、因明、內明、醫方明、工巧明）相關的知識技能。整套教育的時間長達十多年。文化大革命時，西藏許多寺廟遭破壞，藏語誦經的傳承也受到影響，藏傳佛教的傳承反而轉移至流亡到印度的藏僧身上。

「下密院」是藏傳佛教格魯派僧人學習密續的最高學院，僧人來源有二：第一種是在拉薩三大寺學完顯宗經典、並在拉薩大昭寺的祈願法會中取得博士學位（藏僧稱這學位為「格西」），另一種是直接來學習密教經典。

直接學密教經典者要在下密院研修九年取得初階學習，若要獲得圓滿次第要花費更長的時間。下密學院的課程中，一至三年級安排攝類學，四年級開設因明學、四部宗義，研修理路的思考及心與心所的瞭解。五年級著重四諦的瞭解，接著進入中論的學習，再來是研讀《俱舍論》，瞭解心、心所、界、根，最後安排兩年的時間學習戒論，對於戒律進行探討。完成戒論的學習後，才有資格參加格西考試，也才能進入密續的學習。

而第一種取得格西學位者可直接進入密續高級班。下密院有五百個缽，入學先決條件是有上師過世多出一個缽，學僧才有機會遞補。

久美格西從下密院畢業時，當初入學的五百位高僧、最後只有十三位畢業，他是第一名資優生，是備受全校期待、能傳承藏傳佛教的年輕上師。他有佛學慧根，格魯派經典頗難，久美格西十二歲出家，十三歲到南印下密院研讀，歷經十年顯教畢業，接下來花六年時間便取得下密院密顯博士學位。

藏傳佛教派系極多，大概可分爲寧瑪（紅）、噶舉（白）、薩迦（花）、格魯（黃）四大教派。下密院屬格魯派，此派是宗喀巴大師（一三五七～一四一九年）所創立的，當年宗喀巴所處的時代正是教派僧人爭奪政權，貴族僧侶醉心於政治而非潛心佛法，寺廟戒律鬆弛、僧人放蕩自恣，佛教思想紊亂、邪說百出，宗喀巴大師決心改革，規定寺中僧人須嚴守戒律、研學經典、樹立講聽之風，大師自己也嚴守律戒，生平專以講經、辯論、著述來宣傳宗教和哲學觀點，使佛教面貌煥然一新。

四派中格魯傳播最廣，規矩最繁，達賴喇嘛是格魯派轉世傳承的領袖。久美格西解釋完下密院學程後，談到學院課程裡「辯經」極爲重要。「辯經」是讀佛學經典時，若僅止於個人的聞思修，幫助不大，須藉由與他人的「辯」，才可知道自己有哪些錯誤的見解，逐漸放下我執。

我們幸運地在參訪第九日來到南印三大寺之一的哲蚌寺果芒學院，親證了辯經實況。

辯經場上，二到三位喇嘛一組，一人站立、跨步趨前，雙手擊掌後口中「哦哦剎剎」說著藏語，坐在地上的喇嘛則提出反問——例如：「佛經說要破除『我執』。『我執中的我』究竟存在腦中、身體中，還是身體外呢？」辯者須立刻回答，有時雙方辯論過程，問方會張眼、大力擊掌以壯大聲勢，我在觀看過程覺得過癮極了，近乎法庭裡的精彩答辯。

礙於語言的隔閡，我不太懂雙方的談論內容，但喇嘛們的眼神是對佛理的專注探問，我想到自己任教中學時也將學生規劃成類似的小組討論，但老師必須全程盯哨，否則學生便聊起天、滑手機，但果芒學僧的辯經過程全無上師督導，卻沒有任何人偷懶。

下密院的佛學教育是全人教育，除了必讀的佛學經典，一天所需的水要自己去挑，三餐伙食得親自料理，動手清潔環境，娛樂是唱歌、看足球賽（下密院法師不能打球）。

藏人很瘋迷足球，我們看到下課時兩個小喇嘛在寺院一角踢球，物資不豐的他們買不起足球，只好是將髒污塑膠帶、保鮮膜一圈一圈地綑緊製成球體，久美格西看著踢得正開心的小喇嘛，已經而立之年的他神情純眞如小孩。

上下密院獨有的喉音誦經

在台灣，我接觸的是漢傳佛教，各宗派有以自己的法脈傳統來因應生老病死等課題的教法與一系列的善巧方便。唸誦經文便是其一。

這次印度行出發前，我在隨身行李中放入年紀老邁、時常病痛的爸媽的佛珠、《心經》及自己左胸腫瘤復發的診斷書，睡前便手持佛珠口唸經文，想藉此求得安心或奇蹟。然而眞正親耳聽到藏語發出的誦經，才體會與平時自己用的漢語誦經有著全然不同的感受。

有人曾問，藏文不懂，看翻譯就好了。對於只學漢傳佛教的人而言或許懂中文就夠了，但對於研修藏傳佛教的人而言，假如不懂藏文、只靠翻譯，當譯者未能完整或如實地表達教義，便會影響到理解及修行，況且西藏的文字與文法正是爲了翻譯梵文佛典而創，學習藏文的同時幾乎就等於在學習佛法，這是藏文與其他語言的不同之處[1]。

藏文誦經極其獨特。今年七月初抵達南印時，我們接受久美格西招待，來到他的住處精舍參觀。門前有片不大的綠地，種植格西們平時採食的金桔、木瓜等蔬果。那天恰巧久美格西剛完成「大威德金剛三十日閉關」，出關日須實施火供及祈福法會。久美格西盤腿坐在位於正西的褐木長桌上，合十，正東坐著三位誦經人，正北是住持，正南長桌擺放香燭、十六盤穀麥、青粿，四座以青粿製成的朵瑪（「朵瑪」是藏語音譯，由糌粑捏成、外抹奶油塑型的供品）。誦經聲起，久美格西左手頂禮，當住持手鈴一搖，格西右手便拈灰前撒。

誦經是藏傳佛教最基本、也是最普遍的修行方式，信仰者可通過唸誦不同內容的經文、禮讚和祈願文來表達信仰，也可藉此修持佛學素養，且每種唸誦都有內在價值和功德。

格西誦經是不看經文的背誦。法會結束後，久美格西展示了幾盒上百張的經文，紙上密麻麻寫著藏文，經文上註記著何處要覆誦、何時要響起鈴聲、何時音調上揚，全不能出錯。我們震驚地看著必須全背下來的經文。在台灣，身爲老師的我規定學生背首唐詩，學生卻常嘆氣背不起來，而這些下密院格西們是踏實勤懇地一字一句背誦。

藏經的發音方式乍聞像歌劇，連音、類似聲樂家的韻律節奏，咔呀嗚喔——低沉粗壯、威嚴、尾音如印度拉茶來回滑動卻不間斷。

有個段落只有久美格西一人獨誦，沒有麥克風，整院的人卻聽得清清楚楚，而合誦經文時，聲音在誦經人的口、胸腔及頭顱產生共鳴，我的耳膜、座位旁的窗戶也在顫動，那是我從未聽過的低沉喉音，完全沒有假聲帶共振，聲音像是從喉結以下直接出來，用力、徹底地、從腹腔往上、經由喉部把氣吐出來。

事後格西解釋，誦經的獨特喉音只有上下密院的僧衆才會，需要經年累月練習，因爲這並不是技巧，而是通過練習來改善喉部生理結構。有些格西會用綿繩綁塊肉、吊在咽喉處上下拉繩來回摩擦，天天練習喉音誦經，讓喉嚨劇痛、咽喉黏膜撕裂、咳嗽，直到失聲，休息幾天後再重覆上述之法，漸漸地開始具備了喉音誦經的雛形，這大約要花三年的時間，練成之後，聲帶變厚音域降低，就別想做歌唱家了。可惜，不是每位僧人都有這樣的能力及潛質。

1 見廖本聖〈為什麼要學藏文〉，2016.1.23

我們向來認爲聲音是用來溝通的，但格西誦經讓我體會到剛才的喉音藏語我全然不懂，然而不懂的聲音卻打從心裡感動，也許這些聲音不純然是和人類溝通，而是與四方天神、萬物感通，我也想著發聲者要用何種語言或聲音和多數萬物感通呢？

佛經上說，修習到八地以上的菩薩，自然可以獲得神妙的聲音，佛本人能用六十四種不同的聲音說法，可以讓各種生物聽懂並感到喜悅，法會中也有醒神的鈴響。若誦經時的音頻與人們腦中的電波頻率一致，人們是否便能心神平靜？

在我胡亂想著這些問題時，也訝異久美格西中文如此好，才知他在二十三歲時認識了摯友——來自台灣的廉艷雲老師。廉老師在台灣讀佛學碩士，寒暑假到下密院學藏文。廉老師告訴格西，若要向世人推廣藏傳佛教，便要學習中文，華文世界裡研佛或信佛者相當多，當然也不乏誤解藏佛的人。於是久美格西在二十九歲時跨越了長長的世界版圖、來到台灣。

這是久美格西繼十二歲後，再次地橫跨到他國。而這一次，他終於不必再躲躲藏藏了。

異鄉裡的故鄉，故鄉只能在夢鄉

久美格西出關當日法會結束後，帶大家參訪精舍附近的色拉寺。前往途中，他拿出一張照片，要我們指出哪一位是他母親，背景是藏區高原，幾位藏人婦女對著鏡頭微笑。指認過程，久美格西的語氣會頓一頓，然後沒事般地聊起了藏人婦女長裙前若有塊長兜表示已婚，又聊起藏人的曲子及舞蹈。

突然，色拉寺裡似乎結束了一堂課，幾百個小喇嘛向外衝，久美格西解釋衝第一、將錫製水壺裝滿水抬回寺院者是當天的第一名。格西回憶起小時的自己總是衝前幾名。

我們問起寺中的僧侶，許多小喇嘛的家庭是流亡來此，寺廟會供食宿及學習。物質不豐的小喇嘛平時三餐是麵食，當我們遞出台灣的零食果凍，小喇嘛把果凍條撕開，呆愣地看著軟QQ膠體不知如何入口，我們給的汽球他們半天也吹不起來，但仍是開心地拿在嘴邊呼氣。他們沒有高科技3C產品，卻有單純的快樂。

據資料，拉薩的色拉寺有九千名僧人，一九七〇年從拉薩逃到印度有一百九十七位經學院的僧人和一〇三位基礎學院的僧人，他們在南印度拜拉庫比另起爐灶重建色拉寺，如今南印大約有一千七百名僧人，比起拉薩色拉寺歷史上五千五百人的平均規模，還是顯得僧侶少了[2]。不過現在有些藏人流亡家庭經濟好轉後，已經不再把孩子往寺院送了。

我們此行參訪團有女十人，男四人，住的地方是色拉寺客房。我們的住宿想必為寺廟帶來些許不便，格西們不受世俗框架所限，秉持慈悲助人及以眾生為尊的理念，汶川大地震後四川

2〈流亡藏族的過去、現在與未來〉論文，周美里（台灣圖博之友會會長），2020.9.28

什邡有座羅漢寺接納了大批災民，包括二十八名從婦幼保健院轉移來的孕婦。能及時施予援手、無分別心，才是佛學談的慈悲。

我們住在色拉寺期間，傍晚三三兩兩在田間散步也是安全。此區屬藏人保護區，印度政府當年在南印卡納塔克邦成立了西藏文化保護區，規定印度人不可在此定居，外國人如果想要造訪此地，要先獲得 PAP 許可證（Protected Area Permit）。

印度政府撥給藏人定居之處多半是未開墾的偏僻叢林，久美格西說他在下密院讀書時，有天下課走在兩旁都是森林的路上，幾隻野狗狺吠，格西想著剛剛上師教的佛法，突然狗叫聲愈來愈遠，他一轉頭，一隻豹已經叼著狗沒入了森林中。我不禁佩服藏人在蠻荒一帶竟一磚一瓦地蓋起了故鄉的建設。

當年逃亡到印度的達賴喇嘛覺得一味接受印度政府救助是不道德的，主動建議讓藏人到中印邊界的高山上修築公路，一天的工資只不過一盧比，買了米就所剩無幾。達賴喇嘛向當時的印度總理尼赫魯要了一樣東西——讓藏人受教育，要求設立能傳承藏人的語言文化，也傳授現代知識的西藏學校，並在藏人定居點建立寺院。

達賴喇嘛在二〇一一宣布完全從政壇退休時，終結了四百年來政教合一的傳統，這是放下我執、放下世俗不輕易放下的名、權利，當時來台灣的達賴喇嘛說，他愛台灣人民，這小島非常美麗，但他不想製造任何不便。他一再重覆「不想製造任何不便」，我不禁想，藏傳佛教領袖、諾貝爾和平獎得主的他，在中國大陸崛起後，卻是不能碰觸的禁忌之人。

也許久美格西選擇遠離故鄉是不得不、但是正確的決定，修佛之人的終極關懷不是眼前的、短暫的、執著的，而是以平等的理念、不帶偏見去看待這世間佛說的眾生平等。

只是要達到眾生平等、不對事物抱持成見多不容易，因此久美格西要讓佛法成爲每個人的生活態度，在推廣藏傳佛教的同時、也保存藏人文化、文字及語言。不只久美格西抱持著這樣的理念，我在參訪色拉寺時，見到藏僧將西藏擁有的寺院建築復刻到南印度，且復刻了原寺院的靈魂。

然而多數藏人、藏僧努力保持西藏傳統文化時，年輕一輩的藏人卻已經悄悄轉變了心態。

自一九八〇年起，藏人移居海外已呈現多樣化的原因，如西藏一些有錢家長把孩子送到海外藏族僑民社區接受藏族傳統佛教教育，另有一些則是因「出國經商」、「出境參加法會」而滯留外國。因爲流亡藏人雖然受到印度政府保護，但流亡藏人在印度不能買地、不能考印度政府的公務員……種種限制下，有些藏人便離開印度，移民他國。

多數還留在印度的藏人都是中、老年人，他們已經習慣在印度藏人區的生活，而留在印度的年輕藏人除了對藏區很有向心力外，通常是因爲沒有經濟能力可以出國，又或者已在印度成家生根了。

所幸令人安慰的是今年七月六日達賴喇嘛生日，下密院藏區全藏族一同慶生，除了有頒獎典禮（如成績優秀獎、婦女生育多胎獎），也有節目，從最小的幼稚園生到老者都表演傳統藏人歌舞，那畫面令人感受到藏人在他鄉多麼努力維持自己的文化；然而在台灣，許多年輕人一味追求歐美或日韓文化，貶低台灣傳統。

慶生當天下午的節目是藏人村足球冠亞軍總決賽，晚上則是與西藏大學生的聯合慶生晚會，年輕學生一步一步教台灣遊客如何跳西藏舞蹈，我們也回饋台語歌〈愛拚才會贏〉，格西們和大家不分種族地唱歌跳舞，顛覆了我在台灣向來接觸到的僧侶形象——嚴肅、不苟言笑如一尊佛像。原來僧侶們也可以如此輕鬆自在。佛法是入世的，離開世間法，如何成菩提呢？

慶生晚會到了尾聲時，與西藏學生閒聊才知藏人奶奶們依然保持著傳統的藏族裝束，然而這些裝束在年輕一輩的藏人中已漸漸看不到了。以前生活在寒冷乾燥高山氣候下，藏人總會倒杯暖呼呼的酥油茶，口感鹹鹹、茶暖和溫順，如今北印天熱，南印暖和，酥油茶也不再是必要選擇了。

讓佛法成為生活態度，而非成為佛教徒

久美格西矢志弘揚藏傳佛教，目的不是讓人們成爲佛教徒，而是要讓佛法入心，成爲一種生活態度，因爲是否成爲佛教徒要看因緣與習性，是個人選擇，但正確生活態度卻是跨宗教的。若能將佛法中例如放下貪嗔癡、去除我執等修持內化爲生活態度，慈悲助人、開心度日將不會只是口號。

我想久美格西會有如此的想法，除了二十年來的佛學修行外，也看到了藏人的定位問題。以前看電影《賽德克．巴萊》，親日的賽德克族與留守家園的族人流著同一血脈，但因分屬不同陣營，族人終得砲彈相見。

中國和印度長久以來有著陸上領土糾紛，因邊界問題衝突不斷，雙方不是用槍砲對峙，而是互丟石頭、打群架。印度總理莫迪在二〇一八年曾說：「中印邊境四十年來沒有射出一發子彈。」回想起二〇一七年中印歷經長達七十三天的對峙，雙方增兵數萬劍拔弩張，是中印最嚴重的邊境衝突，幸好最後以同時撤兵與和平對話的方式落幕。如果眞的開出了第一槍，即使沒有人傷亡，那一槍都會摧毀中印苦心維持的邊界「表面」和平。

二〇二〇年八月二十九日至三十一日，中印兩國在拉達克東部班公湖爆發衝突，一名印度特種邊防部隊士兵因誤踩地雷死亡。這名士兵是藏族，叫尼瑪丹增。自一九六二年中印戰爭失利後，印度政府意識到喜馬拉雅山區地帶的軍事行動需要特殊體能的士兵，於是成立一支能夠適應高原環境、以藏人爲主的邊境特種部隊，而中印衝突中，中共派出來的士兵也許也有能適應高山氣候地形的藏人。此無異於《賽德克．巴萊》，是人間悲歌。

久美格西學佛的一個理念，是想讓佛學內化到心底、進而實踐，成爲一種生活態度，倘若人人都有慈悲心，助人爲懷，藏人的流亡歲月、中印的邊境衝突也許都能有解決之道。

出走是為了回歸

今年三十四歲的久美格西研修、弘揚藏傳佛教外，二十三歲時認識了在台灣北市高中任教的廉艷雲老師，廉老師認爲華人世界有許多佛學門派，若久美格西中文能流暢表達，便可以在華人世界宣揚佛學，破除台灣或華人世界對藏僧的偏見與誤解。在廉老師鼓勵下，格西二十九歲那年來到台灣師範大學華文中心學習中文。

因爲疫情，航班及簽證大受影響，格西在台長達四年，感受到藏人、印度與台灣的文化差異，如台灣人喜歡事先知道一項計畫的時程安排，在西藏或印度則是做事當天碰到了再說，事先多說無益；台灣學生下課會呼朋引伴邀大夥一起吃飯，久美格西誤解了幾次，因爲藏人邀約大家用餐是要負責請客的意思。這些文化差異讓久美格西更加體會到佛法哲理，人多半站在自己的角度看事情，若能放下我執，看待事情的角度會更全面。

因爲久美格西與台灣的情緣極深，才有了這次招待我們這群台灣訪客的機緣。兩周的相處下，寺院和紅塵交換著物質、資訊和文化交流，我發現許多僧人都有外地朋友，僧人不只是每天磕頭念經，他們的交友關係形成了更寬廣的跨越宗教網路，我看見喇嘛在生活中實踐佛學，也是凡人，也會想吃零食，看足球賽爲自己的支持隊加油，開心便唱歌，藏歌印度曲子台語歌都能來上幾句。然而他們的心是柔軟、包容的，我們參訪寺院不慎踩到高僧的架裟、不小心叫格西們幫忙抬行李，久美格西笑笑說著藏語：「གང་ཡང་གནང་གི་མ་རེད།」（音：給由馬咧，沒關係之意），我們行程太趕，他以藏語安慰著：「ག་ལེར་ག་ལེར་」（音：咖咧咖咧，意為慢慢來）。

高僧與凡人的距離很近，差別在於心，在於修養。近年，老邁的父母身體漸虛，三高、心悸、大小病痛如火苗燎原燒向全身，我在今年初發現左胸長顆瘤，在物資豐富、文明、3C產品不離手的台灣，我反而有許多煩惱，將充裕物資視為理所當然，熱時便開冷氣，有網路時便追劇；然而在印度兩周，熱水來自太陽能熱水器，連續六天我是直接沖冷澡，幾個晚上沒有電，長髮便讓自然風吹乾，也是開心度日。我不禁思考文明科技對於人是何種存在？

反觀流亡的藏族，蔬果自己栽種，沒有足球便自製，沒有水便親自去井邊打水，沒有熱水是自然不過的事。達賴喇嘛生日慶典當天，物質不豐的藏族聚在一起吃著家鄉酥油茶、糌粑製的餅，歡喜自在，似乎在異鄉復刻故鄉的生活與文化是理所當然、值得驕傲的事。我不禁想，當初年僅十二歲的久美自家鄉出走，他也許已想好未來要以某種方式回歸——不一定是回到具體的西藏，而是以抽象、精神、哲理的方式再現藏傳佛教與藏人文化。

然而聽說格西們也漸漸看到藏人的困境，南印藏區有寬敞的僧院，上千位僧侶，店家或住處有許多佛像、唐卡、法號、袈裟……藏人的信仰深穩得如滲在暗紅僧衣或藏民衣布裡的深色，然而現實是近二十年來中國藏區的經濟發展近年突飛猛進，藏人們過上安居樂業的生活後，宗教熱情難免受到資本主義的腐蝕。而在印度的藏人，在微信上看到原來破爛的老家華麗轉身，回鄉之情日益迫切。再者，海外的藏族家庭也不太願意把小孩送去當和尚，寺廟的僧侶來源也許未來也是個問題。

因此久美格西要從下密院走出去，讓佛法內化為世人人心的一部分，為了在人們心中傳播衆生平等的種子，他的眼神常流露出慈悲和理解，談論生活或佛法時，常以「大家都是一樣的人」起頭，例如我們參訪時，三餐伙食有位印度婦人幫忙洗碗盤，在印度種姓制度階級嚴明的國家，印度幫傭女人是不能與客人平起平坐，久美格西是以對待人的方式看待對方，向對方道謝，與對方合影留念。

十二歲時小久美由故鄉出走，現在他要從流亡之地再走向全球，第一站先抵達台灣，最後讓世人知曉藏經與藏文、藏文化，他的回歸之地不一定要是故鄉，而是回歸到人心。有了佛心佛性，哪裡都可以是西藏。

藏僧、藏人的挑戰與困境

久美格西宣揚藏傳佛教與藏人文化時，首先面臨的問題是年輕一輩的流亡藏人對藏族的認同。

藏人在印度的身分是無國籍者，出國拿的護照不是一般公民拿的印度護照，而是由印度政府發出、被稱為「黃皮書」的無國籍者旅行證。拿這本旅行證件在各國旅行常常會遇到困難，因此多數年輕一代的藏人是希望可以拿到其他國家的身分，對他們而言，脫離無國籍者的身分，人生會順遂許多。

久美格西來台灣後遇到的另一困境是漢傳佛教對藏傳佛教的誤解，例如藏僧爲何沒有吃素？台灣民眾對於民間信仰的宗教活動是熱衷參加法會或消災解厄的儀式，或者迷信標舉可以解厄的加持法器如神像、寶物等，較不重視密修次第的體驗或對於佛學經論的研修。

另一問題是台灣經濟富裕，信徒迷信供奉錢財愈多，得到的迴向或福報便愈多，如此的經濟的誘因下也產生了些許的弊端，如新聞報導流亡藏人化裝成喇嘛來台打工或者詐騙有神力爲民眾療病或修得善業。

其次，台灣藏文佛典的翻譯與出版有待加強，對於經律論典籍缺乏有系統的翻譯。況且台灣的佛教較重視各派的儀軌修法與上師的開示，對於佛法想有立即性的開悟，當修持沒有進展時便想半途而廢，因此能夠在學佛或修行路上堅持下去的人並不多。

種種挑戰，久美格西仍是自在微笑，慢慢來是他的生活態度，不預設立場、不擔心任何的擔心。他說，有人看到問題想到困境，有人看到問題想到轉機，這就是佛法，境由心生。

反觀我，在物資富足的文明台灣，出去旅遊個十天半月便能返家，碰到的山只不過是工作壓力大、職場上人我爭執……。久美格西的家就在山的另一頭，不是翻過高山便能抵達。世人對藏傳佛教的不解及誤解、年輕一代藏人的認同問題……都是一座一座的山。

生長在台灣的我們也有著族群認同問題，也被國際邊緣化，如果人人都能有著佛法說的善念，放下執念，崎嶇山陵是否會好走些？兩周的行程我天天想著這些問題。最後要返台前，久美格西送我一條哈達（白色織品，藏族禮賓交往中贈送的吉祥物）說著「台灣見哦」，同行之人則紛紛手抄一串藏文བཀྲ་ཤིས་བདེ་ལེགས་，原來那是好運喜悅與幸福的祝福語，音為「扎西德勒」。

評審意見
須文蔚

史詩筆法，思辯文化衝突

以史詩般的筆法，記錄西藏佛學家仁青久美流亡的故事，作者以濃墨重彩，細寫久美格西十二歲時，從拉薩到印度的驚險歷程，以及思念親人的故事，在緊張刺激中，展現出久美格西堅毅的人格。報導的後半段，久美格西來台學習中文，弘法之餘，思辯文化衝突，也生動與引發深思，建構出一篇精彩的人物特寫。

較為可惜的是，全文的筆調並不統一，中間大段落描寫南印度下密院部分，以及藏人流離失所的歷史，突然從小說敘事轉為散文論述，文章的內容多為資料剪裁，少了人物與角色的敘說，有些美中不足。

新詩類

首獎／

沈眠

1976年生，著有詩集《文學裡沒有神》和短篇小說集《詩集》、詩歌寫作計畫《武俠小說》。獲多種藝文補助、文學獎及詩選。詩作、書評與人物專訪，常見於副刊雜誌媒體。

達瑞 拍攝

得獎感言

這首詩獻給夢娲。夢娲定義了我和詩歌之間的距離，或者極致點說，夢娲是我丈量整個世界的方法論。我深信著，無與倫比的幸福，來自於遇見一個世界上最適合愛情的人，而且剛剛好她愛著我，即使遭遇了各種傷痛與劫難，仍然不悔不棄。謝謝評審們願意給予這樣一首詩獎項，尤其它純粹是爲了夢娲而存在，也就特別有種額外的輝煌感。

世界上最適合愛情的人

其一：最美的時光

那麼多愛情，純純淨淨
收藏在妳無與倫比
身體裡。我一摸便溢出
每根骨頭，都濕潤得不像話
都飽含往昔與未來。潮汐的總和

然後我便要睡在妳的水上了
晃晃蕩蕩，一輩子的時光
聽著妳心中紛紅駭綠。音樂一樣的璀璨

妳一再拔起我的短刀

正面、柔軟且深刻地，刺中我的命運
開啟多種色彩。甜得滲蜜的傷口

而相遇即爲降生，妳動用我眼中
一切的能源。重新創作我的
骨骸、血肉與肌膚，敏銳的心智
使我相信：世界值得再活無以數遍
我是妳的五色石。而妳從來
就是我的補天

不止是一種相許，這是
千萬種相許。這是思慕的最龐然
宇宙洪荒。於是我們
便穿過破綻，抵達所有情慾的
故事，撞擊成雨勢與廣袤的天際
無邊無邊的擁抱。並繼續
堅決湧出那麼、那麼多愛情

其二：癡迷，沒有盡頭

我成爲妳的影子，心甘情願。
在各種材質的表面上，
時而粗獷，時而光滑，時而堅硬，時而柔軟。
隨著沐浴在光亮下的妳變化，
著魔地醒來或睡著。
每天都渴望妳深邃的洞天，爲我指出明亮最大面積。
以影子下載奇妙法術，我鑽入妳多情的暗中，
探究生命的完整性。
我樂於活在妳的腳下，以踐踏的型態，
承接妳所有情緒的底部。
請妳如同上帝，讓我緊緊貼在地面，
與地心引力吻合。
愛這個字是不夠的，完全不夠我們使用，
不夠我們追逐在神聖的時間。

妳也必定是太空，讓我星際探險，
研發更多發人深省的特技。
譬如吻會膨脹，我們驕傲的愛也是，可以一路膨脹成星系。
翻滾吧，我們翻滾著，翻滾成浩瀚無邊。
在每一種絕無的時刻裡，完成僅有我們指認的盛宴，
而孤獨不再是生命的重點。
我喜歡妳侵占我的心靈，不留餘地，
我已經居住在妳的巢穴裡。
天氣無與倫比，潮濕、柔軟且神祕，
我立志對永恆上傳妳的雨季，
妳是我滂沱大雨時的，全部的音樂。
眞愛難免變態，但變態不是眞愛。
我願意擔任無限期的痴漢，對妳始終懷抱最高流量的色情，
無限制開啟靈魂，任妳讀取，沒有止境。

其三：以平庸的姿態，相愛

日常作爲磨損，一點一滴
磨損手指與聽聞，磨損萎縮的
觸覺疲憊，破爛的語詞
也磨損眼底布置多年的閃電
漸漸老了，愈來愈覺得老的不能
阻止。年輕的雨勢不再簡單
它在胸膛裡，閱讀複雜
擠壓密密麻麻時間的
紋路發現住居的，神也老了

心的皺紋漸起，像淋濕的鳥
掛在故事的中途，忽然被彎曲起伏的線譜
逮住。眼中的劍越發鈍重
黑暗幾乎是史詩，幾乎是一切的停頓

垂降幾乎是我。而妳抓緊那些遺落的時光
舉起一種獨特的，火的溫柔
燃亮被陰翳包圍的顏色，將醒未醒的
煙花。妳是我唯一的命運

把所有的音樂帶來，響徹慈悲的旋律
命我回返。此時此地從來無所遁逃
愛情與我們同棲，人生沒有魔法
閃亮不過是片段快速
絢爛通過。長此以往都將是平庸
都是我們的軟弱，忍受一寸寸綻裂
擁抱的盡頭。慢慢完全沉浸在
普通生活。我們

其四：愛成爲心靈史

謝謝妳完成，我正在愛起來豐盛的自己
謝謝生活是艱難，而艱難是
我們甜蜜更多的可能；成爲妻子的妳
沒有婚宴，抵抗華麗的表面，最素樸的妳
座落我的裡面；成爲母親的妳
負擔九個月的質量，歷經破腹手術的凶險
傷疤演化爲神祕，溶解女兒的啼哭；
成爲靈覺的妳，移形換影且如露如電
深入我的所有文字裡，流露美學的速度
不被拘禁；成爲日常的妳
賜給我各種情感，如不可思議的天氣
無論是豔陽，抑或綿密雨勢；成爲法則的妳
分分秒秒圈畫著，無數金黃色的線條
湧向我心中，長滿觸覺的愛；
成爲世界的妳，比所有可見的更豐饒

孤獨的情節已經邈遠，現在
我們是萬物的完整；成爲時間的妳
推動龐大深刻且生動的編年史
捲起明亮的藝術，充滿我

評審意見

路寒袖

功力深厚，自成語境

做為最通俗的題材之一的情詩始終都是易寫而難工，因為一不留神就自作多情，俗爛肉麻了。本詩情意纏綿，潺潺細述盡是先生對妻子的無限愛意，極其動人肺腑。作者功力深厚，自成語境，文字優雅浪漫又甜美，寫情得情之精髓，而另翻新意，像「愛這個字是不夠的，完全不夠我們使用」、「譬如吻會膨脹，我們驕傲的愛也是」、「真愛難免變態」。

寫慾含蓄而內斂，又引人遐思，如起首的「那麼多愛情，純純淨淨／收藏在妳無與倫比／身體裡，我一摸便溢出／每根骨頭，都濕潤得不像話」、「每天都渴望妳深邃的洞天，為我指出明亮最大面積」。但愛情、婚姻不可能只有激情愛慾，終歸得回到現實的普通生活，所以最後一章是「閃亮不過是片段快速／絢爛通過。長此以往都將是平庸」，深愛的妻子不只是妻子，而也是母親、靈覺、日常、法則、世界、時間，沒錯，這樣才是真正的愛，完整的愛。

二獎／

曾國平

筆名語凡，新加坡文藝協會副會長，新加坡文藝報主編，曾經獲得新加坡文學獎、方修文學獎、台灣華文現代詩五周年詩獎正獎、第一屆台灣人間魚詩獎等。已出版八本詩集，一本散文詩集。

得獎感言

謝謝時報文學獎評審給我的肯定和鼓勵，謝謝在寫詩路上引領我的老師。謝謝與我一同在詩路上探索和創作的詩人，謝謝我的讀者和我崇拜的詩人。謝謝生活給我的快樂和困難，謝謝時間賦予我的思考和現象。謝謝遠方的朋友和陌生人，因爲你們才有我每一首詩。

頹廢者和他的床

1

我學習某個長者，四處遊蕩
與天空和大地攀談的生活
至於用什麼心情，遇見什麼人和風景
困難和喜悅都不重要，我想

只管走，慢慢地
有的風景和人在前面展開，有的跟隨在後
有時在某棵樹下歇腳，認識一顆會說話的石頭

我也在學習，與他們分享
有時聽見，有時沒有

只是走在被人占領，雜亂侵擾的大地
走進他們，再從他們那裡走出去

他們會拉著我與我交談
用他們的咒語和妖術
彷彿書頁中被人傳頌的傳奇
毫無目的，只隨心情
說多了就下一場雨
少了就繼續磨著時間
反正時間多而無序

我打碎自己的固執
靈魂深處有一股快樂和痛苦
都拿出來曬太陽
發出曬太陽後特有的味道
清香沉鬱，孤獨而溫柔
那時我會神采奕奕，分外輕鬆

如睡夢中的感覺，包括身體和心

你若在那個時候認識我
一定以爲我就是一個頹廢的詩人
我只是一直尋著自己
活著的平衡
也許某天跌倒
拍拍塵土，然後再走
也許某天走不動了，就等著你來
在書的某一行，某一句某一個字
與我邂逅

2

你終會認識那張床
像一片海終會

等到它的朝聖者和厭惡者

我不在的時候
它還會有水的溫度
時光的分解，哭泣的海浪

它不存在於我
認識過的空間和人群裡
也許在不同的維度和星球可以尋獲
另一張同樣
孤獨溫柔，虛弱陰暗的存在

一張發黃的床單
留下時間的味道
不會過度哀慟
也不會心情開朗

它覆蓋沉溺的時代
聽過荒謬的新聞
唱過也背誦過流行一時
轉瞬消失的歌和詩章

別以爲它還在爲誰哭泣
即使有人駐足放上鮮花
它喜歡遠足而至的光
分解汗和鹽粒的風
靠近左邊的人
靠近右邊的牆

總有一天你會走過天國
在文字與眞實間
看到時間的盡處
還在延伸的靈魂

有一個像我一樣的人
從那張床起來
像水一樣湧動，堅韌
養一片海天和魚
澆滅痛苦
再也不需要具象的它

評審意見
陳義芝

以詩表現生命哲學

這是一首以詩意表現生命哲學的詩。會說話的石頭、隨心情下的雨、曬靈魂的太陽，都頗具詩意。

第一章寫活著的時候「四處遊蕩」，第二章寫死者躺著的那張床，筆觸流利，思想曠達。活著要與自然接觸、與人交談，會經歷快樂和痛苦的事；當生者去到另一國度，靈魂「喜歡遠足而至的光／分解汗和鹽粒的風」。作者消解死亡的沉重，把短暫一生的遺憾化成無盡時間的寄託。

詩中那些「在前／在後」、「聽見或未聽見」、「走進／走出」、「走得動或走不動」的語法，果真是在找「活著的平衡」。詩題所謂的頹廢，顯然是為適應外在，是一種安時順命、縱浪大化的人生觀。

佳作／

李珮琳

筆名漫漁，台北眷村小孩，台灣香港之間漫遊，斜槓的寫作人／語文教師／小農文創工作者／貓奴。台灣詩學和野薑花詩社成員、乾坤詩刊編輯。曾獲時報、台中、星雲、金車等詩獎，詩集有《剪風的聲音》、《夢的截圖》。

得獎感言

2022 年夏天，我所居住的台北社區的臉書群組出現了一則貼文——一位母親帶著妥瑞兒去看電影，孩子不斷發出啾啾聲，母子最後被觀眾指責而黯然離場。〈鳥影之窗〉的創作發想，不是在論對錯，而是嘗試藉由詩，讓那對母子走進我構築的場景，把母親的內心世界具象地呈現。謝謝時報的主辦單位和評審，讓這首詩被看見。

鳥影之窗

時針爬搔日常，一個刻度一個刻度
收攏的傘靠在桶邊，雨往肚裡吞
路過的風往窗上呵氣，畫出幾個
歪斜的笑臉符號

服務生剛放下餐點的桌邊
躺著一張張顏色紙
有的折成小船，有的折成飛機

「咯咯。」＊

她看著眼前抽動的身影
在腦海把他折成一個

平常的小孩
努力投放那個模樣
在桌子的另一側
那枚投影正安詳地微笑、坐立、玩耍、吃飯

周圍有一些轉動的頭顱、好奇的眼神、尖細的耳語
在她的背脊舔出一條冰冷痕跡，悠長而緩慢
那投影隨著不停眨動的眼睛
一點點蒸發

「咕咕。」*

眼前坐著的，是一隻扮成小男孩的雉雞
伸長頸子、聳肩、拍翅
喉嚨深處的咕嚕，啄刺她的耳蝸
靈魂脆裂的聲音
輕微扯痛她的小腹

（那裡深藏有基因排列的秘密？）

餐廳一角，雨越下越大
窗台氾濫，折好的小船被帶走
（能否也帶走那些眼神和耳語？）

「媽媽，你在看什麼？」他清了清喉嚨，眨眼。
她沒有低頭，默默拉弓
以定力將所有視線奮力射向窗外的遠方
（「我在看，這個世界什麼時候被治好？」）

「噠噠。」＊

回過頭來，整個餐廳是歪斜的
雨水傾流到她和孩子的腳邊
跳到桌上俯視周遭
一群一群衣冠整齊的雉雞

對著自己的影子，不停重複
眨眼搖頭抽搐扮鬼臉尖叫清喉嚨擤鼻子直到天空劈下一句
啵響的髒話

（「幹！」）

睜開眼睛，雷電行過的世界仍然病著。

保持寧靜的用餐環境裡
母親溫柔觸摸身邊的小小雛雞
天空把玻璃染成陰灰色
映出一隻模糊的鳥身
她在霧氣裡凝望，在窗前比劃
嘗試塗改現實的輪廓

（雨停了之後並沒有彩虹，也沒有永不冒頭的太陽。）

＊「咯咯」、「咕咕」、「噠噠」皆爲妥瑞氏症孩童聲語型抽筋時，發出聲音的狀聲詞。

孩子張開臂膀，奮力拋出折紙飛機
未知的弧線飛向遠方，此時的雲層顯出
一條銀色的　堅定的邊

評審意見

李進文

語言節制，詩中有畫面

此詩敘述一位妥瑞氏症孩童及其母親的日常，場景在餐廳。有幾個特色，其一是作者採用第三人的觀察視角，講述時壓抑、抽離而冷靜，語言節制。

其二是有畫面，鏡頭在人物和場景之間自然切換，用影像說故事；鏡頭切換之間，孩童發出的「狀聲詞」彷彿投入平靜湖面的小石子，激起「劇情」的漣漪，雖然形式有點刻意，但對情境的布設是有效的；隨著不同的狀聲詞，孩童的動作由安靜而逐漸激烈，最後又回到安靜。作者搭配運鏡，讓情緒有著愈來愈強的張力，讀來情感隨之起伏，隱隱心痛，故事氛圍的鋪陳頗為生動。

其三是取材和處理，妥瑞氏症之症狀或許不盡然跟作者所描繪的一樣，但作者敢於挑戰議題，有巧思和角度，整體的構成流暢，文字嫻熟，分寸拿捏得宜。

另外，關於命題「鳥影之窗」下得頗有意味，鳥影既指孩童（小小雉雞），亦指想要掙脫飛往窗外卻又必須接受宿命的母親（模糊的鳥身）。此詩亦以小見大，拋出「世界病時我亦病」的省思。末尾，鏡頭帶向「此時的雲層顯出／一條銀色的 堅定的邊」，既指社會邊緣人，又點出意志堅定的母性柔光。

佳作／

扈嘉仁

1998 年的清明節生，命宮天機星化忌。就讀政大中文所碩班，目前定居雨影村。曾獲優秀青年詩人獎、教育部文藝創作獎、中興湖文學獎、後山文學獎等。作品在 FB 粉專「扈嘉仁ㄉ詩」更新。

得獎感言

耶。

萬華謠言

0.

聽說只有孩子能看見什麼，聽說
牛眼淚、煙灰，與謠言
滴落在好奇的雙眼
人便走進鬼影幢幢的城市
耳朵貼上公園廁所緊閉的震動的門
耳朵貼上另一對耳朵
當城市的耳膜受孕
他們說，聽見妖怪誕生的聲音

1.

十九歲的小齊

在並非十九歲那年
拉著我在深夜萬華尋妖
霓虹店招，助跑跳上屋簷的野貓
防火巷暗中
打量的視線落在身上
斜斜雨水不斷，燈暈下變換著色彩

走吧，像遛狗那樣子遛我
把成年的行蹤穿針
縫合起不曾並肩走過的巷弄

從桂林路彎進西昌街
藍色鐵捲門前一排越南的石像鬼
ＫＴＶ傳來老歌，小齊說也曾是
一代人的狂飆與迷失

0.

她未聽聞我舊家的故事
叔叔把脖頸掛上一條粗礪的繩
灰牆面，一只時鐘永遠壞了
秒針兜轉著圈
分與時，維持沉默的懸置

孩子在沉默的沙盒中成人
在叔叔消失後某天，聽說房價大跌

房外飆車的雷鳴
輕易擊落玩具積木小心疊起的高塔
但願閃電不在門口停駐
但願不是踩著暴躁腳步的叔叔
回來，當時我不知道
老房早在傳聞裡住進了妖怪

1.

外人裝配著他們的眼睛
走進這裡，而妳警戒轉頭
小齊，只要他們還想看見什麼
我們將永遠在這裡站定
等待腳步聲和雨水
從身邊遠去

我放下雨傘
傘骨在風中已然解體
雨水洗滌過的巷角
仍舊髒污，棄物鏽蝕的氣味她說

廣州街，遊客腳步
在雙向匯流的動脈攢動
無數巷子蔓延出淤塞的微血管

站壁的中年婦女逕直走到我們面前
十九歲的小齊領我快步
通過衰老的慾望

她無法理解這裡運作時間的機制
然後眼前，沒有更多的然後了
小齊看見妖怪
小齊還是個孩子

0.
民房二樓，是鐵門，我看著叔叔推開
生活偽裝的賭局

牌桌上，妖怪在遊戲
他們全部的底牌攤開朝外，盯著牌背打出
選擇，全盲的人跟從賭徒的狠勁

酒精，毒品，以及十分鐘
一千五的性慾。嫖客吆喝著砍價
越南少女操著她不熟悉的漢語
堅持自己，時間的價碼

我看見一群叔叔的鬼
在他輸掉年輕的地方勉強
租借人的臉皮

1.

眼前一灘積水
穿白鞋的小齊站在那裡
轉身，讓純白裙裾在風中旋擺
她直直看向我，我身後髒亂的街景

「這裡還在償還，」她說：
「你所預支的年輕。」
從她篤定的口吻中我聽見天真
一種源自天真的傲慢
（因此妳才來不及變老？）

不等我反駁，她擠出最後一句台詞：
「活著的人才有機會償還時間。」
小巧的嘴微微揚起

巷子前，身下的影子詭譎，影子和
影子的影子——我和小齊
同時邁開小小的步伐
時間的行蹤，在觀光客獵奇的視線中無心
來回，紡就一個巨大的織體

聽說萬華藏匿著妖怪（還是幽靈？），聽說……

十月的熱風吹飛傳單
煙灰與無數腳印裡
傳單的文字再沒有人能夠看清
我看向她原本站立的，那小片積水
水面清澈，單單映出我的身影
一個萬華盛產的謠言

評審意見
陳義芝

懷人涉事，如萬華浮世繪

長詩挑戰創作者如何以「詩的語言」來說故事，還必須同時處理取景、刻畫人物，節奏和結構，這首詩的完整性頗為出色。

作者以簡潔的口語聲腔，穿越舊時光，懷人並且涉事，述說時張弛有度，集中命題以各種視角去剪輯（許是八〇年代）的萬華。

狂飆與迷失的舊年代裡，作者漸次帶出生活於萬華的底層人物，而當時的社會現實亦隨之攤開，如同一幅萬華浮世繪。即便講的是死亡、幽靈和鬼屋，但透出的不是寒氣，而是記憶中的友情和溫度。

詩中上吊的叔叔（或一群賭輸了青春的「叔叔們」）指涉昔日的萬華百態，敘述者（我）和好友（小齊）穿梭其間，把小小的萬華「紡就一個巨大的織體」。

詩到最後又有幽微轉折，原來小齊似乎也是鬼魂，字語淡淡飄出——「因此妳才來不及變老？」「活著的人才有機會償還時間。」而結尾或許要說的是連「我」的存在亦可能是萬華的一個謠言？留下了懸念。

作者重覆採用「0、1」的分章，猜想許是象徵符號，「010101……」也可解釋為網路虛擬世界的萬華？那麼，這個故事或者「存在」本身就是一個可信、也可不信的謠言？

散文類

首獎／

吳俊霖

筆名崎雲，1988年生，台南人，創世紀詩社同仁。寫詩，也寫散文。著有詩集《無相》、《諸天的眼淚》。曾獲優秀青年詩人獎、周夢蝶詩獎、全球華文文學星雲獎、創世紀六十周年紀念詩獎、鍾肇政文學獎等。

得獎感言

蓮仔像粗心的小孩，時常忘東忘西。她曾經忘了她有一個兒子，但她總是會驕傲地跟她的兒子說還好她有這麼一個兒子。有時，那個兒子好像是我，又好像不是。但蓮仔永遠是我最心疼的母親。

謀代誌時，蓮仔會騎著機車，返回其記憶中的老家採摘田中的瓜果。那是其從小生長的地方，曾耕植著各種空花夢想、民俗禁忌、鄉野傳說，然而老屋在多年之前便已拆除，留下的舊地，一部分由五舅種植易活易長的農作——番薯、花生、絲瓜——大塊區域則淪爲待墾的荒田。自蓮仔三十年前患病後，對於日常瑣事的記憶力便逐年降低，近幾年亦有多次迷路的紀錄。出門不喜帶手機，常要待其傍晚歸返才知道是日又去了哪裡。爲了掌握行蹤，我刻意在她出門前先詢問去處，這才逐日摸清她日常晃遊的地圖——佳里鎮的番仔寮、海佃路的五舅家、安平老街、府城舊書冊、圖書館以及大灣市場。

幾次晨起，蓮仔欲出門採買，發現機車失竊。報案後員警來協尋，調監視器，才發現車子就停在巷口的超市前。隨後幾次，每當蓮仔懊惱地向我提起車子不見了，我便會先領著她來到巷口的超市與藥妝店，不足百公尺的距離，她總眉頭緊蹙地說：「又閣予人偷騎去矣。」氣惱、憂慮，卻也每一次都在店面的騎樓下找到停得安妥的車子。「逐擺攏偷騎我的車。」邊說，邊開椅墊，戴安全帽。直到車子發動，蓮仔緊蹙的眉頭仍未有一絲放鬆：「逐擺攏針對我。」堅定地認爲車子是被他人偷騎走的，有些無奈，有些委屈，語氣多埋怨。蓮仔要我上車，我搖搖頭，說我去超商買杯咖啡，自己走回去就好。

蓮仔偶爾會像這般提出邀約，充滿興致的。如約我至安平的小店買手工的織物，去監理站旁的假日農市看花，去大東夜市遊晃消解無趣的日常，或到位於地下室的二手書店找店長老夫妻聊天。一路上，聽她在耳際說：「騎較慢咧，你騎遮緊我會驚。」間雜對於街景的變化，舊廟宇、新店家，誰誰誰曾經住在那裡，上次來的時候，發現了什麼吃食、買衣服的地方。這時候的蓮仔，記得的比忘卻的還要多，憶舊的同時，又對萬物的遷化感到新奇，彷彿這些街景、路名，都是她腦內的神經、心上的纖維，是記憶的線索、意念的寓在。

對蓮仔來說，家中日常的一切都似一片又一片蛋糕般、板塊式的夢境所縫合而成，在反覆摩擦、撞擊下，某些板塊邊緣的泥土會落入如深豁的時空裂縫裡。當她遺落了某一段記憶，那麼當時所發生的便都歸屬於他者的造作。若有一竊賊，藏身在家，處處與她爲難，貧於蹲下而後站起之恍如光閃照眼令人眩暈無暇思緒之一刻突然竄出來，偷走一些看似無甚價值但迫切用到的東西——機車、老花眼鏡、舊相片、高跟鞋、健保卡——可恨、可惡，如天生愛與人作對的藏物小精靈、時顯時隱在某些機緣下才可見的累世冤親。諸此種種，並不爲什麼，只爲惹得她不愉快，時空的裂縫便會顯露出彎月般的笑容，再次吐出被吞噬之物。

被吞噬記憶的蓮仔有時提出邀約，但時常拒絕我所提出的邀約。

因多次的烏龍報案，管區來電，委婉提起除了思覺失調，也要留意蓮仔可能有輕微失智的症狀。我說我明白，只是她不願「無故」上醫院，除非自己感受到身體「有故」才會願意前往就診，也唯有其有意願，對醫生才有信任，否則會覺得一切都是我們對她的詐騙與威逼。每每要說服蓮仔回診，都得先想好劇本與說詞。網路先掛號，再配合衛生局的訪視人員、嘉南療養院的護理師和醫師，藉檢查身體故、主治醫師關懷故，連拐帶騙地攜她前往。但只要她沒有意願，卽使約好診，蓮仔亦會刻意放予袂記，若我們再不識相的多說幾句，蓮仔便會擺起臉色，說：「就無病是欲看啥物醫生。」隨卽戴上耳機，對外界的一切聲音都不聽不聞不顧不回應，這時的蓮仔，便只可遠觀。

這是蓮仔數十年來的任性，她知道我們不可能放捨不顧，而我知道她是眞的覺得自己受了委屈。旁人所見都是她的熱情與求知欲，只當成是其個性中的一部分，如與蓮仔相交多年的書店老闆所說：「你母親只是比較敏感。」彷彿那些歇斯底里的症狀只會在我們的眼前顯。亦或許是發病的時間太不一定了，上一刻如常，下一刻便無來由的像是全世界都在暗地裡招罪於她，常將我們所認知的「假」執持爲「眞」。繼而乍起的暴怒與憂傷、對家人行舉的惡意揣想、虛空中傳來的視聽幻覺，錯接的記憶、穿越的時空，虛空裡那常人不得見之他者的對話，對蓮仔來說，都是眞而非假。而諸此種種，對於在旁措手無助的我們，也都是眞的。苦是眞的，無奈是眞的，心疼也是眞的。

蓮仔辭世前的幾個月，常看著手機上的短片，與空氣說話。大妹問她在跟誰聊天呢，她答：「死去的同學來揣我矣。伊對露台入來，問我過了按怎。」

對蓮仔來說，亡去與活著並無差別，亦或者，活著大多時候也跟亡去一樣，只是一種「狀態」的改變。眞、假不重要，交涉的對象是生是死亦不重要。有時，當我們涉世越深，慢慢慢慢學著在某種程度上接受、理解她的常與反常，像理解一幼童對嶄新世界的想像，摸清其所指涉的他者身分爲何，突如其來的怨恨、哀傷、痛苦之緣由，並以此爲梯，涉入記憶的裂縫，尋找那些被遺失，卻關鍵的生命經驗；而有時，則像親近一隱世的神巫，藉由蓮仔的口，明白另一個世界的運作、人世裡紛雜如毛線的彼此糾纏，其前緣、來續，戛然而止宛如警句的神來一筆，於不經意間，勘破我們當下的憂慮。

憂慮於曾因在北撰寫碩論故，近一年沒回家。口考完，母親節返鄉，搭四個多小時的客運，抵家、開門，捧著花，坐在客廳的蓮仔卻皺眉，一臉疑惑，略略客氣但猶疑的對我點了頭，以示招呼，問我：「你哪會有阮兜的鎖匙，你欲揣啥人？」我回：「我是恁囝啦！」「我知影阮後生佇新竹咧讀冊，毋過跟你生做無啥仝？」父親聞言，轉頭對著蓮仔說：「你連恁囝攏無熟似矣呢？」蓮仔疑惑，仍只是安靜地看著我，直到密集相處兩三天後，才慢慢慢慢地想起來。慢慢慢慢地將我如今的長相與她記憶中我的長相相匹配，我問：「你認袂出我矣？」她笑笑地回：「你是阮囝，我哪有可能會認袂出來。」

蓮仔什麼都有可能忘記，當她遺忘，接替我的，便是腦海中那「上歹生」、「拖上久」、「歹育飼」的童稚的自己，亦或是那個「啥物時陣才會轉來台南住」、「佇北部讀冊、食頭路」的自己。

她永遠不會忘記的，是返鄉的路。我曾多次訝異患病後記憶力日漸低落的蓮仔是如何辨認方位、確定路線，自後甲出發，騎著車，車速三、四十，遙遙騎上二十幾公里，抵達其記憶中的祖厝以及祖厝拆除後留下的荒棄田地。許久之後，我才知道蓮仔未曾和家人報備即出門的初次騎車獨返，是一路跟著興南客運的公車後尾，按車索驥，彎彎繞繞後才抵達的。公車的站牌與停靠點於焉成爲了她返回記憶原鄉的標記。迷路了，逢人便問，豐田之中無人煙，便直直騎，直到有人煙爲止，這才有後來時常往返番仔寮的熟門熟路。我問蓮仔爲什麼是跟著興南客運騎，她說，年輕時在工廠上班，就是搭興南往返。

我常覺得蓮仔有憨膽，但身爲子女的我們，卻常爲此感到憂慮與擔心。

擔心她「出去敢若拍無去。」我也曾想，會不會是年輕時任職過興南客運的外公魂魄來接引，接引母親反覆走上克萊茵瓶式的迢路回到其兒時生活的空間。那筆直的鄉間道路，入口的宮廟山門牌樓，領著一切失卻之物，堆砌於牌樓後的荒田中，田裡有洞，窄而深，隱藏碎瓦殘磚裡的一方宇宙。蟋蟀蚱蜢唧唧唧唧，鑿洞如鏡。洞的另一邊，是舊時無擾的村子，矮房藏在良田裡，土路時而有泥濘，鼻腔中有豬圈、雞舍之難言的氣味，野犬三兩相追逐，有蛙隱遁田埂間；洞的這一邊，是今時恬靜的村鎮，良田漸少，多的是透天的別墅、農場與莊園沿著木根般日漸探進來的柏油路生長。新屋有它的生機，屋前有車埕，屋旁有花園，園中有狗，行車經門前，便大聲的吠。

那荒蕪大半的田地，前身是土角老厝，老厝的前身，則是蓮仔所生所長所居之所。蓮仔一前一後所使用的名字中皆有花——「綉蓮」與「貴蘭」。「綉蓮」自佳里鎮的番仔寮來，「貴蘭」則自台南市區去。母親族中的老屋是什麼模樣我已無甚記憶，只記得大片大片的甘蔗田，田中有螺、有蛙、有蚱蜢攀在草枝上，就讀國小的我與表姊、表哥們穿梭在甘蔗叢中、玉米叢中。

當時眼中的世界很大，腳下的泥土鬆鬆軟軟，只知道抓杜蚓仔、灌杜伯仔，沒有什麼憂愁的事。但蓮仔有，蓮仔不喜歡人家叫她貴蘭。外公、外婆辭世後，舊地由五舅打理。擇一小塊區域，植茄子、甘蔗、花生、香蕉，有什麼種什麼。蓮仔時常騎著機車回去「主動」替五舅採收農作，偶爾用塑膠袋挖回一些土，將採下的作物分送給二舅以及熟稔的朋友，而後才是她在陽台的園藝時間。

五舅對此多有埋怨，蓮仔時不時去「巡田水」，有些還沒成熟的瓜果也一齊被她收成了。於是只要五舅發現農作有被採摘的痕跡，便會打電話來確認蓮仔是不是又跑去田裡。語氣無奈，但更多是叮嚀，怕有些蔬果噴了農藥，蓮仔不知道。蓮仔也確實多次在田裡受到傷害。突然竄出的紅火蟻咬得她雙手雙腳紅腫流膿赤癢火燒，買了自費藥，花了好幾千，看了好幾次皮膚科才好。也或許是被唸到煩了，一次，蓮仔收成完五舅種下的農產，順手在土裡種下了好幾束花。花有蘭花亦有蓮，襯著紅果枝，朵朵花色明光艷燦、貴氣逼人，但卻在幾日後引得向來疼惜母親的五舅來電大罵——不是因爲蔬果全部被母親採走了，而是蓮仔在田裡所種的花，全是年節時才會拿出來當擺設的仿眞假花。

自那之後，母親便鮮少回番仔寮了。

最後一次，她將自老家挖回的土，倒入圓形的水果盤裡，鋪平、壓實、灑水，將一粒粒花生種入土裡。遠遠看去，蒼白色的花生若蓮子冒出頭來，大盆似蓮葉，托著窄小的藕梗，長在陽台邊。我微嗔其傻，抱持著看笑話的心態任其搗鼓。蓮仔只是說著：「你毋捌，你莫管啦。」當其晨起曬衣，會在盤裡灑上一些水，沒幾日，那些花生們竟也眞的冒出一絲芽頭來。可惜，幾周後，蓮仔驟然在睡夢中往生，那盆花生在無人照料下壤土漸漸乾涸而裂，遠遠看去，像是爬出水缸而不意死在陽台的龜。我曾試著澆水、鬆土，但怎麼做都只是徒勞。土面的裂痕，一絲一絲曾是保潤與增生，如今卻象徵著亡歿與乾萎，因失去水分而顯得灰蒼蘚白，也像極了蓮仔亡故時那雙於胸前緊握的手。

許久許久，約莫是蓮仔往生後半年，我們才從其他親戚處得知那塊祖厝之地早在一年前便已轉賣他人。五舅對母親返回祖厝之地的勸阻，另有緣故。

評審意見
郝譽翔

庶民氣息，詩意飽滿

全篇散文的語言精鍊流暢，台語的對白與中文自然而融洽地並行，既流露出一股在地的庶民氣息，卻又時見詩意飽滿的比喻，譬如形容失智的母親記憶有如「蛋糕般、板塊式的夢境所縫合而成」等等，韻味悠長，耐人咀嚼和深思。作者的觀察力相當敏銳，將母親的形象塑造得尤其成功，許多細節信而可徵，準確傳達出人物獨特的個性，在文章的末尾寫母親在老家的田地種下假花等等，而以「另有緣故」四字嘎然而止，更是一記神來之筆，巧妙點出了記憶與情感乃是植根於土地，然而滄海桑田，物換星移，萬般的無奈與惆悵，盡在不言之中。故全篇不僅在書寫一位失智的母親，更在辯證並且勘破生與死、愛與怨的終極意義。

二獎／

李蘋芬

生於晚春，有詩集《昨夜涉水》、《初醒如飛行》和貓二匹。曾獲台北文學獎、詩的蓓蕾獎、文化部青年創作獎勵，現爲政大中文所博士候選人、兼任講師。

得獎感言

書寫的當下仍在思考書寫的意義。不確定大霧將如何散去，謝謝所有讀了它的人，對我來說，它充滿崎嶇與不安，作爲書寫者的我擁有太多幸運。

最感謝吳佳鴻，希望文字把我們帶往遠方。

十年前，弟弟跟我說過一個故事。

有個人一覺醒來時，發現自己身處在無數隻犀牛之中，四周沒有人。他問：「你們爲什麼是犀牛？」犀牛們反問他：「你爲什麼是人？」人在犀牛群中尋思，苦無答案。最後，他讓自己變成犀牛，和牠們一樣。

夏天，我發了兩次高燒。第一次採檢時，彷彿直達後腦的痛感讓我緊閉雙眼，想像魂魄可以抽離此身。醫護人員說：「不要後退。」我誤聽成：「你要後退。」於是本能的閃躲那朝我伸來的尖刺，馬上引來她低聲的提醒。

發燒時我什麼都想，想自己至今的人生，死過的貓，想到弟弟說的犀牛故事。

在城南的租期結束之後，我從獨居的地方返回家裡，像退回擁擠的巢穴，每天揣摩著關心與被關心的尺度。弟弟的幻覺越來越多。

「『他們』說，你不能住在這裡。」

「準備好避難包，明天飛船要來接我們。」

除了犀牛，弟弟的故事裡還有飛船、洞穴、隱形人、能量場，比夢還精彩。我本來想和他聊《變形記》，但一直沒找到機會。

一開始，我不理解弟弟的幻覺從何而來。我不停的上網搜尋資料、購書看書，每天掛在精神科醫師駐站的醫療論壇，在網路上寫長長的信給醫生。書上那些經過驗證的症狀，有時充滿了詩意：怪誕妄想，喜樂不能，偏執，逸離，淡漠。割去左耳的梵谷也曾被賦予這樣的詩意。但實際情況中，這些症狀使人行徑怪異、突兀、格格不入。在我尚未察覺的時刻，弟弟的幻覺，已經帶他走得很遠了。

大霧在眼前遮蔽萬物。想起十年前，我們進入同一所大學，弟弟考得不好。我們在路上遇見了就裝作不認識對方。而我其實是認得他的，無論他是犀牛或是人。

小時候我們玩過很多遊戲，其中最刺激的是扮演逃犯和警探。警探固然是正義，但「逃犯」也有其光潔體面之處，像《神鬼交鋒》中的李奧納多，既狡黠又脆弱的騙徒，行過天涯海角。三房兩廳的公寓在孩童的眼中已經是天涯海角，我躲在櫥櫃和冰箱之間，弟弟就要過來了。眼看就要被拆穿、卻又大逆轉的瞬間，一直是我最愛的情節，於是我模仿著電影裡的英語發音：

「如果有人問起，就說你從沒見過我。」

「我又不會說『英文』。」弟弟不理會我東拼西湊的亂語，氣急敗壞。

然後，遊戲就結束了。我虛構的逃犯故事也沒有續篇。

弟弟築起他的巢，開始學習神的語言，而我一直沒能聽懂。從小就格外優異的弟弟，超齡的思維和言談在同儕之間顯得特殊，由於那分幾乎閃耀得刺眼的質地，弟弟身上有許多讓人不解的謎題。他從不聽課也不溫書，上學時都在打瞌睡，但每次考試都名列前茅，他也異常的熱愛百科全書、象棋和艱澀的大部頭小說。同學笑他簡直是周公的弟子，在夢中遍覽世界的奧祕。

弟弟也是我見過最擅長玩遊戲的人。

學齡前的年紀，他已經潛入未知的星系中，在立體的星球之間穿梭、旅行。我想起他用竹筷子、橡皮筋製成一把能眞實發射子彈的手槍，子彈也是一條橡皮筋，發射的力道能夠使皮膚感覺輕輕的麻癢，遊戲方式是比賽誰把子彈射得遠。那時也風行樂高積木，它依照零件與組裝的複雜度設定適用年齡，弟弟總是超前，很早就破解了最高的年齡段「12+」（十二歲以上）。樂高積木的特性之一，在於它不是栩栩如眞的模仿現實，而是經過格式化處理之後的現實擬態。例如車身的流線型，會以數個小直角來拼接，所以它會有小小的、尖銳而不整齊的輪廓。而每一個樂高小人都有虎克船長的左手，像鉤子。

弟弟扔掉說明書，自由自在的將圓形凸起處和凹陷之間相互卡榫、疊架與旋轉，那些色彩繽紛的塑膠立方，就築起古堡、機器人乃至各種樣式的車型。他的其中一件大型創作，是一艘細節完備的飛船，它被擺在客廳的玻璃櫃裡，展示著先驗的才華。與之相對的是，我的三維空間認知能力趨近於零，中學時期做過智商測驗，都因爲這項數據極其低下，而被檢測出中間偏弱的智力。

那時候，在這世界規劃出的測驗量表中，被排除在外的明明是我。

不記得飛船後來怎麼了，也許弟弟把它重新拆解、組織成另一個我認不出來的樣子。已經見過世界樣貌的弟弟，放棄他的大學學業。漸漸的，我們各自說起不同的語言。

我僞裝起鎧甲在外闖蕩，畢業、工作、回研究所讀書，庸碌不堪的幾次跌撞又回家。這十年之間，中途退出大學的弟弟究竟怎樣了，我很少仔細去探問，他眼中見過什麼顏色，至今我都無法與之共睹。

弟弟曾多次提起，有一天他要乘飛船離去。我只聽過夏宇的「乘噴射機離去」，這讓我顯得很笨，裝模作樣。他們會乘飛船離去嗎？它長什麼樣子，要去哪裡，誰和你一起？我們的對話像浮在水面上的枯枝敗葉，偶爾因爲風而擦碰彼此，不情願的黏附，又順隨著自然律，再度遠遠的分開。

「一如山有小口，我們從彷彿有光的地方進去。」弟弟說，在那共產世界中，所有的欲望都將被實現，所有糧食、物品都能等量分配給每一個人，豐饒得剛好，是一幅科幻電影的藍圖。

但是，飛船一直沒有在約定的日期出現，我不知道他等了多久，或是做了多少準備，他會因此神傷或是繼續期待下一次的飛船到臨？我還沒來得及問他，究竟上飛船要帶哪些東西呢？我可以帶上兩隻貓、我媽，還有一本十年來怎樣都讀不完的神話學嗎？

飛船預言之後又幾年，母親一度向我發出無助的訊號，她問，我們該不該帶他去看醫生？當時我忙於進度落後的畢業論文，滿心焦躁，一如我面對所有非做不可的事時會有的不耐。並且出於一種混雜了祖護和欺哄的心理，草草的拒絕了她。

本來，我的性格脆弱，和虛構故事的主角同喜同悲，看完恐怖片，會把場景再製到夢中重演一遍，談失敗的戀愛就相信世界從此崩潰。我是一個那樣執著物色、顛倒於五感的人。

弟弟讓我麻木，一年一年，養大我內心善於退後的獸。

我愚鈍的發現日子處處是危疑的信號，就像積雨雲後面的隱雷。早在弟弟說起地底充滿宇宙能量脈動、大都會的興起皆爲能量據點的時候，甚至早於他的天才之前，時間已經非常晚了。

他總是鑿鑿的說「我們」、「你們」，儘管當時我們還同坐一張餐桌。

「假如」是一個很狡猾的說法。

我著迷於此，假如早在一切開始之前。假如我在他準備大學推甄時，多點熱心的替他把備審資料修整齊全，讓他考上一間更好、更理想的大學呢。假如更小的時候，我沒有把獨自在遊樂場木馬上等待的他棄於不顧呢。

現象逐步擴大，霧變得更濃。弟弟服完替代役後回家，一年中他還會出門幾次。後來門也不出了，不社交，頭髮長及腰，乾燥而黯淡，像被逆著梳的毛線，披在寬厚而微微駝著的背上。

有一次，他大學時的朋友從臉書上找到我：「哈囉，他最近好嗎？我們都聯絡不到他。」

「嗨，我也不知道，也許你可以到遊戲平台去找他。」

遊戲平台上每個人都有虛擬身分，必須註冊成爲一分子，還要和他成爲「好友」，才能看見他最近推薦或正在玩的遊戲。我沒有和他成爲好友，看不見他玩過什麼遊戲。

意外發生那天是端午。爲了實現母親理想的節慶，我們訂了滿多桌的外送，餐食、飲料和免洗杯盤簇擁成盛宴。

鋪張讓我感到侷促，狹窄的桌面已經被食物與容器浪襲，淹沒桌的邊緣。筷子無處放，隨時都有東西要墜落，我和弟弟早已經很少說話。也許是天氣太熱，桌面太亂，我發狂似的提起了一次如今想來不足掛記的齟齬，貪心的想要一分歉意。

歉意，如此平庸的東西。

然後他就爆炸了。

「你不該回家，因爲你很吵，會干擾我工作。」

「但這裡就是我家。」

「不知道怎麼跟你說……不能跟你透露太多，因爲會有人來跟蹤。」是誰呢。誰在暗處偷覷著他，是獸或者神，是星系以外的生命體，或是現有知識型都尚未觸及的範圍。

經受了幾年的學術訓練，我有時變得很好辯，儘管這違背我本性中的貪懶和溫吞。我很想知道，是誰，甚至想窮究原因。此刻我初初掌握的語言和邏輯，足以與之搏鬥嗎？

「我看得見你的未來——你們先別吵。我不是在跟你說話。你什麼都不懂。」

太陽穴的脈搏暴躁如雷鳴，弟弟變成一個我不曾認識的人。

他一直和「你們」說話，但我看不見那是誰。我想起《美麗境界》中羅素克洛飾演的數學家奈許，他相信自己參與祕密特務的解碼工作，還有好友相伴，後來人們才發現那都是幻覺的產物。

我問弟弟，你還好嗎？

這引來他激烈的反駁，我沉默了，在腦內驅遣著下一行語句。他先說話了：「我辯不過妳。」

我不知道怎麼回答。想起過去的每一次聊天與爭論，都以他靈澈的思索爲嚮導，遊戲的贏家不會是我。那危險的念頭又前來找我：假如一切早於薄霧生成之前呢？假如，我早早知道，電影結局中人們對奈許致敬的獻筆儀式，只是編劇善意的杜撰。

不記得自己在餐桌上吃過什麼，記憶是一張底片過曝。結束對峙之後，我躲進房間上網查資料，直到晨光在窗沿爬行。弟弟沒有病識感，若按照思覺失調「完全手冊」或「醫療指南」一類的書上所示，「患者」若沒有病識感，會讓事情變得極爲困難。

那幾乎在宣告，他將永不確診，也永不痊癒。

對號入座。我把他納入我能理解的邊界內部，隔開外面的跟蹤行跡，神與靈與「他們」的對話，還有一直沒依約降落的飛船。我想像飛船來時，天將被無邊的陰翳給遮去，彷彿就要下雨了，它的型態之巨大與陌生，使我抬頭時，只看得見它對我展示的局部。

它將是混亂，我無從辨認。

蒼白的過了好幾個禮拜，我用比以往更勤懇的工作來迴避，吃更多的藥讓自己入睡。夢中，我又是逃犯，來到一座懸崖，不確定跳下去能不能活。

談思覺失調的書中，有貼心繪製的小方框，讓徬徨的讀者按圖索驥：若又有一次「爆炸」，你可以嘗試採取以下方法。第一，第二……讀畢，心裡有某個部分被徹底的騰空，往後再也沒有其他可能了，這分醒覺使我感覺鈍重，喉嚨經常沙啞。我開始對附錄的中英對照索引有了毫無用處的興致。因為它們賦有系統，理性，秩序，我輕率的信了它們是太陽神，賦予我一個晚上的清明。

在無人跟蹤之處，在飛船總會降臨的宇宙角落，一切平靜，端午的節慶氣氛延續著。我跟弟弟說，我會好好當個普通人。從此，我們不再交談。我做回普通人，把自己如常修復，過得比誰都狡猾。我一直不明白犀牛的故事中，人怎樣把自己「變成」犀牛，把弟弟留在那裡孤獨的當人。

第二次發燒忽然就開始了，沒有預兆。

我在寂寂的街上遊走，所有診所都是霧灰色。打電話過去，得到機器的語音答覆。我退回房間，枕著自己的手臂，聽見車聲一陣陣流過。

評審意見

鄧小樺

輕盈的隱喻，晶瑩的憂傷

作者小心翼翼剪裁與迴護，以「夢」與「遊戲」兩個輕盈的隱喻，托起了整個在現實語境中本來十分沉重的主題。以一種平視的角度，去觸摸作為理性的「正常人」之他者，有思覺失調病症者的世界，儘量避免否定，反而挖掘出自身與之相應或相反的部分，彷彿是自身試圖追隨在弟弟身後，試圖追上他那樣。本文的輕盈裡有著晶瑩的憂傷，像一顆飽滿滾動但最終沒有滴落的淚，終於被我們自身吸收回去。他者乃是我們無法完全進入、消化甚至連對話都未必可能的對象，而我們又對之永遠有無法切斷的牽繫。在舉重若輕的文字技術層面以外，我更重視的，是本文彰顯了文學的倫理、面對他者的倫理，比修辭的精巧更為深穩可貴——在現實裡被否定的、做不到的，可以在文學裡完成。

佳作／

沈政男

一九六八年生，台中市人，台大醫學系畢業，台大心理碩士，陽明交大腦科所博士生，老年精神科醫師，曾獲時報文學獎新詩首獎、梁實秋文學獎散文首獎，亦曾撰寫多家媒體專欄，並以文字志工自許，在臉書寫文章達數千篇。

得獎感言

我從事失智與長照工作二十餘年，從阿公阿嬤那裡聽到很多故事，也學到不少人生經驗。有一位老阿嬤曾在診間笑笑問我，「你問那麼多要做什麼？」這篇文章就是一個回答。失智不只是一場苦難，它也可以是一分賜福，這篇文章就是一種佐證。我要將這個獎獻給我的母親，她不識字，做工維生，卻教出了一個能夠得到文學獎的醫生兒子。

失智阿嬤教我的歌

失智診間的每一場醫病相遇，都是老人家跟自己的久別重逢。

梅桂阿嬤由中年女兒帶來看初診，說是失智以後，白天「啄龜」，到了晚上變身貓頭鷹不睡覺吵人。要她看電視、聽廣播，她說沒興趣；到鄰居親友家串門子，她嫌麻煩；長照人員建議參加社區據點活動，她去畫了幾張著色圖、玩了幾次賓果就不願再爬上交通車了。

中年女兒有些貓熊眼，顯然照顧負擔不小，但我給的照顧建議，她一律回說試過了沒效啦！幫阿嬤加個安眠藥就好！

我照例詢問阿嬤的個人生活史，從出生到失智之前幾十年的人生大小事，一問及學歷，馬上得到一個肯定的答案：阿嬤念過鎮上的小學。

算起來，應該是光復前的事了。「阿嬤，汝讀過日本冊？」我說。

阿嬤睜開眼睛，怔忡了一會兒，然後說：「有啊！按怎？」

失智以後，腦海那只儲存了一生記憶的五斗櫃，漸漸從最上層開始崩毀，明明已八十多歲，卻說五十、三十，甚至未婚。梅桂阿嬤來到了哪一層？最底部的兒時記憶，應該仍有保存吧！只是，該問她什麼？小學老師、同學，還是課文、考試？

「阿嬤，汝會曉唱日本歌否？細漢的時陣，老師有教汝唱啥物歌否？」我突然想要這麼問。音樂與旋律往往比語言文字，甚至影像，在腦海中記得更深更牢；或許，在小梅桂腦海印刻的童謠，可以抵擋一下失智土石流的沖刷吧。

梅桂阿嬤聽了沒有立即反應，幾秒鐘後才緩緩抬起頭來，睜開眼睛。接著又停頓了一下，隨後張開雙脣，讓聲音從喉底躍出：「剝剝剝，好豆剝剝……」因為咬字有些含混，我好像看到被困了好久的小鳥一隻隻拍翅努力飛起。

「這是什麼歌？」我趕緊轉頭問。聽起來是童謠的旋律，應該是阿嬤小時候會唱的兒歌。

「我沒聽媽媽唱過，」中年女兒搖搖頭說。

阿嬤唱了幾句以後停了下來，我要她繼續唱，也拿出手機錄音下來。唱完以後，她不再愛睏，反而眼睛睜得大大，若有所思。

「阿嬤，你在想啥？」我說。

「無……無啦。」她說。

阿嬤雖然沒講，似乎這首兒歌讓她想到了什麼。

看診尾聲，我給阿嬤開一些必要時才吃的安眠藥，並叮囑中年女兒多多陪她唱歌，這時，我看到女兒的眼神柔和了一些。有些家屬朝夕照顧老人家，難免以為了解一切，其實還有很多可做。

當晚下班回到家，我播放梅桂阿嬤的歌聲給太太聽，她偶然間認識了來台旅遊的日本老人家，跟他們成爲網友，也學會了日語。因爲阿嬤發音不清，只聽出「好豆」，也就是「鴿子」兩字。

夠了！我在網路上搜尋，很快找出了全曲，原來，乃日本時代的小學兒歌，歌名就叫「鴿子」。歌詞的意思是：鴿子啊，想吃豆子嗎？就給你吃了，吃完大家一起飛出去喔！

太太在網路上問起日本阿嬤，對方說，他們知道〈鴿子〉這樣的兒歌，但不會唱，因爲是很老的歌曲，現在的日本人已經不唱了。台灣阿嬤會唱日本童謠〈鴿子〉，日本阿嬤反而不會？我感到神奇又有一絲嘆息：日本歷史的一個切片竟然保留在台灣老人家身上了。

一周後回診，梅桂阿嬤一坐下來，我還沒問什麼，先起音「剝剝剝」三個字，她馬上接唱下去，「好豆剝剝……」緩慢但堅定，一直唱到整首歌結束才停下。唱完，阿嬤說：「讀小學的時準，有一個男生，眞佮意我。」

「是喔！後來呢？」

「無後來。」

阿嬤再度低下頭去沒有意願多說，也就不追問了。顯然，兒時的旋律開啟了記憶的寶盒，阿嬤乘著歌聲的翅膀回到了童年。

「鴿子，」我對中年女兒說：「這首歌的名字。」

「媽媽會唱這首歌，我跟她生活了五十年竟然不知道！」她說。

我要她把阿嬤還沒講完的戀情故事，接續下去。

從梅桂阿嬤學得〈鴿子〉一曲，此後只要遇到民國二十五年以前出生，而且念過書的老人家，我都會列爲病史必問的條目。更晚一些出生，光復後念小學，或者沒念過書，當然就不會唱了。

然而，我遇過一位阿嬤，她不識字，卻會唱〈鴿子〉。她說她沒念過書，我向同來的家屬求證，確實如此，但我不信，一口咬定阿嬤至少念過半年幾個月吧！否則，怎會唱日本童謠？後來發現，阿嬤小時候牽牛種田，聽到鄰里小兒唱著「剁剁剁，好豆剁剁」，就學了起來。

阿嬤會唱，但不曉得歌詞，我跟她說是「鴿子」！她才恍然，原來，剁剁剁，就是鴿子的叫聲啊！

阿嬤意猶未盡，繼續唱了另一首歌：「蚵嗲嗲，只拿一嗲……」

「稍等一下！阿嬤，你唱的是什麼歌？怎麼會有蚵嗲？」我說。

「我毋知，就是會曉唱！」

陪同的兒子聽過媽媽唱這些歌，但從來不曉得是什麼歌曲。我建議他，可以讓阿嬤去念書，學識字，彌補年少的缺憾。他說，失智了，還學得起來嗎？我說，阿嬤只是輕微認知障礙，乃介於正常老化與輕度失智之間的狀態，短期記憶力比較差了，但學習能力還是存在一些，而且，多學多動腦，可以延緩變成失智的時間。

研究顯示，二十歲以前的學歷跟失智風險有關，年輕時教育程度越高，老了越不容易失智。如果當年阿嬤有機會念書，或許就不會走上退化的路。而且，以她這樣聰慧，如果她曾經受教育，後來的人生會是如何不一樣的光景？我因此常常覺得，這一代老人家是被虧欠的族群，值得社會更好的對待。

「蚵嗲嗲」一曲經查，歌名是〈靴子鳴叫〉，歌詞描寫外出遠足的情景，大家小手拉小手，走在野外，鞋子踩在地上發出聲響。這首歌比起〈鴿子〉有更多台灣老人家會唱，小說家王禎和也曾以之爲題材，寫成短篇小說〈老鼠捧茶請人客〉，後來改拍成電視劇。

我在診間遇到好多阿嬤會唱〈靴子鳴叫〉，其中有一位已經九十多歲，她說是小學老師所教，是一位日本老師，戰後回到日本，還會經回來參加同學會。我突然想問阿嬤，日本老師叫什麼名字？

阿嬤竟然記得！她講了一個日文名字，以我的日文程度聽得出一個「大」，便在網路上搜尋阿嬤念過的小學，發現學校的校史網頁記載了日本時代的教師名錄，我從中找到一位「大迫正七郎」老師，寫給阿嬤看，她馬上點頭笑說，就是大迫先生！

阿嬤說，大迫老師很照顧學生，她小時候得幫忙家裡賣菜，有時缺席，老師就會來到家裡，拜託爸媽讓她上學。有一次，菜還沒賣完，她還蹲在路邊等待客人光顧，突然有人靠近，蹲了下來，說要把剩下的菜都買走，他抬頭一看，竟然就是大迫老師。

那次問診，從一首兒歌聊到阿嬤的小學老師，阿嬤感到訝異地說：「喔，這呢功夫啊，問尬這呢詳細！」說完吟吟笑了起來。

或許，九十幾歲的阿嬤從來沒人問起她的小學老師，也沒有機會訴說這一段動人的師生情誼，我這麼做只是要讓阿嬤知道，這世上有人在乎她的一切，包括她的小學老師是誰。

除了上述兩首兒歌，當我詢問「阿嬤，汝會曉唱日本歌否？」也經常有阿嬤面露嚴肅，唱起慢板的日本國歌〈君之代〉，這是早上升旗典禮的歌，就跟光復後的小學晨間儀式一樣。我知道日本國歌，但從來沒有仔細看歌詞，就因爲聽了阿嬤唱起，第一次想要閱讀清楚。原來，日本國歌是模仿英國國歌的詞意，都是祝頌皇帝長青不朽。

在老年日照或社區據點，經常聽到的日本童謠是〈桃太郎〉，這大概是老人家那個年代留下來的流行金曲了；就因爲大家耳熟能詳，我很少多加著墨。

也曾聽過只有一、兩位阿嬤會唱的日本兒歌〈雞雞巴巴雞巴巴〉，翻成中文好像髒話，其實是描寫麻雀學校嘈雜熱鬧的景象。

我查過日本文部省一百年前的小學教唱歌曲，洋洋灑灑上百首，難以置信他們在那麼早的年代就對兒童音樂啟蒙這麼投入。這不只是音樂教育，所有可愛的旋律埋入小朋友的腦海，成了一生內心溫暖的來源，甚至老了失智了，仍能拴住童年美好時光，陪伴他們度過人生最後一段下坡路。

隨著老成凋謝，民國二十五年以前出生，且受過教育的老人家越來越少了，有一天這些日本兒歌也會在台灣人的心中消失，成為歷史記憶了，但至少在阿嬤與我的診間偶遇裡，讓這些百年老歌重新青春一次吧。

除了阿嬤，當然也曾經有阿公教了我日本老歌，是一位曾經乘著軍艦到日本佐世保當兵的老人家，那裡是二戰時期，日本重要的軍艦製造工廠，也是聯合艦隊駐紮的基地之一。阿公說，那時當日本兵，教官很嚴格，稍一鬆懈就會一腳踢過來，屁股痛歪歪。

我在家訪的時候遇見阿公，他原本由外籍看護陪同，窩居在陰暗的大通鋪房間裡，但一談起佐世保，自然而然唱起了海軍軍歌，語氣如此昂揚，一下子就讓他從床上坐起，跟我侃侃談起當年勇了。阿公幾十年都在賣豆腐，騎著單車到處叫賣，如果不是失智，接受診療照顧，應該沒有機會再次唱起軍歌了。

離開他家的時候，阿公站了起來，用著顫巍巍的手臂向我行了一個舉手軍禮，好像回到了當年的佐世保，連一旁的外籍看護看了都笑了起來。

除了台灣老人家，也有一位在上海成長的阿嬤，失智以後仍然記得一首日本歌〈滿州娘〉：「我是二八年華滿州娘……」阿嬤說她家在上海開餐館，小時候總有一位護士阿姨前來用餐，很喜歡她，經常跟她聊天，也經常哼唱〈滿州娘〉，於是學了起來。一九四八年，她與姊姊來台灣旅遊，沒多久突然中國大陸戰事轉趨激烈，從此留在台灣，再也沒有回去家鄉。

還好，還有一首〈滿州娘〉，聯繫著她與故鄉及童年。

在我的門診裡，有好多外省老伯伯，問起他們是否記得童年歌謠，得到的回答都是搖頭，絕大部分只有兵馬倥傯的回憶了。倒是有一位阿嬤愛唱〈夜上海〉，也有一位喜歡〈鍾山春〉，都是台灣人熟悉的歌曲，平常都有機會聽到。

在梅桂阿嬤初診後兩個月，中年女兒說，他們把阿嬤那段情竇初開的過往拼湊起來了。那位男孩家境很好，小學畢業後到日本念書，從此斷了連絡，多年以後再聽到他的消息，是在報紙上得知他參與政治運動，被當局盯上，沒辦法返鄉。她又說，阿嬤知道的就是這些，其實後來時代開放了，已當阿公的男孩回到了家鄉，擔任地方黨部幹部，有時會在選舉的場合出現，只是阿嬤已經不認得他了。

德弗札克有一首感人的曲子〈媽媽教我的歌〉：「小時候媽媽教我唱歌，不讓眼淚奪眶而出，如今我教孩子唱歌，眼淚從記憶的寶盒裡湧出。」所有在照顧過程裡聽到老媽媽、老爸爸唱起兒時歌曲的中年子女，當他們走完長照之路以後，偶然在平靜下來的日常生活裡，唱起或想起〈剝剝剝〉、〈蚵嗲嗲〉這樣的歌，應該會熱淚盈眶吧。

世間的每一場偶遇，都有蘊積許久的意義。好多失智阿嬤已經離開我的門診，永遠不會再回來，然而她們的歌聲與故事，透過不曉得是機緣還是命定，繼續迴盪在診間，等待飛向下一座無形的山谷。

評審意見
吳鳴

失智議題，文字質樸溫暖

失智症是當代社會的重要議題，人活到夠老的年歲，每個人都有可能遇到自己的失智。作者用質樸、溫暖的文字，敘述其門診所遇到的失智阿嬤們。姑且相信作者是精神科醫師，所敘述的醫學知識均妥切當行，而內容提到的失智阿嬤，具有歷史縱深，因文中阿嬤們記得的日本童謠，正是她們孩提時所學唱者，適切呈示臺灣曾受日本統治的歷史過往。作者的台語文書寫以《教育部臺灣閩南語常用詞辭典》為據，均有所本。

佳作／

王晉恒

1996年生於吉打雙溪大年，祖籍廣東潮州普寧，畢業於馬來西亞理科大學醫學系。目前爲一名醫生，兼任《馬華文學》執行編輯，《星洲日報·馬華讀立國》專欄作者。著有散文集《時光幽谷》。曾獲花蹤新秀獎、香港青年文學獎、嘉應散文獎及若干大專文學獎。

得獎感言

在「家醜不可外揚」的語境之下，散文書寫應被視作禁忌。去年花蹤新秀文學獎，父親以他從未預想過的形象現身讀者視野；母親因而問我幾時也要寫寫她。作爲養我育我之人，她自然不可能從我的書寫中缺席。不敢將這篇得獎散文獻給她，畢竟這類揭露家庭傷痕的幽微之詞，只爲文學舞臺所容，與社會對一個男子漢的期待，截然相悖。

會不會有一天，我也成爲其中一只未及成型的靈，離開母體那個用養分、精神、氣力和鮮血滋養的盆地，從母親腹中掏出巨大的空闕。有人說，妊娠就像烘焙，生成發展不由得人爲操控，也像一塊土壤接受一顆種子後也未必長出茁壯的參天古樹，如若得不到命運庇佑，就會在破土之前糜爛於無窮盡的黑暗中。

那一夜，當母親知道我和死神擦肩，她終於願意鬆開手中緊握的韁繩，讓夢願流沙般從指縫間流瀉，歸順風的流向，抵達宿命的終點。我們哭著通電話兩個小時，窗外互相掩映的高樓組成一堵巨牆，就像人生無法脫逃的困局。值班時接觸冠病患者本是工作日常，而我卻選擇報憂，觸發我和母親之間，所有因爲不理解、不耐煩和生活忙碌而放棄的雙向交流。

我的態度強硬，強調這是我的選擇——我打算放棄從醫，就像士兵逃避這場世紀戰役。當我鼓起勇氣作了這番自白，我和母親的情感紐帶開始斷裂。事後常常後悔當時的衝動，卻也慶幸自己終於捅破母親腦際的虛幻泡沫。

向父母袒露自我，曾幾何時變成一件特別困難的事情？猶記得某年開始有了兩性意識後，我便懂得怕羞，不再像以往那般自在地於父母面前裸露。鎖上日記本，關閉所有監視的窗口，而後又是一架指紋認證的手機，一個紅色按鍵就能蓋掉不悅的通話。

母親從來不會侵犯我的隱私，這是從小到大我特別敬重她的原因之一。只是，她喜歡把我和妹妹剪貼在她的未來圖景。那段屬於榮耀，光芒四射的人生電影，從我們的孩提時代直到年老都會按照她的劇本進行——四方帽高高拋起，而後便是我披上白袍，掛著聽筒的拉風神態，下班後有美麗賢慧的妻子備好飯菜等我下班。家裡養出一個醫生、藥劑師、律師或工程師是那年代作爲父母的成功指標。爲了實現這些畫面，那年母親不辭勞苦，陪我奔赴不同大學面試。熱鬧的面試會場，母親是一衆年輕面孔中的異類，守護著永遠長不大的稚童。碩大的母愛陰影籠罩，一如巍峨大學樓背著光，沉入黑暗，象徵未來的神祕莫測。

巴士穿過那條蜿蜒如命運，橫跨主山脈的東西大道。她坐在我的左手邊小睡，靠窗的我在顛簸中思考著這條路展向何方，終點又是否盡在我的掌控當中。

母親以爲，自我被醫學系錄取的那天，我就會是一台列車，從落後的蠻荒地區正式銜接高速鐵軌，拉著家族的命運，頭也不回地奔向綺麗的遠方。當初的我也作此感想，直到進入婦產科實習，每天以渡劫的心態踏足病房，才猛然驚覺人生已經錯置，卻也找不到改變方向的替代路線。通宵實習時，還是醫學生的我，獨自尋找那條烏漆麻黑的走廊，像一只脫殼的寄居蟹，軟綿綿地躺在椅子，失魂望著天花板發呆。鬧鬼的謠言從第一代學長開始代代相傳，那條走廊自是陰森無人，卻成了我逃離世界的荒原地帶。慘白的日照燈閃爍不停，卻也未見一只鬼影。

我不知道自己爲何如此懼怕接生。即使百般不願意，我終須埋頭女性胯下，導出瀦留的尿液和接引千百個哭聲相近的新生命。回到家，鼻腔仍然縈繞羊水、鮮血和尿液混雜的刺鼻氣味，多番洗滌後還是無法忘懷產房與煉獄相仿的難受記憶。或許，一切苦惱源自我對這副軀體的過分溺愛，以至於我不願見其受苦，不願熬夜傷肝，不願挨餓傷胃，不願聽取任何有關酗飲咖啡可以提神的建議。對肉身的我執，使我陷入痛苦的惡性循環，心靈慢慢被侵蝕、磨損、消解、殆盡。

但是，行走在菜市場和咖啡廳，我仍以光鮮形象現身鄰里長輩的話題間。討論完人生勝利組這一方，話鋒一轉，就是社會上的反面教材。半途而廢是可恥的——某家的兒子讀了五年牙醫，竟然去賣電腦；某家女兒已經轉行，當初又何必去讀法律。事不關己，母親用力批判的語氣收獲指桑罵槐的成效。我耳聞這些掙脫原先設定的靈魂，想像的卻是他們迎接光明和自由的舒然表情，與母親的失敗論截然相反。

凡事忍一忍就會過去，未來總是可期的。夜裡也曾無數次咀嚼母親這番話，想像如果某天眞的辭職，會是何等的悲劇。一家人連帶遠房親戚會否像《變形記》中的格里高爾一家，瞬時對我轉變態度？最後被徹底揚棄的那個職銜，眞的如社會期許那般，具有提升地位的神祕魔力嗎？棄之，眞有那麼可惜？

據父親的說法，在我正式投入工作崗位的首幾個星期，母親聽見我想要放棄，每一晚都無力地躺在雙人床上，被疲累的生活和養兒的煩惱交煎逼迫。我和她都不好受，主人房裡流竄死寂一般的空氣。父親裝作不知，一貫「船到橋頭自然直」的理所當然。

放棄的念頭最強烈的那個星期，我正好在四號病房值班。冷空氣凝滯，無窗的病房構造讓我無法知曉外面的晴雨。六號病床的病人突然一聲大叫，震撼整個病房，護士和醫生快步奔趕床沿。掀開綠色簾幕，驚見病人下體印著一灘刺目的鮮紅。緩緩掀開裙子，敞開的胯下有一個半成品的胚胎，朝右蜷縮，四肢和五官都奇小，腦部卻異常臃腫，像極一只外星生物。病人朝左側躺，兩個生命像兩個半月形平衡構成一組陰陽魚。血泊中，他們交換著最後的體溫。病人萬念俱灰，要求護士替她保存這個胚胎，以資紀念。醫院自有一套流暢的流程，但刺鼻的福爾馬林，又能爲瓶子中半透明的肉，保存多久的原初狀態？

書上說，有些子宮的性質是天生留不住胚胎的，許多生命未及成型，就會在一場泥石流中敗壞盡毀。那是上天的玩笑還是某些女性終身無法擺脫的詛咒，值得讓舊社會的一些妻子甘受夫家的不公平對待，讓丈夫娶二房也要確保家族的香火傳承？那位病人病歷表上以紅筆記錄著的無數次流產經歷，豈非一次又一次對其身是否完整的質疑與嘲笑？

有些流產過程會在子宮裡殘留皮肉組織，需要另外動手術移除。人工流產僅僅需時十分鐘，銀刮匙進，紅刮匙出，卽能將不健康的種子和土壤一併刨刮出來。不同的主刀醫師會比賽誰的刀法更快，和大屠殺時戰士們的殺人比賽性質相似。手術房有一台收音機，電吉他瘋狂地演奏生命走向終結的樂章，而平躺在手術台上的女人，平靜如一具傷痕累累的皮囊。眞有那麼一刻，由於太累太餓，我看見主刀醫生把刮匙塞入子宮時，竟然也會錯以爲自己的五內正被劇烈翻攪，彷彿自己是一具直立的屍體，無語地目送另一個靈魂逝去。

當我說要放棄的時候，我就是腹中那個急欲扯斷臍帶，讓它連帶胎盤如同小樹連根拔起的怨靈，不再是母親緊握得住的孽子。我一方面養尊處優地享受著臍帶所供應的精氣神，一方面卻又控訴臍帶捆綁了我。工作的窒息生活，皆被我誣賴成母親施加在我身上的枷鎖。我想要盡速解纜，卻把臍帶扯得太用力了，痛得母親落淚而我也因為無處可逃無計可施，於是與她一起沉溺在那一夜的淚海。

對這副軀體的執著，又豈止我一人。

那一夜知道我接觸冠病確診者，母親的每一句關心都加速我的形神潰敗。我一時無法確切把握此身的擁有權。多少現代人能像岳飛母親那般，無私祝福骨肉上戰場；生性懦弱的母親始終不忍自己的孩子在前線衝鋒陷陣。

「如果五年前知道有疫情，我絕對不會讓你當醫生。」這豈非我等了好久的一句話，可以成為鐵證，指控母親把我推入火坑，於是這些年想要放棄從醫的無理取鬧盡皆變得合情合理。我不為自己的決定負責，推卸我的誤判——做和不做，以及做什麼事情都是母親一個人操持的決定——我只是一個忽然被帶來這個世上的圓夢者，沒人在意我的意願。

但是在那一張如樹根盤桓的關係網中，母親又是被什麼牽引而「替我」作出種種決定？血淋淋的子宮有狀似山丘起伏的子葉，交錯的血管就像流經沃土的河道。復雜的生命地圖，我們如何能看清自己所處的定位，牽絆著誰又被誰羈絆。我總是得利於這張錯綜復雜的網絡卻又自私自利地想要從中逃脫。母親含淚分享當年如何爲了這間家吞下各種委屈，鼓勵我咬緊牙關一路忍到生命的天明破曉。以退爲進的情緒勒索中，加害者和受害者的身分在我和她之間不斷錯切，直到最後她也終於讓步，應許了我的離職。人生耗盡四分之一個世紀，沒想到我毫無進步，還會被她回敬「不如我養你一輩子」的氣話。

她早就看穿我的心思，我口中美其名曰追求自由，不過是想要回到她的腹中，重溫泅遊羊水的無憂，讓溫軟的羊水包裹著我，免受外界的波動。而她，其實倒也享受把我緊緊拴在身邊的安全感，還有當年懷上男胎，可以向夫家列祖列宗交代的優越感。但是我遲早還是得掙脫母體，成爲她腹中的靈，只是未知是她把我推擠排出，抑或是我超前選擇了離開？我會奔往何方，是該抵達成人世界，還是我所嚮往的自由烏托邦？

想起二十五年前的除夕夜，母親才吃了幾口火鍋後就腹痛難耐，夾緊雙腿被父親用紅色的本田送往婦產診所待產。當年，她會不會就像一只床上受難的女妖，血脈賁張，虛汗直流地扭動身軀？母親天生怕痛，個性懦弱所以跟不上醫生及護士的正確施力指示。分娩時間拖得太長，差點造成我的腦部缺氧，醫生只好用一支眞空泵吸住我的天靈蓋，狠狠將我拉出來。憶起那年除夕的驚心和喜悅，整家人總說我是家族的光榮，所以値得全員出動，迎接我的降生。

但眞正的痛，只有我和母親能夠感知。陰道被一股神祕力量強硬撕裂，我的頭蓋骨被劇烈壓縮，像地球成型前的地殼移動，腦部如蒼茫大地經歷了抹淨萬物的地震、海嘯和火山爆發。圓周最大的頭部排出陰道後，我和母親同時放聲大哭。我及時吸入第一口屬於人間的渾濁空氣。

母親清楚記得頭部的那一塊鮮紅，說是我們受苦受難的印記。

那個生命的零時，我靜伏母親胸口，一層黏膩胎衣披覆我的肌膚一如大地在歷劫後重現的新綠。我和母親的體液和鮮血不分彼此地摻和著。世界停擺，回歸寂靜，包括護士的謾罵和笑談都霎時陷入靜音狀態，而產房的歡呼聲，無論來自近親還是遠房親戚的，我和母親都聽不見。

多年以後，我仍然堅守著崗位，並未鐵下心辭職。不敢說我們已經和解，而我仍處在沒有出口的迷宮，走一步是一步。至少我學會爲自己的決定負責。每當放棄的念頭再度萌生，我都會想起向母親坦誠的那一夜，那個母子再度同泣的時刻。彷彿分娩情景的再現，以另一個形式延續母子的相守與相逼。未來的漫長生命，總是還會重覆類似的折磨，有關未來人生的安排與分歧，自是無解，就像分娩的那一刻，談什麼以後的以後會如何如何，都是違反人性的反應。所以那一夜我和她才會哭得更大聲，任性地宣泄囤積許久的情緒，互通一些超越言詮的生命悸動。

評審意見

吳鳴

從婦醫之眼，看母子對抗

作者藉母子的對抗，描述一位婦產科醫師對流產、墮胎、分娩、接生的種種糾結。作者描述自己極度恐懼接生，而接生卻是一個婦產科醫師之日常。當作者敘述自己想放棄醫生這個職業時，母子間的張力瞬間轉強，一如大部分家庭可能面臨的場景。作者對流產手術的描述，極為幽暗，文字呈現血肉撕裂的慘狀，令人觸目驚心。

這篇散文融入許多社會議題，知識承載量頗為沉重，諸如母子的對抗，墮胎與接生的兩極，文字風格糾結繳繞，適切呈現作者所欲傳達腹中靈的幽黯與沉鬱。

影視小說類

二獎

陳二源

筆名AB，1991年生，屏東人，花農之子，前花農。想寫朋友寫作會一員，想像文學收音機主持人之一。曾獲高雄青年文學獎、新北市文學獎、桃城文學獎等。

得獎感言

那幾年，這個家是真的生了一場好長的病。

妳一肩把妳先生，我的父親扛起，扛起家，扛起妳兒，從花農之子變成不合格花農的我。

小說裡壞的、自私的形狀，是那時我始終開不了口，想要跟妳說的：我好抱歉，那時我好懦弱，我好沒用，我愛妳。

謝謝想像朋友，謝謝最棒的夥伴耀元，謝謝一直支持我的老婆與最可愛的孩子。

我們站在種植電信蘭葉的遮光網室前，入口處用白色麻繩綁著鐵環固定，一側的下方點，是更舊的，被切開的麻繩殘跡，哥覺得醜又礙眼，想解開上面的結，卻像生了鏽完全拉不動。

「所以只能割斷換新的。」我說。爸情況危急的那半年，沒人下田，經過雨淋日曬的繩全膩在一塊，還與生了橘黃色鏽的鐵環黏住，當時費了勁才將鐵環扯開。

網室臨路的一側，破了個半人高的洞，細看周圍，是火燒的痕。哥問：「這是被人放火的還是小偷？」

「誰知道呢？」我走向前拉開麻繩，走進網室，我忍不住笑了起來，問他：「這裡有什麼值得偷的？」

本該長在裡頭，第五年，該是最茂盛時期的電信蘭葉，那些像龜背，兩側羽裂的葉，現在活在長得比它們高的雜草中，草很多幾乎擋住了視線，彷彿那些草才是整片田的主要作物。

他更靠近地，蹲下來看，突然想起什麼似的抬頭說：「妳頭髮剪掉啦？」

「嗯。要工作要顧爸，長頭髮很麻煩。」

「我記得都快到腰了，好可惜喔。」

冷，水的涼意從下方傳來。從踩進的水灘中拔起，我才想起這雙雨鞋是爸的。下田前哥把腳硬是塞進小一號女用的，我的雨鞋，我叫他穿爸的，他只說：「爸有香港腳，我才不要。」爸那麼久沒穿的雨鞋，破了洞外表仍像完好，滲進來的水積在腳後。我只好坐在田畦邊上將水倒出。

更近地看，電信蘭葉上遍布褐色圓形斑點，外圈泛黃，大小不一的點，像衣上沾染的漬，又像是，擦在傷口上的碘酒。蹲著的哥也注意到，看了一片又一片，他問：「這什麼？」

「銹病。」真菌引起的病，最不想看到的病。往往發現就得趕快處理，噴藥，怕這些真菌的孢子繼續擴散。但半年沒整理的田，什麼都好像可以接受了，只能接受了。至少再怎麼糟糕也還活著。

「你幫我。」我指了指貨車上的黑色遮光布，請他幫我拿著貼合網室的破洞，布與布的交接處，用銅線綁緊，不會再讓任何東西，蟲菌還是病，從這裡再進來了。

「早該補了，這妳一個人也可以吧。」他邊唸邊盯著我看。光救裡面的葉子我就累死，哪有時間？我沒有說。欠了這片田多少時間，也許就要多少時間來還。

「小平呢？」我問。「保母家呀。」他秀給我看監視器畫面，一歲的他坐在畫面中央，看起來像是客廳的軟墊上，雙手握著錘狀的玩具，上下搖晃著，無聲的畫面卻彷彿能聽見沙沙的撞擊音。哥說，他請的是全日托，二十四小時，一周五天，在桃園一個月要兩萬五，今天假日還得額外加。

「他這樣會不會比較不親？」我說。

「沒辦法，我要工作。不然哪有錢養你們？」

「謝謝。」我回。他想到什麼似的定格幾秒，問：「前幾天跟你講的事妳想得如何？」

「我還在想。回家吧。」

並肩走出網室，一旁是巨大的龍眼樹，幾乎遮蔽了天空，在陰影下才感覺沒那麼悶。樹與這個家一樣年紀，都是祖父種下的，如今，站在三樓屋頂，葉子已超過人高了，龍眼樹從網室旁往家的方向生長，像是倚在房上，這片綠蔭，是爸曾經最喜歡泡茶的地方。

進屋，爸的尿壺仍是空的。即使已經過了數月，他還是頑強抵抗著，尿在壺裡的次數一隻手就數得出來。我扶著他的一側，另一側他用著四腳拐杖，即使他無力自己使用仍堅持著，一步一步走向廁所，完成作業，再步行而回，哥在旁邊看著。回到客廳我聽見他的聲音在廁所傳來：「爸你尿得到處都是。」

爸在八個月前中風。那是個日頭很赤的上午，做到快十一點，爸叫我先進去，洗澡煮飯。洗好澡出來，煮到一半才發現他怎麼還沒回來。他已經躺田溝裡了。

他的病因是高血壓引起的栓塞，位置是在延腦中部深層，位置靠近小腦，影響平衡，且傷到語言區，加上他本來就有的糖尿病及七十五的高齡，剛入院時曾經被醫院發過病危通知。

但那一切都挺過來了。經歷住院、復健及中醫治療，半年後雖然不能好好吞嚥，但也脫離危險期了。透過每隔一段時間觀看監視器，一個月前我終於可以開始下田。有時覺得彷彿是放置型的手機遊戲，放置他，放置豬哥亮的節目頻道，一切都可以順利運行，雖然，不可能痊癒了，至少，還算活著。

「葉子都是斑點，很嚴重，那個叫什麼……」哥說。銹病，我補充。

爸瞪大了雙眼。哥問，怎麼了？

「那沒有救，他以前會這樣講。」我說。以前聽了無數次，對爸的反應我有點意外，不是早就看膩了嗎？

「那以前遇到你們怎麼做？」

「以前是零星出現，很少啊，發現趕快剪下來丟掉就好了。現在擴散到整塊田都是，已經不是小感冒了。」電信蘭園變成雜草園，都荒了都銹病。變成這樣我也很難接受。我想。

好不容易像能一切如常了，煮飯煮菜，爸不太能吞嚥，所以我把煮好的雞肉與高麗菜用剪刀剪碎。他的手還能自己拿湯匙吃飯，不幸中的大幸。

下午的工作結束後，幫爸洗澡，讓他扶著牆邊，用洗澡巾抹上沐浴乳，沖掉，生殖器，起初他總是不停搖晃與抗拒，久了他也習慣了。哥一樣在旁邊看。

吃完飯，一家人坐在客廳，遙控器在哥手上，他轉到喜歡的政論節目，跟著主持人一起罵著，爸沒有作聲，只是看，我想也許哥也會覺得寂寞，以前的畫面是顛倒過來的，以前政治立場也是顛倒過來的。

將爸扶回房間休息，洗完澡，走進客廳，桌上放著的是玻璃瓶，透明的液體已降至三分之一。我不知道那樣的量算不算多，但看著倚臥在沙發，兄長臉上的漲紅，我知道應該是相當地烈。

「這什麼？」我問。

「威士忌，妳要不要喝一杯？」

「不用，你喝。」

「這可是比爸的維士比好喝很多喔？唉對啦，對妳們女生來講這太兇。」

「嗯。」有差別嗎？對我來講都是一樣的臭。

「酒要練一下啊，會不會化妝？改天妳來桃園，我帶妳去玩玩，搞不好就認識像我一樣，優質天菜。」他嘿嘿地大笑起來。

「顧孩子很辛苦吧。」我冷冷地說。

他飄忽的眼神漸漸變彎，茫茫地笑了起來：「顧小孩本來就這樣，從會爬到會走，嘿，周末陪他玩兩天，比上班還累。」他打開手機，滑起一張張兒子的相片，從最近的一路上溯，突然間他的笑意急速地收攏，玻璃杯往桌上重重放落，不少酒液搖晃而出。

「阿婷妳看妳看！他這麼可愛怎麼忍心讓他沒有媽媽。」手機上，是哥前妻抱著小平的照片，我記得，那是四個月的收涎。

他的臉，與爸抱怨母親時一模一樣。那樣濃烈的酒氣，不管是什麼酒，他的臭跟爸一樣，混雜著剛才抽菸過的菸息。
「不可愛的不是小平啊。」我話到喉結，又吞了回去。
「所以她到底爲什麼跟你離婚？」哥年紀輕輕就當上了科技大廠的副理，論條件，他絕對稱得上優渥。
「她就不能接受我抽菸。幹，抽菸又怎樣了？我眞的死了保險金也夠她活一輩子了，妳們女人啦，哪裡能講道理？」
我想起以前父母親那些爭吵的時刻，爸又臭又大聲，母親冷冷地刺了幾句回去。
「先讓孩子回房間。」爸第一個耳光下去，母親吼叫地喊。
「我現在在跟妳講道理。」爸總是這麼說，只是那些道理最後留下的眞理，是母親身上那些斑——青的、紅的、黑的。那些斑最後長到了無救的程度。
母親離開的那天，是我十八歲的生日。
那天爸跟農會產銷班的成員去吃飯了，母親爲我買了小蛋糕，和哥一起幫我慶生。深夜，爸把我叫醒，問母親去哪了？直到隔天起床，我才慢慢認知到了她已經不在的事實。她只帶走了她的證件與郵局存摺。
「那裡面又沒有錢。」爸說，這個家，是恁爸扛起來的。
閉上眼睛時，怎麼能不去想，母親跟著爸一起蹲在田裡採割電信蘭葉的身影，那嬌小，肩膀上扛著幾乎比她還高出太多，沉默的身影。

「所以那個銹病是什麼，突然就長出來嗎？」哥問。

「六個月沒管它，長得太密集太悶，就爆發了。」我說。引起銹病的眞菌一直都存在，放任不管的葉子，逐漸形成孢子堆，透過空氣傳播，還是無人管，於是爆發開來。

「所以那眞的沒救喔？那就放棄啊，幹嘛不放棄？」他說。

「我在努力。」看著他總讓我想到爸。

兩天後哥回桃園，我繼續下田。被草觸碰到感覺癢，也只能蹲在田溝裡往前割著。從左右任一側的田畦開始，將眼前已經長出新葉的母葉，沿著莖幹褐色邊緣用香蕉刀劃開，一葉一葉一葉，採好的疊成兩落。

腳痠時感覺汗在臉頰、在運動內衣裡滑動，割了那麼多年葉子一直都是這樣，習慣後就能夠繼續。不同的只是怎麼能習慣，朝背後那些割完的看去，好的葉子怎麼那麼少？一落再一落，好壞相鄰排放高度的差距，彷彿是在淸掃而不是採收。

收工時地上是兩批葉子，那邊是要回家，那邊是回不去的——要丟掉的，總也是這個家的，不想丟，還想救啊。

打開手機，連結著家中客廳的監視器畫面，確認爸仍坐在客廳的木椅上，這畫面這個月來看過無數次，如果旁邊電風扇沒有轉動，我常有種 App 當機靜止的錯覺，爸就像一棵植物般，幾乎沒有動作，只剩下電視傳來的聲響。

挑了再挑，那些斑點沒到非常嚴重的葉子，還是帶回來。

綁葉子第一步，從大到小，把葉子分成十堆，先選出基準，再根據基準的十葉，把葉子分到最接近的區段。如果發現銹病太嚴重的，就丟掉。

分葉子才更知道，好葉子眞的只剩下這麼少。那些從田裡帶回的病葉，幾乎三分之一還是丟了，必須丟，沒有價值，那種東西要怎麼賣？

後續是綁。十枝一束，選擇適當的葉子排列。「你要會看。」爸曾經說。盡量從大到小排序，大的在上面，最上面那片要挑顏色深的，葉面開洞多裂葉整齊均分的：頂面的，價錢才會好。把五百多片葉子變成整整齊齊的五十把，是技術。「不要像你那個金謀阿伯，就只是不分類把葉子疊好，那樣怎麼有好價錢？」他邊說邊攤開雙手：「大家都喜歡好看的東西。」

黑肉底，像我，誰要喜歡呢。上天對我們很公平，爸媽的遺傳平均分配，哥有著跟媽一樣白皙的膚，以及爸高壯的身形。但上天卻像在對我開玩笑——媽的嬌小、爸黝黑的色。小不點、黑婷、山豬，多想丟掉這些從小到大的綽號。

將葉疊好後用橡皮筋，從一片葉柄的最底端開始，向上斜著環繞圈牢牢捆住，曾想過如果這樣綁在頭髮上，髮根會像被拔起來般的疼痛吧。我摸了摸耳後，已經短到摸起來有點刺。

綁完花，將成堆不要的葉子掃進單輪推車，倒在龍眼樹下，我不知道這會不會成爲養分，但再難看，畢竟都是這個家的。

能怎麼辦呢？我腦中突然浮現好多年前，爸講過的，產銷班裡有人用過的技巧，那是個修剪的技術，爸當時說的表情滿是不屑，他說那人是剛回來種田的年輕人，種得那麼爛，用這什麼三流偷吃步。踩著龍眼樹下的葉子，覺得那倒是挺適合現在的我。

周五是爸一個月一次的回診，回來的哥帶著小平。

坐在哥轎車的副駕駛座，車內與我想的不同，老菸槍的他車內竟一點味道也沒有，車子正行駛在高屏大橋上，後座的小平正玩著兔子布偶，甩動，飛出，他想用手去撿，但布偶掉在另一側的爸腳上，小平開始哇的哭了起來，被安全帶綁著爸，試圖伸出手，卻也勾不到，直到到達醫院，哭聲蓋著車內的一切。

「你帶他下去，我去附近的停車場。」醫院的停車場早就客滿，哥說。

推著輪椅在診間門口，哥的訊息傳來：「小孩子就不進去醫院了，你好再叫我。」

我們的號碼是20，數字跳成18時，爸指著褲子。他要尿尿。我拿出乾著的尿壺，他臉色大變，我說：「快輪到我們了，這樣比較快。」我將尿壺拿進，他揮舞的手打在我的手肘，那麼輕的力道卻強烈。

推著他從廁所出來，果然已經過號。

「幹也太久了。」看完診拿藥，傳訊息給哥，他回。人多，我嘆了口氣回。

下午，綁著早上採收的葉子，哥出來，看我拿著剪刀，問：「你在幹嘛？」

「密技。」我將手上的剪刀晃動，嘿的一笑。

那些有斑點的葉，我用剪刀修，依著葉的形狀，切邊，挖孔，讓它們看起來自然，完好的葉量不夠，修好就偷渡過去，偷渡過去，一切都還很好。想出這個技巧的人眞聰明，我想。

「可是你剪完看起來很醜啊，我才不想要買這種葉子。」他說。我沉默。

「剛哄他睡著，我也要去睡了，累死。」走之前他說，上次講的那個，晚上，得做決定了。我仍剪著葉子，努力一點，再努力修得好看一點。

晚餐過後，政論節目仍在播放，不同的是多了嬉戲聲。哥買了一個黏在牆壁上的籃球架，小平拿著塑膠的紅色小籃球，靠近，灌籃。哥撿起給他，小平嘻哈的笑出聲來，重複再重複。

我記得這顆小籃球，那是小平抓周第一個抓的東西。曾是校隊的哥卻沒有笑，不停地用手指撥弄著手中的玩具聽診器，終於，小平注意到，咿呀的爬向哥的方向，抓起哥的笑容。

然而那並沒有持續太久，小平馬上轉換方向，第三樣，他抓起了一只玩具鍋鏟。

「早知道就不要放了。」哥發出嘖的聲響，都是看那女人每天做菜害的。

「怎麼沒有放個小鋤頭？」我說。

「我才不要放。」哥回。

不就只是玩具嗎？我想。我想起在相簿上看到的泛黃照片，小時候我也沒抓鋤頭呀。

投籃很快就不再吸引小平，他開始走動，抓桌上的玻璃杯，哥大喊：「林宥平！」將他抱起，孩子大喊：「媽媽，媽媽。」閉嘴，哥說。那語氣像是爸。

小平被哥抓起，丟在我身上，他往上爬，身體靠著我，一隻手摸在我的胸部上。

「你這樣是性騷擾。」我說。

「林宥平，你要也是挑年輕好看一點的。」

「你不要亂教。」他的輕佻笑聲充滿客廳。

政論節目繼續吵鬧著，直到我扶著爸回房間後，哥指了指小平。

「你幫我顧他一下。」他說。

他轉身回房，幾分鐘過後，他穿著風衣外套、鴨舌帽以及手上戴好了PVC手套出現。

「你幹嘛？」

「抽菸。」他說完便走到外面，不一會，他敲了敲紗窗，比了手勢叫我關上。

今天有病是不是？我想。上次回來明明在客廳配著威士忌抽，菸灰缸是我清的，如同以前清著爸的。

小平再次玩起球，只是他不再投籃，而開始跟我玩起丟球的遊戲，丟出，走，撿起，再丟出。直到他累到走幾步就倒，沒辦法好好走路，最後趴在地上。

「我身上還有沒有味道？」哥進門，脫下外套帽子手套，馬上衝去浴室，刷牙後他問。

「有。」我說。那我洗個澡好了，他說，菸味對孩子不好。

「你兒子要睡了。」我說。不只是對孩子不好吧。我沒說，想像著那些吸過的菸味在肺葉變成了斑。

「尿布在床上，你幫他換，哄他睡。」他說。

「我沒換過尿布，也沒哄睡過。」我說。

「很簡單啦，跟顧爸差不多。先學嘛，反正妳以後也要會。」我在心裡說了聲幹。

「妳有沒有交男朋友啊？」

「沒有，要洗澡快去。」我說。

爸中風前，安排過幾次相親，農會的、衛生局的、鄉公所的，我想也許，是我妝化得差了些，也許是我只有高職畢業，也許是我的工作像個爸的長工，我不知道，爸中風後，更不想知道了。誰要帶著一個拖油瓶的孝女？

滑著手機，感覺到小平的臉湊了過來，「啊啊啊。」他邊說邊抓我的頭髮，像要拔起來般的痛，「啊啊啊！林宥平不可以！」我推開他，他往後後腦著地，好險是在床墊上。我拿手機螢幕照，他似乎有點嚇到，眼神像無辜的貓，然後揉起眼睛，很睏了吧。我摸摸他的頭，說好啦姑姑不滑手機，陪你睡覺。暗暝裡視線開始模糊，我不知道是誰先睡著。直到哥叫醒了我。

走到客廳，睏意很重，哥說：「下個月送爸去安養中心吧。」

他的話比鬧鐘還有效。

「你這樣顧也不是辦法。」他說，你下田多久要回來一次？上次我有聽到你的鬧鐘。

「兩個小時。」扶他去廁所，走動，避免褥瘡。

「還有要回診復健看中醫對吧？」他說。我沒有說話。

「也不能請看護吧？」

「嗯。」以前請來的那些看護，爸積極的不配合，打破打翻，最後打在他們身上，那力道微不足道，但當那些看護回去，問爸今天有沒有習慣一點時，他落下的兩行眼淚，最後我也只能跟他們說不好意思。最後是哥烙下狠話：「換阿婷照顧你，如果你還繼續亂，我會送你去安養院。」

「妳好好想想。」

「我知道了。」

隔天綁葉子時，他走到我旁邊，說剛哄小平睡著。他跟我要了修葉子用的剪刀。

「你知道怎麼剪嗎？」我問。

「把這些醜醜的剪掉啊，這些斑這麼明顯。」

過一會，他拿葉子給我。不只銹病的斑被剪掉，他還在葉子上剪了一個太陽的形狀。

「厲害吧？我手眞巧。」

「哥你不要亂好不好？這怎麼賣錢？」

他拿起我修過的葉甩動說：「像妳那樣只把斑修掉，葉緣少了一塊，兩邊很不對稱，啊這邊還多剪一個洞，這樣葉子看起來超不自然，妳是要賣給鬼喔？」

「就有人買啊，我還外銷到日本耶！你剪一個太陽才沒人要。」我拿起他剪的葉，瞪著他。

「拍賣市場妳有賣最高價嗎？」

「沒有。是最低價又怎樣？」

「妳一箱葉子被市場跟農會抽多少，7％？」

「市場5％農會1％。」

「還要運費，妳這樣是能賺多少？」他繼續說：「你也知道，小平就剩我一個人顧，我總不能一直養你們。」爸病倒後，他每個月會匯錢給我。

「你得養活自己。」他嘆了口氣。

「爸呢？」我說。

「我會出。就算有病，我也沒有要丟掉他啊。」他笑了一下，起身，修葉子的剪刀已放在地上好久沒動。

「轟！」雷陣雨這時落下，急促又劇烈的聲響敲打上方的鐵皮。

「這樣田裡明天不會乾吧？靠天吃飯，阿婷妳這樣太辛苦了。把爸送走，妳存點錢，以後跟著我投資。」他站在屋簷旁，在斜落的雨刺進來的邊緣，能感受雨意卻不淋溼的邊緣，邊走邊說：「最近房地產很好，我打算再買一間……」雨的聲音太大，已聽不清楚後面的那些。

閉上眼，想起多年前的事。

那是哥剛入職不久，他打給爸，說他要買房。

爸說：「他叫我幫他出頭期款，說什麼現在的人買不起房，都是我們這輩人的責任，都是我們把房價炒得太高，幹，到底干我屁事。」爸繼續說哥才剛工作，無妻無子，買個屁房。

但他還是出了，包含哥後來爲了裝潢追加的。

那年夏天，爸種的夜來香在強颱下，全部泡湯。他申請了農會天災農損的低利貸款，那些，與爸的部分存款，一起成爲了哥房子的磚瓦。入厝那天，爸沒有去，載我到高鐵站搭車時，他開口：「跟你哥講，我與他兩不相欠，我們父子到此爲止，不用再回來。」

「爸說你有空記得回來。」我跟哥說。

睡前，想著他的臉，想著他國中就去臺北唸書，一路都是第一志願，你懂什麼？我想。翻來覆去，直到想起了小平晚上睡在懷裡的臉，安詳而靜謐，不懂得一切的臉，我才終於入睡。

隔天一早，爸大在褲子上時，接到產銷班班長阿利的電話。

「阿婷，妳那個上一批出日本的……」一開口，我就知道了。

幾年前，產銷班與日本的經銷商簽訂合約，以一片5塊的價格外銷，那是阿利班長努力多年的成果，雖然國內行情好的時候，是可以高過這價格的，但崩盤的時候，這價格卻是穩定的力量。日本人相當龜毛，在簽訂前多次來園裡看葉子，確認是否達到標準。

葉面寬35到40公分寬，那是他們要的葉子。現在的我，哪裡有這麼多葉子？我把修剪少一點，還算好看的，也一起出貨了。

「爲了大家好，妳不要再出了。」這是多年好不容易建立的信用，阿利班長說。

腦中浮現幾年前，原本一箱花的手續費，農會要抽2%，是阿利班長不停地抗議，農會才妥協降到1%。我知道，他人很好。

「好。」我說。

哥問怎麼了，我講完他說：「就跟你說那個葉子很醜啊。」好想叫他閉嘴，真的好想。

又一周過去。綁完花的傍晚，我站在家裡的埕中望著天空。赤霞映天，火紅得彷彿連太陽都要融化，想起午飯時的氣象預報，強颱即將筆直地刺穿島嶼，想起哥昨晚的訊息：「我知道你開不了口，我來。」我這周再回去，他說。

前面一隻非洲蝸牛正爬著，田裡最討厭的，會吃葉子，我一腳踩碎。牠並未立刻死去，看著碎成好幾片的蝸殼及他蠕動掙扎的身體，已經失去家的牠大概撐不過今晚，遲早會被掠食者或是隔日陽光吞噬，「阿彌陀佛。」我說，卻無法感覺任何歉意。

風颱來的前夕，下田時割到自己的手，棗紅色尼龍工作手套被血浸染成更深的色。想起好久以前，割到手的時候爸載我回家，消毒、包紮，痛，溼透的上衣充滿疲憊，那天記得我就休息沒再回到田裡。

之後一次換爸割到手，我看他走出田，以爲也是跟我一樣，五分鐘後他就回來。「怎麼那麼快。」我說。他抬起手，指頭上是纏繞的電火布。「這樣不衛生。」我說。

「我要繼續割葉子，割一片都是錢。」指頭上的電火布比血還更像鮮紅。

現在的我已經知道了。我學著他纏起電火布，跟著他工作這麼多年，割到手是職業病，想更快才會割到。快，再更快，連廁所都不回家上了，蹲在葉田裡，平視著深綠的葉，解決，擦完的衛生紙丟在網室角落，反正這裡現在是我做主了，沒人可以說什麼。

風吹過黑色平織遮光網，被日頭曬出的影子搖曳，一排又一排，全部的葉終於剪了一輪。趁著颱風未到，我趕緊噴藥，殺菌的藥。我問爸，他無法講清楚，我把倉庫裡的藥罐抄了一遍，一個品項接著一個問，最後在我說「亞脫敏」時發出了啊的聲音。「2000：1嗎」我看著搜尋到的資料問。他點著頭，眼皮下垂。也許我想，他也沒遇過這麼大範圍的銹病吧，只能無力，無能爲力。

「你怎麼都不接電話？」噴藥完的那天，回到家才看到哥的未接來電。

「我在噴藥。」

「那有用嗎？」

「不知道。」

「就放棄啊。」他說。

不試試看怎麼知道？

那些修剪後的葉，修剪後完全沒辦法稱爲自然的葉，過大的葉面缺角，形狀怪異的洞，撕裂的痕——那些無法遮掩的，日本不要的葉子，島上的拍賣市場並沒有拒絕，即使總是在最低價附近徘徊，只要還沒殘貨，就還活著。

風颱來的周末，他回來了。

餐桌上，我剪著雞胸肉，他也剪著，給小平的。

燒著的開水滾了，發出嗚嗚的嗚聲，「啊啊啊啊。」小平學著嗚聲的起伏音律。

「爸，阿婷這樣照顧你也不是辦法，你看她這樣哪個男的會娶她？我已經找好安養中心，你之後去那邊，會比較好。」他開門見山，繼續補充：「那邊很好，全屏東最好的，排隊都排到明年了，我可是拜託議員幫忙才幫你排到的。」他講得慢，字字清楚。

也許是雨的氣息已越過窗，爸的手顯得溼重，舀粥的湯匙搖晃，外面的風聲急遽，雨勢加大音量漸強，爸用力將碗撥向一旁，我猜或許他也不知道，無法好好控制的身體，還有那麼大的氣力吧？碗從墊上被撥出，在餐桌邊緣飛起，失重墜落在地上匡噹潑濺開來。我衝起向他，慶幸只有褲管些許沾上湯水。他一語不發看著地上。瓷碗以各種不規則的形狀散落，如被雨擊落進泥濘。

爸朝哥喊了一聲，內容含糊不清像是吼叫，瞪著他看。

我起身，蹲著撿拾大塊的碎片，掃地，畚斗裡的碎片用好幾層報紙包覆，再用吸塵器確保沒有遺漏。

「你有爲我們想過嗎？」哥大吼。

「你太大聲了。」我說。

「啊啊啊啊。」小平學著哥的音調。

「林宥平，閉嘴！」哥說。

飯局回到了沉默，直到小平吃飽，將餐盤上剩餘的雞胸肉用手揮舞在地上，哥再度開口斥責，而爸的那碗再也沒有減少。

晚餐後，哥又穿上一身裝備去抽菸。他從後門出去，在工作用的鐵皮底下吞吐著，從玻璃窗望出，依稀可見那些白色的霧。抱著的小平也看著，他喊：「爸爸，爸爸。」我說：「爸爸在忙，你乖乖喔。」

進門時他的毛帽與風衣都溼了，強颱的風雨斜地刺進鐵皮內。洗澡，他說。

他出來時小平正準備打開電視下方的櫃子，裡頭，是成疊的相本。他將那些全部拿了出來，粗魯地翻著，他看著上頭的照片，又開始喊著：「爸爸，爸爸。」

那是父親抱著年幼的哥的照片。

「這是阿公啦。」我說。照片上是比哥年長一點的爸，泛黃的照片，卻有著相似的輪廓。

哥走過來，也跟著小平翻著，他翻的是最上頭，最新的那本。

小平滿月，小平收涎，小平抓周。「後面那些是你放的嗎？」他問。爸在小平三個月時中風。

「嗯。」我說，我覺得爸會想放。

他繼續翻著，直到去哄小平睡覺，那幾本相本仍放在桌上。

走出房間，他仍繼續翻著，將眼中的畫面帶往了更久遠的時光——在龍眼樹下的照片，爸將如小平的哥舉高、國中畢業時哥捧著縣長獎的照片，爸難得露齒地笑了、幾年前父親節時，在家裡的合照……「爸這輩子，都沒離開過這個家。」他說。「嗯。」我說。其實我也是。

颱風過後的隔天，我們一起巡視了家裡一圈，二十年的網室禁不起強風，斜傾，幾乎要倒了。

「這沒辦法了。」我說。我看著裡頭也跟著東倒西歪的葉子，只能重來了，我想，也許是天意吧，只有破壞，才是銹病唯一的處方籤。

「重搭網室不便宜吧？」

「我會跟農會申請天災農損的貸款。」

「嗯。」過了很久，他回。

再巡視一圈，一切都在預期的糟，也沒有更糟了，直到走到家前，才發現龍眼樹主幹已被吹斷。它仍靠著家，沒有掉下，不仔細看，仍與平時無異。但那斷裂的切口，幾乎只剩下微乎其微的皮還連著，已宣告著它最終的命運。

曾經擁抱這個家，給予那片綠蔭，讓我與哥泡茶的大樹，如今正殘喘地靠著家，施肥、澆水或一切的祈求都沒有見效，哥回桃園，一周後再回來時，它的葉已經枯萎到沒辦法不注意到。

「這怎麼辦？」哥說，指著龍眼樹的斷枝。

「燒掉吧，火葬。」我說。架上梯，我上，哥扶著，從支幹開始，一段段慢慢鋸下，細小的灰白木屑不斷從上方掉落至他的頭，從開始不停地撥，到最後已經無感，鋸完看著他整頭白讓我想笑，摸著胸口，幾乎連裡面的內衣都已溼透，狼狽，我們都是。

鋸下來的龍眼樹，我們將它們拖到原本的葉田中央，電信蘭葉園的網室已經請人拆了，裡頭那些褐色斑點的葉子，全部重新翻土，覆蓋，埋下，那些破損的，缺角的，病著的已經看不見了，成爲這片土地的一部分。

我們將樹幹堆疊，塞一些報紙跟火種，淋上汽油，上火。

橘紅色的火光就這樣燃燒了幾個小時，我們坐在旁邊，隨著哥的菸味陪它最後一程。傍晚，火勢逐漸轉小，剩下一些餘焰時，爆炸般的傾盆大雨降落。不知道雨落了多久，我們坐在土上，褲上沾染泥巴，全身已經完完全全溼透。

夕陽終於從雲層中再度探頭，哥指著的方向，因爲大雨沖刷，方才燃燒的龍眼樹灰燼，被雨沖散擴散開來，水慢慢被土壤吸收，灰燼附著，像眞的與這塊土地結合。彩雲滿佈天際，落日的光輝渲染，散發著柔美的夕色。

是該回去做飯的時間了。

「對了，我有收到。」我說。幾日前，刷著農會的簿子，多了一筆哥的款項，上頭的金額，與爸當初匯給他的一毛不差。利息呢？我笑著問。

「門都沒有。」他也笑了。哥依舊是哥。

那天晚上爸的手舉不起來，哥不說話地、慢慢地餵著他吃了整碗的粥，吃完，爸又吃了一碗再一碗，比他平時的食量超出太多。

哥回去了。我看著存簿裡的數字，細數著重搭網室、幼苗以及，等待的時間。

站在空無一物的田中央，我想像著，埋下新的種子，一年後從母葉上分芽而出，新的，已經是沒有銹病的電信蘭葉。抬頭看著準備進入夏天的日頭，感覺前額微微發汗，低首撥掉，我看著自己張開的手，握緊，再張開，上次劃破的傷口已經癒合，連傷到哪裡我都不記得，即使它確實在那。

鬧鐘又響了，走回家，經過龍眼樹，僅存的枝幹已經擋不住陽光，直射到原本綠蔭底下的家，直射到我，我感覺全身都在脹熱，皮膚在發疼，那些地方好像長出了一塊一塊的斑，像那些葉子一樣，這場銹病，原來還沒有結束，「那是沒救的啊。」爸曾經的話，在我腦中再次浮現上來。

評審意見

胡金倫

三代親情，多重隱喻

龜背芋，又稱為龜背竹、鳳梨蕉、蓬萊蕉及電信蘭等，適應性強，適合溫暖，潮溼的環境，是一種大型觀賞植物，很多人放在家裡當作盆栽，養植、銷售和出口龜背芋到國內外自然成為一種園藝行業。龜背芋的葉片裂葉是必須等到成熟和吸收足夠的陽光之後，心型的葉片才會開始裂葉。不過萬一植物生病，如本文作者所提的「銹病」，傳染到全園全室，該怎麼辦？放棄，一把火燒掉，重新再來？或是多澆水和陽光，就能救活生病的植物嗎？如果缺乏關懷和愛心的照料，銹病的龜背芋還能茁壯成長嗎？

這裡的銹病，在本文中是一種隱喻，象徵一個家庭三代，父子、父女、兄妹、祖孫之間變色的親情。〈銹病〉也點出了台灣社會所面臨的長照問題。一旦父母生病，兒女之間是誰該負起照顧的責任，或互相推諉，有如褐色斑點的葉子？作者不落痕跡的帶出這種種問題，將答案重新翻土，覆蓋，埋下，成為土地的一部分，有待重新灌溉，如果有愛。

佳作／

田家綾

台大社會系，加州大學洛杉磯分校建築碩士。當過日本上班族，討厭滿員電車，在文學雜誌介紹曾經到達的遠方。獲新北市文學獎、桃園鍾肇政文學獎、文化部青年創作獎勵、國藝會創作補助。

得獎感言

第一次得小說獎。想跟小時候的自己說，後來你終於可以寫完一個故事，還有更多更多。想跟沒能立刻投入文字創作的自己說，途中看到的那些，很有用。謝謝家人總是放任我轉向並無條件支持，謝謝給過我批評與鼓勵的師與友。

早上颱風已經過境。餐桌上躺著一封掛號信，是楊天晴寄來的。
「什麼時候要回去妳自己家？」母親問我。
「隨時。」等我找到房子就走。
「老公不要妳了。」她沒打算掩飾得意表情，滿足於母女重複的命運。我假裝沒聽到。
拆開信封，裡面滑落一把鑰匙。我把母親家的鑰匙從鑰匙圈卸下，丟回餐桌，放入那把新的鑰匙。拉著行李，一跛一跛地跌落照不到光的樓梯井，穿過老公寓鐵門時發出哐啷巨響，頭也不回，將黑暗自我身後關上。
等不到公車。道路正在施工，只有消耗預算時才被想起的行政區邊界趕著鋪人行道，柏油路翻得像巨獸剝落鱗片，推嬰兒車的年輕媽媽在機車陣和積水坑洞中尋找空隙前進。我沿著高低落差的騎樓行走，經過抽菸的店家門口停止呼吸。徒步走去捷運站至少要三十分鐘，我只想趕快離開這裡。
高中時捷運還未連接到土城，爲了到台北市上學，天將亮未亮就得起床，趕首班車。上大學後，夾在天龍人和北漂族兩大勢力之間，寄生台北衛星城鎮的被邊緣化。深夜招計程車到男友家，司機說住在蛋黃區喔，誰想當次等市民。我讓那些接近我的帶我走，愛不愛不重要，能不能讓我棲身，再也不回家。

第一次跟晴回家那天，我和當時的男友大吵一架，沒地方可去。

她問我，要不要去她家。

晴是系上同學，實驗課同組。即使如此，開學後還沒跟她講過話。每次她都攬下各種雜事，像在討好誰。我懶得理她。但是那天我仰起脖子看她，粗框眼鏡底下被度數縮到不能再小的眼珠閃爍著誠意。

晴說她家很偏僻，遠得不得了。公車開上高架橋，跨越台北市區，我跟著她在自強隧道前下車。「這裡是中山區，哪裡偏僻？」我翻白眼。她辯解：「我小時候住在民生社區，剛搬來還以爲搬到鄉下。」

晴的母親過世後，帶著女兒搬家的楊爸果然有眼光，如今大直寸土寸金，她家不遠處就是捷運站。哪像我媽，傻傻跟著男人一路北上，用盡積蓄付頭期款買房，男人跑了還得繼續揹房貸。捷運蓋到新北，卻約好似地繞開房產所在地段。像笑她不會看。

列車航過河底，金屬摩擦發出尖銳的鳴哼。出了車廂，由低處爬升，超過納莉颱風淹水線，換線，再往上，到達地面，忠孝復興的手扶梯人潮長長一列，我一路護著肚子到頂點。與衛新婚頭一年，我還會來接機，一起坐捷運回家。低空飛行的列車彎過松山機場，駛入隧道。

提早幾站下車，穿過公園就是晴家。附近幼兒園的外籍老師帶隊，孩子們在公園裡嬉笑，「沙子溼溼。」颱風過後幾天了，空氣還沒乾。

管理員向我打招呼，「回來啦，楊小姐。」根本搞不清楚我是誰。電梯上樓，我用晴寄來的鑰匙開門，房子收拾得整整齊齊。第一次去晴家就在她家過夜。晴跟楊爸說我們要趕報告，楊爸留我吃飯，晴說我住很遠。我擠在晴的床上，一路待到春天。晴的房間是否還是記憶中的模樣？伸手轉動門把，上鎖的門轉不開，和已無人居住的主臥對望。我打開中間的門，書房還保持原樣。等我把書櫃移走，這裡會是完美的嬰兒房。

我和衛的住處沒有嬰兒房。婚後衛少在家，也沒再搬。當初看屋，我只想離母親愈遠愈好。捷運共構的大樓，底下潮流書店進駐，看完物件我們喝咖啡打卡拍照。衛說：「妳喜歡就好。」一周後簽約，附傢俱的月租式公寓，搬進去的好像只有我。衛的工作有一半時間不在台灣，一兩個月回來一次，有時待不到幾天。母親譏笑我，「妳年輕。沒有買房都不用高興太早。」她見不得我活得比她好，我知道她在心裡咒我被男人拋棄，最後跟她一樣下場。

但我還是贏了。趁衛在台灣的空檔，去戶政登記結婚，衛的家人不在台灣，我只邀了專程爲我回國的晴。

她問我，能不能去她家。

前一晚，我特地留宿晴家，離我和衛的公寓只有幾站的距離。楊爸將書房打理整齊，嫁女兒般地忙碌著，幾乎忘了病痛。罹癌的他說，只希望能活到晴出嫁。我和晴交換了眼色，晴把頭轉向另一側，開玩笑道別想這麼快把我脫手。

我和衛拿著換發的身分證合照，傳給母親，說我不會像她一樣。她已讀不回，我收回照片。半小時後她丟上貼圖，幸福美滿。我噁心得立刻刪除訊息。

終於擁有自己的地方。衛不在的時間很長，一開始我還會倒數他回國的日子，漸漸地我習慣與房子獨處。房東想像中好租的房，就是沒有風格。覆蓋上自己的品味，窗簾、被套、抱枕……還有一盞不亮的燈——衛送我的生日禮物。總有一天，我和衛會搬到眞正的家，這裡是理想的過渡，試行錯誤的實驗品。

爲了提早實現願望，天亮睜眼第一件事：量基礎體溫。不能月月做功課，更得算準排卵期。有了孩子，才能說服衛買房子。

衛總搭清晨首架落地的班次。長程飛行回來，他先淋浴。準備了瘦肉粥，聽到水聲停止，我轉開瓦斯再次加熱，衛不愛涼掉的飯菜。他穿著浴袍走出來，頭髮半乾，說不餓，很睏，先睡一下。

浴室水氣還未散盡，我把吹風機的線整理好放回抽屜。洗手台上的驗孕棒，他看到了嗎？我拿著驗孕棒，在衛身邊躺下。「我們要有 baby 了。」他睡得很熟，我靠上他的背。爲什麼睡得這麼安穩，他聽到了嗎？

他看到了什麼都不說，表示他欣然接受？他聽到了什麼都不說，表示他並不在乎。我昏倒在無止盡的推理，他轉身從後方環住我。「我們要有 baby 了。」我鑽進他的懷裡。

衛出國前陪我去產檢。婦產科就在附近，衛親自挑的醫生。好的地段自然有集客力，衛說身邊許多大老闆的太太女兒小老婆都給他看。「名醫。」他強調。我上網 google，都是醫生和女星網紅的合照。

護理師請我到隔壁更衣，「東西放著沒關係。」入口處置有脫衣籃，我按照指示把內外褲褪去。下次要記得穿裙。內診椅擺在中央，緊靠著一道落地簾。護理師的手從另一端伸入，在椅面鋪上硬紙巾。我光著下半身爬上椅子，兩隻腳跨在設計好的溝槽內，下體就會按照醫者期待的角度張開。

「再往前坐喔。」臀部壓著紙張挪移，未遮掩的部位不習慣涼，護理師蓋了條浴巾在我身上。不知何處的鈕遭觸發，椅背放倒，屁股抬高更容易被進入，維持開腳姿勢的我感到脆弱而羞恥。衛站在我身後，只是站著。

進入的時候還是會疼痛。布簾遮住進入我的人的臉，我看不到手和器具。放輕鬆，護理師說。執行者沉默，繼續動作，再往深。衛也沉默，只是看著。

探頭在腔內轉動，按壓，停住。鍵盤的敲擊聲，定格。抬頭看上方像實況轉播的螢幕。這是胎囊，這是卵黃囊。侵入者開口。大小可以，兩周後回來看心跳。

出來的時候和進去時一樣突然。我聽到抽取紙巾的聲音，擦拭，脫掉套子，丟棄。

「痛嗎？」我說可以忍受。「一定是女生。」像妳一樣的女生。衛說。

「才五周，哪看得出性別？」死也不要生女兒，長成像我這樣的容器。

「我就是知道。」他很肯定。我笑。

我們去醫院旁邊的嬰兒用品旗艦店，買了嬰兒床、娃娃車，最新的款式，衛說必須用最好的。都挑粉紅色。

「你就這麼確定是女生？」

衛說，成天坐飛機的男人都生女孩。「這句記得跟媽說。」我繼續笑，笑他道聽塗說，想想男孩穿粉紅色也好看，就不跟他爭辯了。

租賃公寓早有規劃好的兒童房，附溜滑梯的床不適合新生兒。我問衛，有沒有想過買房子。衛沒回答反問我，想不想出國，搬到涼快一點的地方。

溽氣重卻無雨，氣溫三十五度。還只是春天。

衛的家人趕在上世紀台海危機時移民，剛結婚時天眞地和衛討論買房，婆婆反對，說我們在小島置產沒遠見。我才不要搬去跟他媽住。

衛要飛的前一晚，我問他什麼時候回來。「夏天吧。」他說。不能一起聽心跳。「一定來得及看性別。」他補充：「也沒什麼好看的，我早就知道了。」

熱帶性低氣壓在南方海域逐漸成型。還只是春天。

「要是變成颱風會不會停飛啊？」「比這更大的都飛過。」衛否定我。

大一暑假來臨之前，熱帶氣旋孕育成颱風。我坐在階梯教室外，晴提著剛買的早餐走過來，「助教說，學校剛宣布今天颱風停課。」

「雨沒有很大啊。」

「等下就會變大，我們快回我家吧。」

「吃完早餐再走。」

還沒走到校門口，來不及撐傘的我們被突然的雨勢淋了一身。撐傘也無用，有人的傘被吹翻成碗狀，在風雨之中顯得格外狼狽。

在晴家玄關剝下黏膩的襪子。「鞋子都進水了。妳爸不在家吧？」沒等到答案，我邊走進客廳邊把身上的衣服連同內衣褲脫下。她跟在我身後撿我丟下來的衣物，地板上都是我們溼漉漉的腳印。

我站在浴室門口對她招手，「一起洗啊。」刻意不關門，轉開蓮蓬頭。她不敢直視我，把髒衣服放進洗衣籃急著要走，我拉住她，手長腳長卻沒有力氣掙脫，她沒有要掙脫，衣服溼透。乳房貼上她的身軀，嘴唇碰嘴唇，她微張，我趁虛而入。她用幾乎聽不到的音量說放開我。「這不就是妳要的嗎？不然幹嘛帶我回家。」

她逃出熱而悶的密閉空間，把門帶上。裡頭溫度升高，散布的水氣膨脹。我假裝什麼都沒發生，仔細將身體每一處皺褶洗淨。圍著浴巾走出浴室，楊爸在書房忙碌著。不知他何時進門，看到聽到多少。

夜裡睡在晴房間的地上。「妳爸知道嗎？」她睡著或不回答。我想明天又要找新的地方了。

起來時晴正忙著張羅早飯，晨間新聞播報著颱風災情，我把房裡屬於我爲數不多的物品塞進背包。飯後楊爸跟晴說，書房整理整理，讓我搬進去。想問他不擔心嗎，想問他爲何不趕我走。

往後晴負責早餐，我煮晚飯。父女之間話少，那和我與母親的漠視不同。我扮演乖女兒的角色，告訴楊爸那些他好奇卻不知如何開口，校園裡的種種。特別是關於晴的。晴從不生氣。就算我故意在楊爸面前說，哪個同學很欣賞晴，下次一定要邀他來家裡玩，讓楊爸鑑定。晴知道我是爲了留下來。討好晴得不到好處，不如直接討好房子真正的主人。但她不知道，爲了留下來，我能做的比當一個好女兒更多。楊爸坐在書桌前。我把門帶上。

書房沒有窗，颱風再大也無雨。沙發展開成床，書牆圍繞，這裡有母親公寓欠缺的餘裕。

我不看書，讀書是爲了離開母親。其他都是多餘。

爲了讓楊爸放心，不要擔心我與晴，我又開始跟不同的男人交往。我再也不跟他們回家，我已有了歸處。我帶男友來，要楊爸知道我有選擇，我能選擇。我們窩在書房，男友們問我爲何不關門，我總說沒窗不能呼吸。

大學畢業，晴準備出國念書。楊爸將晴的書桌、床、全身鏡用防塵布蓋上，透明如膜宣示誰都不許碰，仍不放心地將房門鎖好。那一刻我知道誰才是眞品。他只需要一個女兒。楊爸還是沒說要趕我走，書房隨時敞開，甚至，楊爸的房間也通行無阻。晴說我不用急著搬走，她也希望父親有伴。我笑她白目，忍住一些不說。不能說。我在夏天結束前離開。

只能回家。我告訴母親，等我找到工作就走。而我也說到做到，進了一家外商做市場調查，付完市中心五坪小套房的房租，存不了太多錢。母親說要把我的房間分租出去。交通不便誰要租，租的都是次等市民。

那些賴在蛋黃區父母家裡的同事，自己賺的買名牌包，揪團購。我都笑笑拒絕。小主管努力存頭期款買房，挑來看去嘆道只剩捷運終點外的蛋殼區負擔得起。彷彿看到自己的未來，連母親都贏不了。不然就只能學那個誰被包養。他們說的是大老闆祕書，我不覺得被包養有什麼錯。既然這座城市不公平，趁年輕用身體交換利益並不可恥。所以我和衛認識一個月就同居。我帶衛來拜訪楊爸，書房的門敞開著，睡過的床折疊回沙發的模樣，我沒有解釋過往，沒讓衛踏進一步。

書房沒有窗，颱風過境也無人知曉。排滿在書架上的書無人移動，還是當時模樣，多了灰塵。我把行李箱拖進書房，橫放在中央。沙發已經被處理掉，正好，需要安排丟棄的大型廢棄物少一樣。空下來的角落正好放嬰兒床。手機亮起簡訊，貨運公司通知已出貨。

「哪有空間擺嬰兒床。」颱風吹在高樓層發出咻的風聲，我在附有溜滑梯的床坐下，想著要怎麼跟房東討論把這龐然大物撤掉。買來的嬰兒床還沒組裝，我和人在國外的衛商量。

「等我回去再講。」衛說會在能看出性別前回來。

停課不停班。沒有休診，我一個人回診。

「今天看完心跳就可以領媽媽手冊囉。」櫃檯訓練有素地說。

醫生問：「有沒有不舒服？」我搖頭。「那我們先到隔壁內診。」

我在置衣籃裡放入脫掉的內褲。這次我記得穿裙子了。獨自一人爬上內診椅，雙腳跨上兩側高懸的溝槽，沒有猶豫。布簾另一側的手把我的裙擺往上拉，朝隔壁空間露出外陰部，靠在椅背上的我的視線只能看到向外大大張開的雙腿。我的身後沒有觀眾，護理師沒有另外發給我遮羞用的浴巾。

「想好要在哪裡生了嗎？先生是不是都在國外工作？」另一端醫師坐定，隔著布簾，我看不到他，他面對我的下體問。我是分娩嬰兒的器皿。「深呼吸喔。」他繼續說，超音波探頭滑入陰道，有上一次被進入的經驗，這次我適應許多。

「這裡吧。」我說。醫生沒有回答我，手中握住超音波探頭在腔室內翻攪。「是不是要多做一些檢查？」我繼續問，醫生還是沒說話。我還在想是不是說錯了什麼，他突然拔出。

爲什麼不繼續。衛滿足了自己的慾望，躺在我身旁喘息。我沒問。

醫生沒有多作解釋，我看不見布簾另一端的情形，但我知道他離開了座椅。護理師說再回診間喔。我用紙巾將膣腔內流出的多餘黏液擦拭乾淨，擦不乾淨。穿上內褲套上平底鞋。

「請坐。」醫生沒有看我的臉，手指著電腦螢幕，回放剛才拍攝的超音波片子，「妳看，這是胚囊，這邊，照理說這周數，應該要看到心跳了喔……」

我的心臟猛烈地跳動。我想著網路上看過的文章，「會不會是晚排卵呢？」我拿僅有的隱微知識挑戰醫師的權威。

「妳看看，這個大小，通常這個大小是要有心跳的。」他好似自言自語，卻暗示著我不想要的答案。我很想假裝不懂。他繼續說：「但是，生命這種事，還是要愼重……不然，我們再觀察一周。」他終於抬頭看我。

「一周後要怎樣？」

「妳有三個選項，人工流產，藥物流產，或是等它自然排出。」

現在就要討論了嗎？

「妳先生什麼時候回國？要請他簽同意書喔。」

衛還沒要回來，連性別都不知道他怎會回來。簽同意書的選項都不是選項。

自然排出。得到和失去都是自然的嗎？

「再懷就好了，很快就會有了。」晴在電腦另一端安慰我。至少她以爲在安慰我。當然，我跟她訴苦這件事本身就很殘忍。她在美國和伴侶決定做試管，吃藥打針，照卵泡取卵，花錢找適合的精子配對，做一輪幾萬美金就沒了。「又不像我們，每次都是花大錢豪賭。」

妳們又不像我，什麼時候被進入，什麼時候該排出，都不是我能決定的。

出血的時候衛不在家。

懷孕九周又兩天的傍晚七點。預先準備的衛生棉吸收了飽滿的血，滲到內褲。光著下身，在洗手台搓洗，不太敢看自己卻還是看了鏡子，臉色蒼白，也許是日光燈的關係。拿出加長型夜用款的替換，頭暈不舒服，在臥室躺了一下。睡著時夢到血流了出來，驚醒，血把床單弄髒了。沒力氣換，我在上面鋪上幾條厚厚的浴巾。

腹痛就吃經期用的止痛藥。等不到衛的簽名，只能等萎縮的胚胎自然排出。醫生沒有另外開處方，市售的成藥就可以，他說。

不到半小時，衛生棉便承載不了過多的血量和夾雜而出的組織物，還未過午夜就快用完一整包。我吞了幾顆止痛藥，想著最壞的情況。我傳訊息給衛，已讀不回。我會不會死在這張床上，直到衛下次返國才發現我。

醒來的時候看到陽光，連續幾周未見的明亮。蹲坐在馬桶上，像初次性交時被異物塡滿的不適，隨卽衝出一顆杏李大小的物體，包覆在黑色血塊裡的半透明。我伸手撈起，想將它埋在花盆裡。推開落地窗，手指的血沾在玻璃上，陽光好刺眼。伸手遮蔽，卻又飄起雨，混雜著腥鹹的黏液，滑落臉頰。

最後還是扔進垃圾袋，和廚餘一起丟掉。

天氣晴，太陽雨。丟完垃圾，我走到街上。鑰匙在口袋。沿著人行道走，只有路樹，旁邊的走廊沒有雜物，一名父親推著嬰兒車通過無障礙坡道。我跟著他們走，走了好久，落胎後血還會流嗎？

嬰兒車彎進入口，才發現走了這麼遠。晴家前面的公園。台北難得放晴，曬得到太陽的防滑地上排著幾部輪椅，隔了一小段距離，擔任看護的移工女孩們有說有笑。有人叫我，是楊爸。他看起來消瘦，還算有精神，我記得他白天都會來公園運動。他說讓女孩放風，我陪他回家。管理員打招呼，「楊小姐回來看你啊。」我不會收輪椅，楊爸爸說擺在走廊就好。我扶他起身，大腿萎縮，皮膚貼著骨頭。他說能走，我讓他環著我，身體的觸感和以前不同，中年人的肚腹也消失了。

從前晚歸，晴已睡。洗完澡，楊爸在書房夜讀，那也是我的房間。我從一開始裹著浴巾不知該如何擺放身體，到後來當作無人存在。就像他假裝只是在書房裡看書。

那房間現在也不像書房，書桌還在，旁邊放著電動床。我陪他坐下。痛嗎？我問他。他握住我的手。應該很難受吧，我說。我看著他勃起。我握著他。

衛果然在本來約好看性別的周數才回國。也許出於愧疚，衛回來以後每天都待在家裡陪我。只要我一起身，他便跟上。我說想搬家，眞正屬於我們的家。「我們去看房子好不好？」他叫我好好養身子。要養多久呢？我看他收行李，「那你不要這麼快走好不好？」他只是笑笑。

留在公寓裡屬於他的不多，爲何有這麼多要整理。我沒看過他這皮箱。

爸離家時，我以爲他只是出去一下。

母親才進門，沒多久他們開始吵架。「不可以大聲，這樣喉嚨痛痛。」我說。沒人聽進去。母親的聲音沒有停，「媽媽喉嚨痛痛。」她連我一起罵。

摔了門走出，又開門，我以爲這次僥倖過關，他只是拿幾件隨身品，還是要走。「爸爸你要去哪裡？」他用幾乎聽不到的喉音說有事。門再度關上，很輕。母親知道爸是永遠的離去嗎？

我轉身問母親，「爸爸去哪裡？」母親說，他不是說有事嗎。又說，不乖不要妳了。

那要怎麼辦呢？沒人回答。

多久後才能同房？衛問我。

我讓衛進入我，開始下雨，我說別關窗。秋天的熱帶夜，悶溼叫人窒息。你一定要走嗎？

他用身體回應。我搶過主導權，他配合，享受完仍繼續。有多久他不曾這樣待我，熱氣對流，風一點也不涼，汗水和液體，血在我身上體內流竄。我害怕了起來，滿足地顫慄。

忍不住在網路搜尋。中醫說，小產得休息至少三個月，西醫認爲，早期流產後再受孕的機率反而高。我知道只是數字遊戲。

衛走了。我檢查過每個房間，沒留下一張紙條告訴我他要走了。新婚時，他會在浴室的鏡子貼上便條紙，寫些甜蜜的話。這習慣不曾間斷，就算感情早已蒸發殆盡，還是會勉強擠出隻字片語。我放出浴室裡早已不熱的空氣。

大樓郵箱出現兩封信件，一封未署名，一封是遲來的離婚協議書。

遲到的還有月經。我恐懼每一次如廁，害怕見紅。這是最後的籌碼。但爸不也不要我了嗎？

我跟母親說要搬家，借她那住幾天。她沒問爲什麼，只是不懷好意地笑。我根本不想看到她。

即使住在母親這，我仍專程回去名醫那看診。午診還要半小時才開始，候診區全滿。報到櫃檯總算叫到我的號碼，問我今天爲什麼來看診。「懷孕。」她遞來一張單子和筆，要我先塡寫。最後一次月經日期，雖然我清楚記得，還是打開生理期 App，證明我不是什麼都不知道都被矇在鼓裡。那時一切都還好好的。她早就沒有在看我了。

塡妥後她把單子連同健保卡塞進透明資料夾。「等下叫名字，先找位子坐。」

醫師坐在辦公桌的內側，看著電腦螢幕上的病歷，「這麼快又來報到，這次懷孕身體有什麼不舒服嗎？」

我搖頭，「擔心又流掉。」

「早期流產很正常，每次懷孕不相干。沒關係，我們照看看。」

我忘了這個周數已經可以照腹部超音波，還特別穿了裙子。護理師叫我把裙子和內褲拉下，她又伸手繼續往下拉到恥骨上緣，露出陰毛的根部，再蓋上紙巾並且往內褲裡折。下腹感到一陣溼滑，被抹上照超音波用的凝膠。

「這周數這大小很ＯＫ。」醫生用超音波探頭按壓，另一隻手在鍵盤上操作，螢幕顯示定格的虛線和數值，「妳看，這是心跳。心跳一百七正常喔，恭喜。」

我看著波動的曲線，爲什麼偏偏是這一次才聽到心跳呢。

「性別是精子決定的吧。常坐飛機眞的會生女嗎？」

「這妳也信？」

「那化療還有精子嗎？」

護理師衛教完發給我媽媽手冊。要幫我預約下次產檢時間，我說不用了，我自己再約。出了診所又開始飄雨，走回和衛的住處，剩下的我也不想要了。

拉開試衣間，粉紅色的包屁衣、紗布巾整齊地折入抽屜。衣櫃深處，未拆封的嬰兒床紙箱靠在牆上。還有保持折疊姿勢的娃娃車，沉睡在專屬的行李託運袋裡。要怎麼處理？母親殘破的小公寓擺不下這些東西。

差不多可以丟了吧。如果這次妊娠無效的話。或者，這次我自己決定。

協議書裡寫著，茲因甲乙雙方個性差異不合，無法繼續維持婚姻關係。

我笑了。原來我們個性不合。並不是因爲他根本沒有住進這個家過。母親與父親的那張紙又編造什麼樣的故事呢？

「我說過妳不需要搬走，妳可以繼續過現在的生活。」

「但是你不會回來了，對嗎？」與衛的訊息框停止更新。

我把所有粉紅色的物件裝進一個大紙袋，走出公寓大門，把它放到樓層的回收處。

手機叮咚傳來訊息聲。趕緊抓起。

「飛機會不會被取消啊，都幾月了還遇到颱風。」螢幕浮出晴的訊息，我眞傻，還以爲是衛。

回過神前手指已開始輸入，「比這更大的颱風都會飛。」

晴說她爸的病況不樂觀，得趕回台灣一趟。

「妳可不可以來陪我？」

我幹嘛去，妳爸會分財產給我嗎？

「等妳隔離完再說吧。」送出訊息。

受到外圍環流影響，山區今天降雨，水利署趁機人工造雨，但因雨勢小，目前初估水庫進水有限。我聽著新聞，看著晴傳來的文字：「我懷孕了。」她和伴侶做試管幾年了。

「妳覺得我爸會接受嗎？」幸好她丟出新的問句，我也不用煩惱說不出恭喜。我再次走到回收間，把一整袋粉紅色的嬰兒用品提進門內。

「會吧。」

晴說，醫生要她先確認著床位置再回國，可是她沒辦法等了。我爸已經沒時間了。她跟醫生說。

「外孕妳會痛死，不痛就沒事。」我傳。不管怎麼說，在她腹中茁壯的胚胎都選對了地段。

「妳會在台灣待到什麼時候？」

她爸生病後，晴每年至少回來一次。往後次數變多，間隔變短，這次沒有決定離去的日期。我不知道這問題是不是問得不好。應該是吧。

「等胚胎穩定。妳可以陪我去看醫生嗎？妳去的那家。」

「我要搬家了。」丟了婦產科的連結給她。

「搬去加州？我以爲妳不想跟婆婆住。妳會在台灣待到什麼時候？」她問我同樣的問題。

「沒有，不知道。」我沒說我沒地方可去了。

暴雨打在老公寓劣化的塑膠棚，就算把窗戶關緊，也阻擋不了劇烈的敲擊聲在屋子裡震動。已經十月，每周末颱風來了又走，實在不尋常。室內因潮溼的空氣而沉重，最可怕的是有股霉味。身體已經習慣無窗的乾燥。懷孕讓我的對氣味異常敏感，一陣乾嘔，趕緊打開除溼機，溼度85%，機器運轉讓室內的溫度更加悶熱。

晴回來一個月了，到現在還沒見面。

「妳去當什麼楊家孝女？也分不到一毛。」母親那張嘴總是能輕鬆惹怒我。但這次我沒有唱反調。

妳還好嗎……輸入完這幾個字我又反悔，倒退清除。不能這麼問。這四個字指涉的範圍太大。可能是問懷孕都還好嗎？也可能是問，她爸的病情還好嗎，她自己的情緒處理得還好嗎？

「妳在幹嘛？」重新輸入後我選擇了最無害的問句。對話框出現抖動的「……」，我安靜地等著，雨聲很吵，遮掩了我的無聲。

「沒幹嘛，躺著。」然後她又傳，「妳在幹嘛？」

「很忙。」衛每月匯錢到我戶頭，我認眞算贍養費存多久才能買房。婚前租的小套房漲得不可理喻，也不適合生養小孩。厚著臉皮寫信問前主管職缺，沒回。私訊幾個同事，有人截群組對話給我，「大老闆祕書剛離職，叫她應徵啊。」底下一片訕笑貼圖。

視線落在發光的顯示板，溼度降至63%。頭好暈，我推開窗戶，雨勢還很大，雨水撒了一些進來。「妳身體都還好嗎？」反覆確認有加上主詞才送出。我不敢問她爸的身體。

「嗯。」她回。

「一直下雨煩死了。」我傳完又後悔怎麼會挑了死這個字。但她秒回，「超煩。」

「下雨好懶，不想出門。」「嗯啊。」溼度反彈，攀升至72%。我們都需要這場下不停的雨當作不見面的藉口。

「等妳忙完了我們再約。」我說好。

颱風未登陸台灣。暴風雨吹倒石垣島路樹，日本記者全身溼透在現場報導。晴說去看了醫生。問她結果怎麼樣。

「有看到胚囊、卵黃囊，著床位置也沒問題。」在對的地方。颱風也一樣，要在無島的海面醞釀。

「妳這幾天在幹嘛？」

「每天都一樣啊，在家陪爸，晚上上班。」

我好像可以看見晴坐在家裡餐桌前，對著電腦打哈欠。有房有收入，忍不住嫉妒。

「明天見個面吧，陪我去看心跳。」她傳。

我送了一張黑白的超音波照片給她。

「妳嗎？」「對。」

「我那天才在想，說不定妳又有了。」

「爲什麼？」「一種直覺。」等我們死了他們可以作伴。她說。

夜裡又開始下雨，風從窗戶的縫隙鑽進來，鑽入我的耳朵，大腦昏昏沉沉，卻睡不著。手機亮起的藍光格外刺眼，我沒有開燈，輸入密碼解鎖。

「爸走了。」晴說。隔天我們怎能見面。

「每天不出門妳要住到什麼時候。」在母親這待得久了，母親篤定地懷疑。「生不出兒子，人家不要妳了。」

「妳是在說妳自己吧。」衛根本不想要兒子。

「在外面那麼久都不回來，早就有女人啦。搞不好就是外面的生了兒子。」這句是說給誰聽。那女人懷的是兒子嗎？

我想到答應晴要陪她回診的事，約好的日子早就過了。她爸過世後就沒再收到她的訊息。這種時候，應該是我要主動關心她。發球權在我，球卻遲遲無法擊出。

「回診沒事吧？」我傳。把注意力放在她身上，就不用對她爸的事說些什麼。下一個瞬間，胎心音的影片出現在對話框，像是她隨時在等我問她。

可以聽到心跳的周數胚胎卻萎縮。想都沒想過，驗到兩條線之後會遇到這種事。

手機靜音，我看著證明她腹中胚胎活著的波長，意識到內心深處渴望她也會遇到和我一樣的事。但她沒有。

「太好了。」訊息的好處是看不到表情，我加上笑臉送出，「妳要回去了嗎？」她爸走了，也沒有非要待在台灣的理由。

「她來台灣了。」她爸不能接受的伴侶。就連她唯一的不幸也消失殆盡。

她已經不需要我了。沒人需要我。

聯絡不上衛，所有手續都透過律師。爲了退租手續最後一次前去與衛的公寓。我填寫地址，請管理員把往後的信件都轉寄到這裡。包括嬰兒床。除了原本附的傢俱，其他都處理乾淨。少了床單，裸露出的床墊還留著只有我看得出的淡淡褐色印記。

管理員打對講機，告訴我房東已經到了。房東稱讚屋況很好，我們維持得很好。問我何時出國長住，我撫著肚子笑答，等穩定一些。哎呀，恭喜。她說。

晴家只有幾站的距離，我不想見她。她的手機號碼傳來的訊息，英文夾雜笨拙中文。「她正在流血，還有血塊。」是晴的伴侶。

怎麼會這樣？忍不住嘴角上揚。「流很多血嗎？」

「她坐在廁所聽到『啵』然後馬桶盆子就變紅色。」

我還想要問什麼又傳來。「妳上次流掉也是這樣嗎？」

超音波的探頭從陰道口伸入，在膣腔內滑動。看不到心跳。抽出來的時候醫生說。爲什麼抽出？爲什麼放棄了。開始跟結束都不是我能控制的。

沒有一點血絲。沒有預兆。

颱風潰散成熱帶性低氣壓，沒有受到任何外界的破壞。到底是爲什麼呢？氣象主播詢問氣象專家。

網路流傳著各種版本的剪輯，幾個颱風一路避開台灣，繞到日本去。手機震動。來電顯示遮住正在閱讀的頁面。我沒接。下班時間，由台北市搭上開往母親公寓方向的捷運，車廂擠得滿滿的，卻也沒辦法疏散到其他車廂，就這樣跟著人群載浮載沉。車廂門開啟，博愛座的老先生下車，正想坐下，剛上車的阿姨搶先一步。乾脆走出捷運車廂，在候車長椅上坐下。今天走太多路，大腿內側好痠，分泌物緩慢而有耐心地流出，應該不是血吧。雨也緩慢而綿密地下。

手機還在震，我按下通話鍵，好久沒聽到晴的聲音。「颱風好像又走了。」

我沒出聲。

她繼續說：「有一個四公分的血塊在子宮頸，胚胎在上面，目前沒事。」

「目前？」我問。

「只要不要變大，再大萬一擠壓到著床處，胚胎可能整個脫落。」

「不會。」其實我真正想說的是，會怎樣妳也不能控制。

「醫生叫我在家躺著。」晴停頓一下，「我們住在附近旅館，沒回去了。」

「妳爸不會在意的。」

「妳知道他會。」晴很肯定地說。「有時候我會亂想。」

「不要亂想。」

「是不是我不在的時候，爸跟妳……」

捷運進站。聽不清楚。

「爸跟妳說了什麼。」

捷運離站。就算回話也說不清楚。

「爸常一個人待在書房裡。」

「妳想太多了。」我反駁。「妳爸能跟我說什麼。」

「說不要我這個不正常的女兒，他已經有妳了。」

我直接按掉電話。

晴要回紐約前告訴我，鑰匙已經寄出去了。「我是想說，這裡也是妳家。爸走了，我不在的時候妳可以住。」

「我不會一直待在這裡。」

「沒關係。妳在的時候就好。」晴看穿我沒有地方可以去了。

「醫生說妳可以坐飛機了嗎？」

「沒有說行，也沒有說不行。也不能一直不回去啊。」醫生不給肯定的答案，只吩咐盡量不要走太多路，不提重物。晴說，她的伴侶特別要謝謝我，寄來這麼一大袋新生兒的衣服當禮物。「粉紅色的小衣服每一件都好夢幻，希望託妳的福能順產。」我不會告訴她，那些屬於我未能出世的孩子。我的女兒。

我沒有和母親說就離開。頭也不回地在忽高忽低的路面行走。選舉年的周末，馬路照樣施工。候選人也懶得討好的三不管地帶。三十分鐘後，搭上捷運，黑暗地底的河，金屬聲碰撞像祝福的鈴聲。我在和衛的公寓前兩站下車，孩子在公園裡奔跑，差點被撞倒。他的母親向我道歉，溫柔地拍掉孩子身上的沙。

用晴給我的鑰匙開門，行李拖進曾經的房間，楊爸曾經的書房。書房無窗，每次都讓我窒息。在書房中央打開行李箱，裡面藍、黃、黑、灰、綠，就是沒有粉紅色。終於有地方好好擺放這些新買的嬰兒裝。我的手繼續深入，箱子內袋裝著未署名的信封，抽出裡頭的支票，我摸著楊爸微顫的字跡，寫上我的名字，只爲封住我的口。還想讓我窒息。點亮桌上擺的小檯燈。和衛逛家飾時展示著同一款式，衛送我當生日禮物。他看到了，拜訪楊爸那天，書房的門沒關。

書房沒關的時候，被窺看的我也曾窺見。我拉開書桌抽屜，收著一些舊文具，我拿起美工刀滑出刀刃，刀鋒雖失了銳利，足以讓我卸下底部的夾層，裡面放著一把鑰匙。我用它刺入通往晴房間的孔洞。

手機響起。「楊小姐，因爲之前颱風貨運有些延誤，耽誤您寶貴的時間。」

等到明天，把書房淨空。颱風一過，還有更多屬於我的會送來。

我捨不得轉動門把，房間原本透光的塑膠布已變質泛黃了吧。等到明天。

我打開窗，後雨飛舞，我玩弄手中的刀片，退入推出，等待割開貨品包裝，還有那厚厚的膜。

評審意見 李志薔

寄生上流

這篇小說有點韓片《寄生上流》的味道，寫女性為了在台北都會求生存，尋求階級向上流動；卻在命運的擺弄下，慢慢扭曲異化，成為心機惡女的悲傷故事。

女主角我，為了逃離原生家庭和母親，不斷使用手段，利用女性身體和性的誘惑，讓自己往上層移動：大學閨密天晴、天晴的父親、丈夫衛等，通通成了她的寄生之處。

小說的優點，在於它塑造了一個不被認同的女主角，讀完後，卻又能讓讀者產生同理。她並非純粹的惡，而是過程中歷經寄居、結婚、懷孕、流產、失婚……一切的磨難，讓她察覺命運之不可謀算，因而慢慢產生扭曲。小說情節一路翻轉，敘事手法很類型，但內核其實是很文學的；它在闡述現代女性生存困境的同時，也充分展現了人性的複雜度。

佳作／

陳泓名

小說、散文寫作。成大水利系、獨立書店「楫文社」負責人，現居墳墓山旁與捷運水泥基樁下。獲臺北文學獎、鍾肇政文學獎、新北文學獎；獲國藝會與文化部創作補助：臺電工程史、離岸風電、公共工程、澎湖家族史；出版小說集《湖骨》、《水中家庭》。

得獎感言

最喜歡兔兔族長了(ᐢ•ᴗ•ᐢ)

過年第二天，打開道場鐵門時，遠處的野狗在暗暗叫著，弟弟停下來，看著遠方平交道傳來的聲音。灰姐抓住他的手，發現他的手非常地冷，於是轉頭問他，要不要回去拿外套？弟弟搖頭，說不想要再回去了，趕緊走吧。剛才，他們倆人找了藉口，偷偷道場離開去買威力彩，衆人正在拚酒，叫他們趕快去一去趕快回來。

兩個人彎過了冷清的巷，彩券行門口擠滿著人。

買了有柴犬圖案的刮刮樂，每一張一百元。弟弟在木桌旁刮了起來。

「如果刮中的話，我們要拿來幹嘛？」弟弟問。

「這張能刮中多少？」灰姐看了看刮刮樂的背後，三十萬。

「刮中了我們就搬家吧。」灰姐說。

「妳本來就可以搬走吧。」弟弟說。

「但我們不一起走，就沒有意義了啊。」

銀漆在錢幣邊緣，聚集成一塊灰色碎屑。弟弟的手指隨著彩券行的新年樂音樂前後推刮，像是用力刮著弦。關節發紅，第三節指面沾著銀屑，灰姐看著，覺得那像是他的羽毛。

「比起搬家，其實我更想要買一輛摩托車。」弟弟說。

「你不會喜歡飆車的。」灰姐說。

「誰知道，我喜歡坐在車後面的感覺喔。」弟弟說。

「那你幹嘛買？」

弟弟笑著，繼續把刮刮樂的銀漆的角落刮完。一張刮刮樂會被分四、五個區域，每個區域都可能中獎，只要耐心，不要起伏，就能在每一次的移動中，找到這種探險與挖掘的樂趣。像是每天的晨禱，盤腿靜心，找到心流。刮就是好玩的事情，值得做到完美。

「買給妳的。」

「爲什麼？」

灰姐看著低頭的弟弟，停下手上的硬幣。關節發紅，她感覺自己生氣了，就算眞的刮到了三十萬，又怎樣，她感覺弟弟是暗諷這件事，有了摩托車，卻哪裡都走不了。弟弟喃喃地繼續刮著刮刮樂，看他的眼睛的形狀，左邊與右邊不同，左邊比較腫、比較垂一點。她想起來媽曾說過，自己曾經在小時候痛打了弟弟一頓，打到左眼血流不止，但她沒印象了，如果右邊再給他一拳，那麼他會跳起來反擊嗎？還是被打之後，還是會默默地撿起硬幣呢。

「啊，賓士。」弟弟說。「姊、姊、妳看妳看，我是不是看錯了？這是賓士嗎？」

「是、是吧？是嗎？啊——」灰姐不自覺地叫出來，刮刮樂背面寫上寫，「春節超級紅包：200萬元＋賓士車」。一旁在玩的大學生湊了過來，他們兩個人一緊張，站起來，桌子就翻倒了，鉛筆、還沒刮的刮刮樂、硬幣四處噴散，彩券行的老闆娘尖叫著說：妳中獎了、妳中獎了、妳中獎了。灰姐滿腦子嗡嗡地想著，第一件事情，她想到的是，要趕快回去拿身分證，還有把藏在房間角落的那個包包拿出來，並且盡快、能多快就多快，帶著弟弟離開這裡。

我的手指好像凹到了。弟弟抓著右手，痛到連聲音都沙啞了起來。

1

洗澡的時候，弟弟顯然面有難色。因爲右手嚴重地扭傷，稍晚才去了一趟急診，等待看診的時候，意外地無論問弟弟什麼問題，還是嘗試逗他笑，他都悶悶不樂。照了X光後，醫生開了消炎藥，就被請回家了。灰姐百思不透，他在想什麼。

「好冷。」
「你起雞皮疙瘩了嗎？」
「才沒有。」
右手被裹了一層紗布，大拇指到手腕處那條筋，非常地痛，弟弟想著，看吧，馬上就發生厄運了。他看著姊姊，爲他脫下上衣，從肚臍的地方開始捲起衣服，拉至左手腋下，穿過脖子，臉皺成一團。好了你有辦法自己脫褲子嗎？灰姐問。他說，可以。
「記得不要碰到水喔。」
「好啦。」
關上門，灰姐開始想著，剛剛弟弟那彆扭的反應。
道場的浴室與廁所是相連的，如果得要回到臥室，必須經過主廳，也就是道場的屛風後。灰姐到了國中，才知道原來不是所有人的家都有道場。銘訓集錦有言，修行愼獨，家與道場相連，人前人後，同一風貌。父親是個好客的修行人，過年的時候，奶奶會特地帶著大伯、阿姨們，拜訪父親，家人們就在道場過年夜。
現在已經凌晨兩點了。灰姐看了看道場的中間。併起的小桌椅已經清空，剩下幾包肉干，以及奶奶帶來的封餅。其他人都回去休息了，大伯在窗邊滑著手機，而父親與奶奶正在說話。「他還好嗎？」父親向女兒招手。「嗨，奶奶好。弟弟沒事。」奶奶在一旁微笑地看著。他們繼續聊著先前的話題，似乎兩人已經提到了後事，正在談要籌多少錢。學田山的福座，大概需要兩百出頭萬，如果可以，福座能夠常常有人來看一下，不要放草亂生，我會怕沒人拜。奶奶說。父親謹慎地點點頭。

「我去睡了啊。」奶奶說，便起身走向大廳的小房。大伯則是示意父親，準備開門離開，回去旅館。

「早點睡。」父親說。

大門打開後，冷風灌了進來，灰姐看著縮著脖子的大伯，搓著手趕緊離開。父親拍了拍她的肩膀說，等你弟弟洗完再幫他看一下傷口吧。跪坐的灰姐，看著起身的父親，點了點頭。我再和奶奶說點話，一邊說著，一邊走向了奶奶休息的臥室。

平交道那邊，傳來狗的哭聲。女兒把窗戶關了起來，不過儘管如此，吹狗螺的聲音聽起來還是很像嬰兒的慘叫。咚咚，上頭傳來關門的聲音，弟弟已經洗好澡，回到了房間。灰姐於是拿著自己的衣服，進去浴室。

熱水，水流，蒸氣。

好像是回憶的加溼器。

以前雖然也打從心裡相信著，但是，直到高中同學和她說，爲什麼妳都只跟家人出去玩啊，灰姐才感覺自己的不同。這個不同的感覺，在還沒有一定的水量的時候，不會被意識到，但一旦注意到，就會不斷地想著。灰姐蹲著，清開排水口累積的毛髮。

集體行動、道場功課、清晨的冥想。某次去宜蘭，她和奶奶說，要中途去找一位國中同學，那天晚上，就在睡前被父親用耐心卻堅定的語氣訓著，這是我們家族的出遊，難道跟家人一起，不開心嗎？灰姐不記得那天她回答什麼了，只記得自己雖然被說服了，心裡卻有股酸酸的感覺。高中時才發現，和同學在外面吃個晚餐，再去哪裡逛逛，是大家都會經歷的事。如今已經二十六歲了，半放棄似地修一個研究所，但她實在很想很想，自己眞正搬出去。

搬出去妳要做什麼呢？想到父親會這樣問。灰姐就覺得，自己不可能解釋的了。對啊，爸爸，我也知道我們是一家人。對啊。

擦乾身體，穿上睡衣，灰姐把全家人的衣服一一放入洗衣機。

冬天爲什麼都沒有蟲叫呢？一面加著洗衣粉，她一面想。牠們都跑去哪裡了。

按下啟動，等衣服洗好，晾好它們，就可以睡了。

她決定去看弟弟的傷口怎麼樣。

叩叩。她敲門，房間內沒有回應。隔著門，她輕聲問，手還痛嗎？門的另一邊沒有回應。她悄悄地打開門，正如她的父親也會爲了知道孩子們睡了沒，而打開門一樣，家族裡，沒有一扇門，能夠被上鎖。

「我進來囉？」灰姐問著。

弟弟躺在床上，側躺著滑手機。剩下左手的他，只能遲鈍地看著影片，不能玩手遊。

灰姐捏著被窩裡面藏著那隻手，問：「還痛嗎？」

弟弟沒有轉頭，但手縮了起來：「還好。」

她看著弟弟的表情，感覺上希望她趕快離開。爲什麼。

「幹嘛不理人？」

「我沒有啊。」

「你有啊。」灰姐說，「中獎的是你，幹嘛不開心。」

「是妳刮中的。」弟弟說。

沒有吧。灰姐想了想。這小子在說什麼。她繼續戳著被窩裡面的手，弟弟的表情有些動靜了。「別戳了。」「幹嘛不給戳？」「很癢。」

「是你最期待玩刮刮樂吧，明明就刮中大獎。」

弟弟的臉扭曲了一下。灰妲沒有漏看。

「但不是我又沒刮中。」他笑道。看到弟弟笑了，灰妲繼續戳著被窩裡面的手、腋下、腹部。想像稍早脫衣服後那個缺乏日曬、乾瘦、沒有任何經過鍛鍊的，彷彿有點神經質的身體，沒有打球之類的男孩子間的社交，只好玩玩傳說對決，變得日益靈活的手指。那你幹嘛笑——，那你幹嘛笑——，胸口、肚子、小腿肚、腰間。爲了更加戳進在棉被底下他的要害，灰妲坐進床裡面，而她的弟弟則是越來越縮進牆角，受傷的右手，貼在牆壁上，手機被捲進去枕頭內。

「不要弄我了。」

突然間，他站了起來。

灰妲愣住了。

「我想睡覺了，姊。」

他坐在床邊，喘著氣，卻帶著怒意。灰妲只好說，好啦，對不起，記得要吃睡前的藥。便離開了房間。二樓陽台，洗衣機快洗完畢的警示音響著，灰妲發現，和剛洗好澡的時候不同，此時再打開洗衣機晾衣服的時候，手指感覺冰冷無比。

2

領獎通知，是一分公文。

看這上面扣稅的數字後，好像也沒那麼興奮了。扣除二十趴之後，剩下一百六十萬，以及一輛她不會開的賓士。「要是我做的是錯的呢？」灰妲想。

「怎麼了？」

「啊，抱歉，沒發現不小心出聲了。」

「沒事了？」

「沒事了。」

「沒事了就先睡吧。」

自從那晚，弟弟的態度就全然改變了。有時候在走廊上遇到，也會尷尬地看向彼此，又撇開眼神。她陷入惡性失眠，只要強迫自己入睡，就會做惡夢。今日也一樣，清晨毫不遲疑地抵達，灰妲又看著自己手上的領獎通知。

鬧鐘響起之前，就被按掉了。

小畢縮起她的手，身體從枕頭裡面抬起來。

「抱歉，吵到妳了。」灰姐說。

對方走下床，站到她旁邊。「早餐想吃什麼？」

「好像不餓，肚子脹脹的。」

「可能太緊張吧，我來煎蛋。」

小畢是她的國中同學，在她還不叫做灰姐時，兩個人共同度過如沙漠行走般的求學階段。

有父母的支援，她很早就找到自己想做的事情了。灰姐還沒考上研究所時，她就已經找到一個工作室，由一堆喜愛動漫畫的人組成，想要做自己的作品，遊戲、錄歌、小說、漫畫都試試，沒有什麼營利模式，但小有名氣。住在高雄濱區附近，簡單現代的小房間，可以容納灰姐住個好幾天。

「胡椒、醬油？」

「醬油的就好。」

小畢喝了一杯濃咖啡，播著一個影片。

「這是小鳥？」

影片中，在高樓邊緣的窗邊，四、五隻白色雛鳥緊緊地頭挨著頭。

「這是墨爾本的柯林斯街 367 號，牠們已經在這裡生活三十年了。」

「有那麼長壽的鳥嗎？」

「傻，那是牠們的老家，小鳥飛走了，長大還會回來這裡築巢。」小畢說，「所以就有人架隱形攝影機，直播牠們的生活。」

拖動影片，窗邊的天色迅速變化，白天黑夜白天黑夜白天。遊隼鳥出現在某秒之間。

「風太大的時候，牠就會飛回來陪鳥寶寶。」

「但看起來也太高了吧。」

「是啊。」小畢說，「但牠們總會習慣。」

這七天根本就是ACG的趴踢。兩個人吃完醒來後的第一餐，就在客廳沙發開始打起遊戲，一直到差不多吃晚飯的時間，若對方不餓，就自己泡一碗泡麵來吃，看對方打；如果兩個人都餓了，那麼她們就會打開一部動畫，叫外送吃。灰姐想，如果自己開始工作後，一定會懷念起這麼爛的生活。

儘管小畢看起來毫不在意，但灰姐總好奇起，爲什麼她願意這樣收留自己。這幾天，白天醒來後，就是打掃昨晚的垃圾、髒亂的食物。整理完畢後，洗手台又像是新的，泡咖啡，說說話，互相交流的時間大概在這杯咖啡與煎蛋吃完之間，每次清理時，小畢總會說：反正要弄亂幹嘛收啊，但她又會主動洗起杯子。

「可以幫我一個忙嗎？」小畢問。
「果然，我就知道妳一定有什麼話還沒說！」灰姐說。
「不會對妳怎麼樣啦。」
「真的假的。」
兩個人走上樓梯。這棟大樓是封閉式設計，如果要通到頂樓，還得再繞過一層平面。頂樓的門打開後，奇妙的是，竟然沒有寒風刺骨的感覺，明明是冬天，太陽卻像是夏天一樣，烤著四周的水泥大樓。哇喔，這什麼天氣，小畢說。
「這袋是什麼？」灰姐指著一袋粉紅色紙袋。
「我的寶物。」小畢講。
「但我需要從這裡畢業了。」
小畢抓起紙袋的末端，無數封信、照片、海報、吊飾掉在地面，像是夏天水面上的蟲。那是夜夜娜。小畢從繪圖開始，架一個低角度攝影機，在深夜的時候，專心畫畫，累積大概七百位粉絲，四處而來，聽她自己哼歌，生活環境的聲音，陪伴整個晚上。
而夜夜娜這個人物，從開始做到現在，已經過了四年。渡過了無數人的生長階段，現在停在這。九百七十七位訂閱者。這個就是在凌晨三點，畫了無數的圖，聊了無數的天，努力了四年的成果，也是她的極限。

灰姐也是觀眾之一，所以她認得。

有時候，尚可以用隨心做做來充當藉口。

不過，到了無論如何也突破不了的瓶頸時，也只能重新來過了。

「我要全都燒掉，但自己下不了手。」小畢說。

「妳幫我燒掉。」

「夜夜娜要重新開始了。」

「妳捨得嗎？我覺得妳一定會後悔。」灰姐說。這是這幾天下來她少數說出堅定的話。小畢態度有些遲疑了，但還是點頭。

酒精膏緩緩地在地板上流淌。

從瓶子裡面流出來的酒精膏，彷彿給她時間哀悼。

「妳覺得成爲夜夜娜是什麼體驗？」

「讓普通人也有被崇拜的機會。」

「是喔。」

「但其實我都不敢回頭看記錄檔。」

「我覺得妳播的很好啊。」灰姐說。

「動手吧。」小畢說。

每天，都有好幾個想要出道，被人喜愛的夜夜娜。國中畢業後，小畢顯然散發著天分，不論是繪畫、服裝、遊戲操作，她都顯然比一般的女生還要精通；如果說有一條特別但存在的道路，那麼小畢就是這奇妙道路的先行者。大學時，小畢傳給灰妲一個影片，這是凌晨三點時的桌面，一個小手，在紙上塗了又塗。偶爾說點話。

閉上眼睛，尋找箴言。在臺灣沒有新海誠、沒有今敏、也誕生不了宮崎駿。等待說著不同語言的地方，看到我們的存在。

「我先說，我會燒下去。」

「嗯。」小畢說，聲音有些顫抖。

「但妳等一下，我打給弟弟。」

按下那熟悉的十組號碼。現在這個時間，他應該正在吃午餐吧。全家人的午餐，原本都是她煮的，最常煮咖哩，因爲爸爸跟弟弟都喜歡吃，但不知道現在他們在做什麼。按下通話按鍵時，一個念頭從灰妲的念頭閃過，要是我做的是錯的呢？搖頭，妳都跑出來了，都揹起那個背包了，現在打電話就是妳唯一還能掙扎的事情。

電話鳴響，太陽被雲朵遮住又顯現。光芒在她們兩個人的室內拖鞋周圍閃爍。

「我們家人，過去的我們。」灰姐看著小畢說。

「就像是屋簷邊的鳥寶寶，早上一起起來，睡覺一起睡覺。不被允許被遠離這裡。我們會一起冥想、與內在溝通、樂理，一起做與神靈溝通的事情。有人說他看見了，沒看見就會備感壓力，以前，我也會騙爸爸說我有。」

或許我只是忌妒其他人而已，灰姐想。原本以爲家庭溫暖很重要，被弟弟戳破，想要離開的想法，才會這麼急著走。現在如果那邊再次打開一扇門，會再次回去嗎？我這樣報復性地離開，弟弟他會願意跟我一起走嗎？

小畢也跟蹲下來，又變換姿勢，兩個人都坐在地上，圍著灑滿酒精膏的紙。

電話接起。

父親的聲音。他說。一家人正要吃晚餐。

啊，是嗎？能讓弟弟聽嗎？

電話那頭短暫地暫停說話，接著父親的聲音再次顯現。

他說不用了，姊姊，我會照顧好家人的。

火焰燃燒，熱對流，屑紙掀起。與現在的陽光普照的冬天相比，灰姐的弟弟某次在雨天的表情，突然之間撞進她的腦中。那次回到家，全身溼透的她，花了老半天，才打開了家裡的鐵門。道場也溼溼的，通常不被允許這麼髒亂，她正想要去拿抹布時，看見了弟弟正拿著檯燈，從屏風後走出來。最溼的那塊地板上，有一個紙箱，裡面鋪滿了衛生紙：「牠們淋溼了。」箱子裡面，是隻看不出種類的鳥。

弟弟相當會照顧小動物。淋溼的鳥被紙巾擦乾，小鳥窩在角落，紙箱內有些鳥糞，顯然是已經嚇個半死。洗完澡後，才能好好地看這隻鳥的模樣。絨毛在地上散著，身體的毛色偏灰。這什麼鳥？不知道，看牠倒在門口很可憐。拿出道場中的電暖爐，小鳥縮在角落，感覺有些發抖。

「電暖爐這麼近會不會烤焦啊？」

「不會啦。」

「爲什麼牠要躲在角落？」

「也許是牠以前在窩裡面都和家人擠在一起吧。」

閉上眼睛，尋找箴言。

晴天，鳥剩下軀體。父親的話像是從天上落下，

●我的同伴帶著我飛向金色圓頂。我們在水面上徐徐飛行，從這個角度看過去，金色都扣跟其他的都扣不同，沒有入口處的任何指示。大約有兩百個人，他們都飄浮空中，沒有借助任何工具。這些身體似乎是在沉睡，又像在深度冥想，濤說：他們都已經死了。這些是

屍體。沒有入口處的任何指示。

你們聽見了嗎？還是看見了嗎？

冥想中，弟弟的聲音，從身後漂往前方：聽見了。

焦躁在她的心中像是黑水。

陽光被遮住，小畢用腳踢著餘燼。好臭。

「所以，接下來呢？」

「去領車吧。」灰姐說。

3

想要完全變成另一個人。

起初是知道自己並不好看。好看的標準是很狹窄的。女人要能夠直播，必須要能被滿足被投射淫慾空間，被觀眾說好看，不是女人間肯認的好看，而是塑工產製的好看。首先是衣服，直播穿的衣服必須強調上身，才能塡滿臉的下半部的畫面，奶要圓，手臂卻要瘦。最難的，莫過於表情控管，是的，那是人類判斷善惡的感性，遲疑、愣住、或者是嘗試解釋什麼，都會一清二楚。因此，爲了完美的演出，那些大流量的主播的表情，以過分發色的妝容爲主，像是塊畫好的布，把鼻翼的陰影塗掉、眼窩盡可能深而黑，什麼表情下，第一個注意到的，就是那個眼睛，陰影強調的眼睛，要楚楚可憐。

這麼一來，儘管是眞人，也是帶著假面，那爲什麼不一開始就帶著完美的皮呢？國中同學說。李芸牧聽到這件事情後，宛如發現了世界上的規則一樣，恍然大悟。

「螢火蟲之墓的妹妹死掉的時候，所有人都在哭。」

「嗯嗯。」

「但這明明就只是故事。」擦著眼淚，國中同學說著。

「也許我們有同情心吧？」李芸牧問。

「不對。」她摺起沾溼的手帕。

「是因爲我們相信那是眞的。」

充其量，那只是一堆賽璐璐畫板。但我們哭了，並且，還覺得編劇跟導演，反而沒血沒淚。怎麼願意讓她就這樣孤單地死掉？爲什麼？上完廁所，國中同學洗著手，對她說，因爲她是眞的，前提是，我們都相信她是眞的。

她牢記至今。

眞正令人感動的不是鉅細靡遺的眞實，而是在虛構人物身上找到眞實。國中同學拉她進去數位美術公司，那間公司草創做了許多嘗試，簡單來說就是跟日本二次元娛樂的風，前期做短影片、繪圖發包，後來做出幾個二次元人物與背景後，開始嘗試做 VTuber。

做一個精美的人物立繪，讓它能夠 XY 軸移動，不會掉妝、不會疲累，偶爾被人質疑說，立繪後方是不是油膩大叔時，就靠近麥克風，混軌器發光，說：你答對了。

最初的唱歌回，現在重聽，嗯，跟聽別人在卡拉 OK 唱一樣。重點不在歌，李芸牧想。神奇的是，這是一個相當友善的環境。觀衆們相當珍惜主播，每天都有人出道，也都受到了關注。只要能掛上準備中，就可以得到關注。李芸牧能夠把可愛發揮極致；露臉直播中的太過嗲的聲音，在這裡都是表演的一環。可以裝可愛、可以小生氣、也可以不完美。「謝謝你的堅持，你的存在，讓我可以活下去。」這是她最常收到的。

你們聽見了嗎？還是看見了嗎？

灰姐對著聊天室說：「你們這些變態們，我要幫你們唱生日快樂歌。」

就算看不見對方，但是，仍然相信這是眞的。有時候她會變成十歲，發出幼女的聲音，啊呀——你們好哇，這是她耗費數個晚上，反覆聽自己聲音才能調整出來的。也有肥宅的聲音，也有男人的聲音，也有原本灰姐的聲音。

這是新的宇宙，儘管只有她一個人，卻能成爲很多人。

你媽應該後悔生了你，你的聲音很吵。這是她偶爾收到的，但李芸牧每次看到這種東西，都會笑個不停。

反而是身爲經紀人的國中同學，臉色很難看。

二十九歲時，李芸牧發現自己遇到另一個困境。

經營一年多的 VTuber 直播，一直有觀衆問，如果自己已經準備好一切的素材、立繪、第一次出道的節目，但突然覺得這一切是不是自己自我滿足時，該怎麼辦？李芸牧對他說，播放量、有沒有人看、紅不紅都不是決定這些的重點，而是有沒有做出讓別人珍貴的東西，連自己都可以反覆看數十次的東西。其他人也說，對，要成爲最棒的寶物。

她知道這個觀衆是誰。

那是她的國中以來的朋友，不能放著不管。

她們在交流道旁的麥當勞，開了數次的會。李芸牧覺得，與其說那是開會，不如說，是一種全然的心靈雞湯時間。對方每次見面前，都會說，啊，好無聊，覺得快不行了，做不下去了。見面之後，對方好像又能夠聽懂那麼一點，雖然，大部分的時候都是看著她愣著。「誰也不能否定你自己，包含你。」李芸牧說。

漸漸地，李芸牧不知道爲什麼，越來越熟練安慰別人了。

明明感覺不到對方會幸福的可能，但在道別後，對方會偷偷傳訊息，像是告白一樣地說，謝謝妳，我感覺到了幸福。

這分工作，並不是非常輕鬆。

常常日夜顚倒，找繪師委託，花了大錢，甚至做了動畫，也不見得能夠得到回報。說不會被數字綁架，但是每天點開後台的動作，就像是打開冰箱一樣無謂。

整個公司的人都在燃燒自己。某次廠商要用攝影宣傳，國中同學扛了攝影機下高雄拍了一整天後，在群組內大哭大抱怨，李芸牧也跟著一起下去。所有人在倉庫咖啡吃了珍珠奶茶鬆餅，最後剪輯的時候，大半畫面都不用，因爲太美了，不好笑。

「爲什麼妳要堅持做好笑呢？」國中同學問。

「日本的大物都是做綜藝啊。」李芸牧說。

「我們又不會眞的能說日文，替代品永遠替代不了本尊。」

「所以才要做最基本的啊，要好笑。」李芸牧說。

「妳說的也對。」國中同學說，「對了。」

「我們多久沒休息了？」

「不知道，至少我在做Ｖ之前就已經兼兩分工了。」

「妳會死。」

「那記得幫我的頻道辦線上公祭。」

「要不要來短休假一下，租個日租套房，在裡面吃點燒肉，看個電影，洗溫泉？」

「像以前一樣，ＡＣＧ趴踢，燒焦、糜爛。」國中同學說。

李芸牧想了想，想到自己每天信箱打開來，就是數十封信。頻道合作邀約的占了大部分，然後開繪圖軟體做周表，排定一周內，每天直播的進度與時間，定期看粉絲群組內，發生了什麼話題，之後上推特，追看委託的畫師進度，並且發幾則留言、轉推，到了晚上，要嘛就是準備開始直播，通常會到兩三點，要嘛就是準備開會，確認整體箱公司的未來事項——並不是不快樂，只是，上次休假，好像眞的很久之前了。

「走啊。」李芸牧說。

兩個人找了間日租，能夠使用廚房。買了大量的牛小排肉、美生菜（因爲李芸牧愛吃），最耗費時間的，反而是選了半天選不到片，燒肉在平底鍋上懸了半天，李芸牧說，欸要烤焦了啦。

正好可以拍起來放推特啊，國中同學說。也有道理，李芸牧想。這樣像是經紀人與藝人的關係，並不是一開始就這樣確定的，原本想成爲V的人，其實是國中同學。準備了一大堆東西後，卻卡在最基礎的點，她受不了被看。

最後在推特上掛了半個月的 VTuber 準備中標籤撤下來後，便遭到了無數撻伐。欺騙感情是大事，因爲這裡的觀衆，不論你多晚開台、多麼任性，只要他愛上你，就會給你全部的支持。相反地，如果離開了，失落感就會帶來毀滅。騙追蹤、騙訂閱，恨意便會湧入。她只好刪帳號。

被看有什麼難，李芸牧想。夾起平底鍋上的肉之後，馬上就放入嘴中。

對方小聲地說，還沒刷烤肉醬欸。

「沒有關係啦。還沒刷好的肉，也很好吃。」李芸牧說。

「妳也吃不出來吧。」烤肉的煙，以及動畫在放映。

「反正妳烤得已經很完美了。」

「但我還覺得不夠。」國中同學說。

「妳聽我的就對了，小畢。」李芸牧說。

鐵盤滋滋響著，國中同學低下頭，像是聊天室裡的觀眾一樣，好。

主角被巨大的蘑菇，吞入了肚內。動畫閃耀的彩光，爆裂、切開，魔法劈開了敵人，空氣爆炸，李芸牧看見她眼睛裡面反射，這個女人到底對於完美有多執著？還是什麼都執著。國中同學看到這一幕時，說：就是這樣堅毅、受到否定也不會退縮、帶給大家幸福的人，才會成爲英雄。

「就是這樣的人？」

「對。」

「爲什麼？」

「因爲只要站到檯面上，一定會被人批評啊。」國中同學說。

「批評也沒什麼大不了的，那就是日常。」李芸牧說。「跟上班被老闆罵一樣。」

她看著李芸牧，把烤肉片包了一搓小蔥、薑泥，揮動筷子示意李芸牧靠近一點。餵我？對方突然生氣說，妳自己吃啦。

「但完全不會被否定的人生眞的存在嗎？」

「至少在這裡我不會否定你。」

國中同學愣了一下。只是看著李芸牧的眼睛下方，開口說。

「……這句話說得很好，可以用在直播上。」

皺眉，李芸牧歪著臉看著她，這位身爲數年好友、經紀人、同事、又是初期股東，每天累個半死，有時候大吵一架，流量上上下下，在那些趨勢線中，想要找到規則。飯店內數十樓高，她走到了窗戶的邊緣，樓下就是無邊際泳池，窗外則是奶油般的夜色，她說：不知道晚上游泳池有沒有開，如果有，我想要游。

喝了酒還想游嗎？李芸牧說。

夜夜娜的聲音早就在網路浩瀚中消失。

「都去死吧。」

想交男友了。國中同學說。想要一個獨一無二愛我的人了。

李芸牧又開了一瓶啤酒。鐵片破裂的聲音響徹房內。

4

灰姐，這是她賦予自己新的名字。李芸牧想。

翌年，小畢偶爾會發幾句幹話。而自己總是和她抱怨個兩句工作，她便說，哎呀，妳可以的。虛構是需要金錢的，插畫的房間必須精心設計與繪製，一張開價三萬，做成動態版本更貴，兩百萬預計將會於年底燒光，但這不是最可怕的。可怕的是，每一周都有更強大、聲音更好聽、企畫感更強的新人出道。

她看見的，都是這一切機制底下的骨肉魂。

做了近兩年，突然有一次，訂閱達到兩萬，卻毫無感覺。

觀眾問，自己每天像是殭屍一樣，上班、吃飯、工作、下班，是不是心裡已經壞掉了。她說，你真的很溫柔呢，人總是會在不同階段，有著不同際遇，不論是好的、壞的、良善的、不堪的，但終究是累積造就了現在的自己我很開心遇見你，現在的你是很棒的。有需要也可以定期來訴苦，我一直都有在聽的，別讓自己太累了。

如道僧，她讓自己每周固定會開一次這樣的台。湧入的許多煩惱。她看到，螢幕另一邊的人們，閉上眼睛，尋找箴言。雖然她其實沒看到，但她知道她看到了。就像是當時遍尋不著的都扣入口，而今，她知道在那裡，確定在那裡。

關台後，她會放著其他人的直播台，在枕頭旁，直到入睡。

其實弟弟與她還是偶爾會通電話的。

但如同小畢。

她明白，自己早已與他們在不同窩巢了，Yoruna 早已離開了聊天室，沒人談起，只剩她記得。幾日前，觀眾在討論著直播這件事。聊著聊著，突然就講到了曾經有人在平台上直播自殺。

「有時候看到直播自殺，心裡會想，他也許是希望全世界都知道吧，但最後還是會被刪光光。」

「越瘋越寂寞。」

「但是你們發生了什麼事，我會很在乎喔。」灰妲說。

「眞的嗎？」

「上一次的簽名板，人生至今寫過最多次的字，就是『自己的名字』和『最喜歡你們了』喔，還不珍惜我，手腕都快掉下來了。」灰妲笑得很大聲。

不需要虛假物帶來的虛假感動，本來就沒有要她們和偶像一樣，會唱會跳。而是欽佩她們努力的成果。到頭來，我們還是在虛擬人物身上尋找人類獨有的特質吧。

如今已經不再聽見父親的如鐘聲般的聲音。但是，我已經能聽見不存在的聲音了，灰妲想。

5

●我剛剛目睹了我諸多世肉體中的一場橫死……。這種感覺太奇怪了。直到他死之前，我內心對他都充滿著極大的喜愛，雖然他做錯了事，但我仍爲他感到惋惜。在他死去的那一刻，看著他的頭在地上打轉、聽著民眾竊竊私語，我感到巨大的解脫感——爲他、也爲我自己。

●眼前不斷出現更多場景，展示了我在其他星球上的前世：有時是男性，有時是女性和孩子。我做過無數次乞丐，我曾在印度當過挑水人；在日本做過金匠、還活到了高壽；當過羅馬士兵；曾是乍得地區的小孩，八歲便被獅子吃掉；在中國成爲農人，有十二個孩子；在西藏做過苦行僧。

我想讓你們看見我的前世，並不是意味著過去。李澈牧說。

而是請你們注意到，這些前世都連在一個輪子上。因爲輪子是會轉動的，所以高點可能很快就變成了低點——這無法避免，明白嗎？亦如，我們無法避免地成爲了家人。

語畢，鐘鳴——

父親的呼吸聲，大伯的呼吸聲。

甚至，他聽見了躺在棺材中，奶奶的呼吸聲。

李澈牧，繼道場之業於二十八歲，奶奶如願地活過了九十壽，在醫院裡。隔年，祥世。姊姊有要事無法出席，代宣。上午的葬禮結束後，李澈牧脫下了道袍，決定去散步。平交道的鐘鳴聲——讓他決定花點時間，走久一點的路。

姊姊牽著他的手，走過無數次的家門口。

每經過一次，他的心中就感覺到了輪迴。輪迴之輪，有時候會讓已逝的記憶復甦，有時候是人，在上一世重新認識。此刻，如於平地散步，記憶裡，大學畢業的姊姊，騎著摩托車，載著他去市區，拿著硬幣，刮遍每一間彩券行。那是都扣的入口。黃金城。

突然，他看到彩券行巷邊，不起眼的停車格上，停著一輛賓士。

上面夾滿了宣傳單、典當紅紙。積了厚厚的灰。

兩年前，姊姊寄回一把鑰匙。

他朝陽台扔出。

如今，再次看到這台車，不禁好奇更往前看。

在破碎的後照鏡空洞中，他看見了數隻白色的雛鳥，覓藏於結構的最深處，緊挨著彼此的身體。

評審意見
周芬伶

題材特殊，具戲劇張力

前段寫在道場長大的姐弟想逃出壓抑的修行家庭道場，因中彩券，得到兩百萬及一部賓士，兩人反而產生分歧。女主逃出家想變成另一個人，在網路作直播主化為虛擬人物，滿足觀看者的慾望，她把車鑰匙寄給弟弟，他沒接受。前後銜接有點突兀，但修行上的空幻與虛擬世界的空虛交相映襯，題材特殊，對現實亦有反映。

作者雖以輪迴來說明命運的無常，然著力並不多。前段姐弟的心理微妙部分寫得很動人，相對直播部分流於表象。這題材還有發展空間，拍電影亦有看點與戲劇性張力，宗教民俗與流行風俗交加，道場的空虛相對虛擬世界的空虛，是個很有意境的設想，如寫中篇更適合些。

這篇是少數能改編為影視的小說，在一萬五千字中很難表達齊全，以致過於跳躍與不深刻的結果，如能再延展應該會更好。

決審會議紀錄

報導文學獎 決審會議紀錄

古碧玲

須文蔚

楊渡

抒發時代聲音，展現多元視野

王大貴／記錄整理

第四十四屆時報文學獎報導文學類徵文共計收件六十八篇（包含東南亞三篇、港澳七篇、中國大陸十五篇、美加四篇），經初複審委員盧美杏、楊樹清、邱祖胤評選後，有九篇進入決審，分別是〈台廠人〉、〈舞在黑色除夕夜〉、〈動物之家導覽〉、〈血實驗〉、〈戰地夜行君〉、〈離島邊境的生活異象〉、〈翻越一座山〉、〈遺失邊界的族群〉、〈金山逐光——少年火長的百年漁法〉。

會議於九月廿六日下午三時卅分中國時報會議室舉行，首先由古碧玲、須文蔚、楊渡等三位決審委員推舉主席，主席由楊渡擔任，開始針對報導文學評選標準提出討論，並針對九篇作品進行投票。

須文蔚（以下簡稱須）：我一直對台灣報導文學的期望是希望他能更接近西方的nonfiction writing（紀實寫作／紀事文學）或是中國大陸的報告文學。在西方的紀實寫作裡頭其實不會那麼強調要很接近沈浸式新聞（immersive journalism），反而比較接近小說或是戲劇的敘述方式。在西方有很多重大的社會議題透過紀事文學的寫作後被拍成電影或是影響社會很深，可讀性很高，甚至在教紀事文學的書籍中也會希望其文字像史詩一樣。

在台灣因長期舉辦報導文學獎，很多評審其實都會把「報導加文學除以二」的方式來評，這常會讓一些故事說得好，但形式結構上也許沒法呈現絕對客觀的文章而被犧牲掉。我總覺得這個文體的核心，是把沒人注意到的社會角落或是被忽略的社會議題提出，故事說得精彩，然後能夠注意到寫作的整體結構，並且把這核心／內容透過田野調查跟採訪取得。

這次決審作品裡見證式的作品偏多，很多作品離散文的邊界很近，說在一個異國工廠、參觀博物館或是經歷一段離島生活，他可以透過個人觀察去寫成較長的見證文章。他也許符合報告這件事情，但是離我心目中能有更多元化聲音的抒發來形成的文體還是有點差異。所以我可能會更嚴格的看待這些作品，也希望透過這次的討論，來慢慢鬆開這個寫作的體例。

古碧玲（以下簡稱古）：這次的選題多元，主軸也算明確，循序漸進的敍述是合宜的，但在文字上的醞釀是少了，只有一篇比較有文學性的表述。雖然這樣的敍事表現可能因選題的關係，不會讓人枯燥乏味，比較不流於過去報導文學的義正辭嚴，充滿正義。或許是時代不同，過去的報導文學比較會寫很多被忽視的黑暗角落，所以裡頭悲憫的、正義感特別強，而現代的作品在下結論時偏向輕薄，這是我在報導文學中看到時代的轉變。過去的寫作都會很有使命感，但現在就是把事情講清楚，告訴你這個世界有這樣的事情可能被忽略了、可能沒有人去看見。但是就如須老師所說，眞正的報導文學也許是更接近小說或戲劇，在這些決審作品裡的這個部分是相對較少的。

楊渡（以下簡稱楊）：今年的作品確實是題材非常多，感想也跟須老師是一樣的，故事敍述能力偏弱。報導文學要有眞實性及文學性，特別是從文學的部分。文學本就是一個打造過程，而這幾篇比較像是報導過程，過度強調報導的眞實性，而背後的文學性就沒有了。即使是那些因社會事件而來的報導文學，以美國夢來講，他從三百多位受訪者中取出一百人，而故事不是平鋪直敍，是把文學精鍊後成爲個人敍述性的故事。這應該是寫作者本身要有一個自我鍛練，去敍述故事的那種鍛練。這次作品中有些題材很不錯，還可以再往深處去講裡面隱藏的故事。比如越南那篇應該要有場景，有個別人物的故事，很可惜他只寫了場景的衝突。這些報導文學無論是否用散文式的書寫筆法，都缺少從文學性去好好打磨一個作品，所以今年就覺得很多有潛力故事都可以再延伸。

古：我觀察到這裡頭是有世代差異。他們寫自己寫很深，寫他人就比較淺，不太敢去觸碰別人比較深的東西——我有這樣的感覺。我們以前訪問受訪者會問得很清楚，但他們現在很怕去碰觸到別人的故事，這可能是現在人與人相處之間虛的居多（在社交平台上），而實的碰到一個人反而不知道如何相處。

楊：要寫好一個訪談定是要加入許多細節，可能人性細節或是故事性細節，才會對那個場景有鋪陳的餘地，而現代的訪談比較像是將訪談綱要訪談完而沒有去進入細節。就像描述一個人一定會有很多細節，而他的性格就在那些細節裡，寫一個故事也會是通過細節去烘托，人的性格、人的生命故事就會從中浮現出來。如果可以採訪到內心世界的生命故事，就會講出一些關鍵點或者使之脆弱的心結，故事會更完整。

在三位評審陳述評選的標準後，開始進行第一階段的投票，每位圈選四篇不分名次，之後再針對獲得票數的幾篇，逐一進行討論。

■第一輪投票：

1票：

〈血實驗〉（古）

〈戰地夜行君〉（須）

2票：

〈台廠人〉（古、楊）

〈舞在黑色除夕夜〉（須、楊）

〈動物之家導覽〉（古、楊）

〈翻越一座山〉（須、楊）

〈金山逐光——少年火長的百年漁法〉（古、須）

★一票的討論

〈血實驗〉

古：我是有點猶豫，但這篇的文字是裡頭最合宜，最文學性的，文字敘述及場景敘述都有文學感，但我沒有很堅持。純粹是看了兩三遍後要挑一篇有文學底蘊。他如果要發展成小說我是贊成的。

〈戰地夜行君〉

須：可以放棄。他是裡頭訪談比較深，比較過去跟現在，談同志心情的轉折及一些比較幽微的變化。可是問題是他沒有結構，開頭也很糟，就是一個一個的故事。這次就是各種的為難，如果有最佳採訪獎就可以給這篇，最佳文筆獎就可以給〈血實驗〉。

★二票的討論

古：缺點剛剛已經講過。這篇其實能反映出大時代趨勢，很多台商西進中國做生意，後來轉進越南，情況卻不如預期好轉，甚至原來的困難還在。這篇節奏是以很多公司發布的信件或E-mail構成，可惜結構稍嫌鬆散。從個人微小的狀態去談一個大時代是可以在很多段落中做一些評論的，報導文學要有自己的觀點，但他的觀點一直沒有在行文中看出來。我認爲觀點還是滿重要的，尤其在這麼大的歷史上要有一個史觀，很可惜他沒有這個部分。但是他已經是裡面相對來講缺點稍微少一點的。

楊：這篇題材特別，而在寫作方式部分，我覺得這篇跟一般報導文學的寫作方式不一樣，他試著用現代電子媒體訊息的方式，迅速跳躍。再來是他所寫的內容涉及到多元族群，台灣人去越南碰到大陸人，這裡產生了你是誰或者我是誰，但其實他們（越南人）看起來都一樣。文中有一個結構上的完整衝突事件，從頭到結束寫出他們內部的反應。可惜在裡頭有些場景或者個別人的故事沒有寫得更深入；一些場景，比如衝突的場景、包圍起來的氛圍、氛圍裡的人有什麼反應等，不僅僅只是片段呈現的話就會更完整。相較於其他的作品，我會覺得這篇還是值得被選入。

須：我比較喜歡這個故事，這篇接近我所說的：一個比較好的報導文學像說一個故事。裡頭很刺激有衝突會讓人擔心，情節動機都很好。但我有個過不去的坎，就是裡面的人，如小雞、胖胖，一個報導文學裡連一個眞實人名或身分都沒有出現，這篇比較接近散文，就是將生活經驗記錄下來。

一個好的報導文學應該是身爲一個台幹，觀察這些憤怒的越南勞工究竟在憤怒什麼，他們憤怒完後又回來開工了，他們心裡沒有一個落差嗎？而資方最眞實關切的問題在哪裡，也沒有觸及到。寫這樣一篇報導與媒體上的訊息差異不大，只是製造了一些臨場感告訴了我這件事而已，沒有衝擊後的影響。

楊：在報導或是事件本身，他是有清楚掌握到節奏感，但在背景、結構都沒說。

〈舞在黑色除夕夜〉

須：這篇是對美國槍枝管制的控訴，也寫了一個在華人社群眞實的槍擊案。敘述方式是巧妙運用劉文正身故傳聞，前後對襯到媒體上的消息不一定爲眞。對台灣而言美國槍擊案離我們很遠，常常只是個數字，但透過華人槍擊案帶到了身邊，遭遇到的很可能就是身邊的人。但本篇描述有些過於瑣碎，最殺戮的部分需要寫到那麼詳細嗎？這是受到影像媒體的影響。

槍擊案最讓人感到疼痛的不會是子彈射入的那一剎那，而是事件之後的創傷、影響、死亡對社區的衝擊的那一面。但因爲前面過程太細寫，到後面就沒法把眞正的疼痛感鋪寫出來，這很可惜。另一個問題，關於槍擊案內容細節的描述，偏偏可能在媒體上會有，實在不需要一個報導文學作者再去描寫細節，到時候就會發生有人去檢舉，拿出各種外國、當地新聞報導內容去比對。

這篇的題目及後段寫疼痛，或是華人如何去度過這樣的哀傷過程，其實是我覺得特別有必要去寫作的。這是篇很不容易的採訪，要觸及到這麼多傷痛的人，而且他們幾乎都是年長者。所以我覺得他有他一定的優點及價值在，是一篇不錯的報導。

楊：我覺得他有意思的是寫出在美華人中、老年退休後的當地生活社群，相信作者應該屬於這個社群，否則不可能熟悉裡頭的關係。我猜想或許是將事後的人們議論、對談記錄下來，若光是重新去找人、重新去採訪，這些人不見得會願意接受採訪。這只是我猜想，若他眞的通過很多採訪去得到，那他是很厲害的角色。

本文敍述手法還不錯，很有節奏的一個一個依序寫下，是有部分過於瑣碎寫出案發過程，最後結尾在這是美國槍擊案中的一個，卻是年紀最大的一個。美國截至今年六月已發生了三百一十一件槍擊案，槍擊案的算法是要中彈死亡人數達四人以上才成立。結構算完整，寫作方式像冷血的案件敍述，唯一可惜的是他已經不可能再重新將槍手的心理背景、犯案動機做更詳細的敍述。這是這次幾篇中結構比較完整的。

古：我沒有選是因爲我有主觀上的障礙，因爲我有很多大學同學就是過著這樣的生活，說眞的他們並沒有融入美國社會的生活。他的敍事是吸引人的，這個題材——槍擊案，在美國社會很重要的問題。而他寫華僑，因爲太熟悉華僑而限制了我，所以我就沒有投。寫作上是沒有什麼問題，他與〈台廠人〉的差異是裡面有好幾段是有他自己的評論在其中，以報導文學來講這是不錯的，他有掌握到報導文學該有的觀點，因爲你不可能完全客觀，報導者是透過他的眼睛去看。

〈動物之家導覽〉

古：問題一樣是結構鬆散，但這個題材相對吸引我。現在台北的流浪動物比以前少很多，看到這篇我才知道因爲我們不要看到我們不想看到的東西，所以全部收到這裡。他們跟我們一樣是生靈卻生活在角落中的角落。剛開始還不錯，是從門口看板的四隻狗開始敘述，這四隻狗最後都死去，也未被領養。你可以看到這都市的殘酷——當我要你的時候就是毛孩子，可是我不要你的時候就什麼都不是。「收容所反映的是一座城市對動物的態度，我絕對不會說台北市是友善動物的城市。」這一句是有打動我，可是我覺得他的問題在於眞的太鬆散！他可以寫得更緊實一點。裡頭這些工作人員好像就是應付、無奈，卻沒有更深入探索，只從工作人員的眼光去看，卻沒有去挖掘員工內心，缺少這部分比較可惜。另一個缺點就是缺少他者的訪問。

楊：我選他也是覺得他的題材比較特別。去敘述這樣一個社會問題，對於寵物喜愛是從自己出發，這裡是可以升到更高的層次——人與動物是有怎樣的關係，社會到底怎麼看待這個事情，應該往更深層去看更多的問題，但他就停在對遺棄動物的惋惜、無奈，也並未提出該如何解決。這是我們在談到報導文學時免不了會有要求或期待一個寫作者往更深層去探討問題。但是相較於其他作品，他是值得被選出來，敘述的方式是娓娓道來，雖然他是比較鬆散沒錯。

須：我本來在想爲什麼會寫成這樣，一直到文末才看到「動物之家資深志工、一年志工口述整理」。難怪，他可能覺得報導文學就是帶一隻錄音筆去記錄兩個人的口述，也不用管結構、經營、轉折吧，特別是到「接下來換一位貓志工導覽。」這樣子就可以來參加文學獎？他犯了我一個很大的忌諱，寫作好歹有個結構或是轉折，（古：他的換場就是「接下來」）我們寫作是如何在過場時說一個上下都有的故事，通過這一段讓讀者覺得好看。他前面還滿迷人的，甚至讓我覺得他發展了一個有趣的寫法，若更大膽一點可以用狗的觀點寫，這也許會是一篇很好的報導。這是比〈台廠人〉更讓我過不去的。

〈翻越一座山〉

須：這是個看遍各個報導文學獎都會出現的題目——西藏。這篇的寫作是很散文式的寫作，一名高中老師參與了藏傳佛教團體的活動，將體驗到的鋪陳寫出的一篇報導，看到藏人或是仁波切所遇到的問題，也因這位僧人來到台灣，也有了在台生活適應及文化衝擊等問題。就散文文筆來看，這是非常好的文筆，是相對完滿的一篇文章。不同於一般西藏問題的切入角度，可以感覺出是一位相當虔誠的佛教徒的書寫。佳作以上很適合。

楊：我是很喜歡本文開頭，以報導文學來說算寫得很細膩，可見得確實有訪問這位仁波切，所以能把童年流亡經歷寫得很細緻，也試著去帶入歷史，後面有太多現場介紹，這些介紹泛泛未能深入，使得後面力道弱掉，有點可惜。相較其他幾篇，本文前面的故事性敘述還是很強的，值得選入。

古：我是在這篇與〈血實驗〉間猶豫。就因爲他後面太多藏傳佛教的細節，這造成閱讀障礙。前面眞的寫得很不錯，後面的細節反而讓我進不去，二篇相較之下，〈血實驗〉我能整個看完，甚至想再看一遍，而這篇的後面我就眞的沒有再往下看。這篇如果他從頭到尾在講這個人的故事，我反而會覺得蠻好看。

楊：應該說如果能夠循著這個故事，寫到他如何進入學院，在學院裡的學習過程，如果有更多的採訪，比如他看到怎樣的台灣，在台生活後有怎樣的文化反省、衝擊。用一個人當主軸把整個故事貫穿起來，連同學院也可以帶到這個主軸裡，或許故事會更完整，他在這個過程中心裡的曲折也會更完整。

須：他應該才剛開始試著寫報導文學這個文體，也可能是採訪不夠，所以中間儈人沒說的他才自己說，後面又變精彩，文章前後很史詩，中間變得很政論，後半段我還滿喜歡的。一前一後中間反而讓人看不下去，這就是技術上的問題。

〈金山逐光——少年火長的百年漁法〉

古：最近才去了解台灣的漁業，而台灣漁業是很少被寫到的。常自稱是海洋國家的我們，漁業是一塌糊塗。有人特別去寫這樣特殊的打漁方法，而這樣的打漁法又特別危險。本文是從以前開始敍述——爲躲日本人而走漁，將台灣人共同的經歷透過一個漁家來講述。漁家是相對更辛苦的，因爲海上風險更大。相較於其他幾篇，作者對漁家第二代是有比較深入的訪談，講到他的生命，面對挫折如何去改變，他們不但要面對環境惡化、氣候變遷，甚至漁場之間的衝突問題。這一篇是有把一個人的心緒去表達出來，算是一篇比較完整的，所以我就選他。

須：這篇如果高信疆先生看到的話應該會滿喜歡的，很像他會出的作業，而這篇的筆法和寫作方式都很像那個時代的報導，所以也會有點文縐縐。因爲這樣的行業、行當裡頭其實一定會出現很多漁業的現實、經濟結構的狀況，如果再深入一點，這篇缺的不是角色刻畫而是台灣漁業問題所遇到更核心的現況問題，他後面有稍微點到，就像青鱗魚跟石斑魚，捕青鱗魚是爲了當石斑魚的飼料，但因中國大陸禁了石斑魚，導致連捕青鱗魚的價值都沒有了。他不只談遠洋漁業的血淚、血汗，勞力剝削的問題，更是養殖漁業與近海漁業的共生結構被破壞的悲慘現況。如果他能不循序漸進的跟著談，是可以拋出一個大的漁業問題看待這樣一個失落的行業，那我之前提過的「史詩般的氣魄」就會出現。

楊：我沒有選他只是因爲這是一個有情節有場景可以去敘事，但他的敘事卻取了一個最尋常的方式，就由一名導覽員帶著導覽而沒有確立自己的觀點，或許他可以設定一個場景他看到那漁火，想到人跟海洋對應的關係，在某一個危險的情境再寫入。他的敗筆就在於開頭的文史導覽。

因評審們自動放棄〈血實驗〉及〈戰地夜行君〉，且各篇都有缺點，爲免選出大家都不喜歡的作品，評審決定針對這五篇作品進行推薦討論。

■推薦討論：

須：有沒有老師覺得特別哪一篇只是小有瑕疵？

古：金山這個我是覺得他不會到第一名，但可列入。

楊：我個人的第一名是〈舞在黑色除夕夜〉，以故事性他是完整的，〈金山逐光——少年火長的百年漁法〉就有點可惜，他後面的故事很精采。

須：把開頭刪掉就好了。後面很精彩，寫得很驚心動魄。

古：其實他是寫得滿好的，我說眞的。我自己的第一名是〈台廠人〉，這應該是題材的關係，但寫作上面的瑕疵是有一些。就如剛剛須老師所講的，他使用訊息跳出、公司內部信件、E-mail 這些是有時代的脈動在裡面，這又是一個當代算是大的事件，將必須去面對的大議題用一個小廠去寫，所以我心裡的第一名是他，但也眞的有點虎頭蛇尾的感覺，戛然而止，似乎一切都與我這個台幹無關，這裡有點可惜。

須：這篇應該要注意，愈到後面他貼越大篇幅的報紙新聞，去引述別人的報導，之前公司的內部討論其實都很有趣，但最後的引述讓他的力量往下跑。

古：所以我才會說他是虎頭蛇尾。當然他的結構也不是很緊湊，其實我們可以看到今年結構緊湊的不多。

須：〈舞在黑色除夕夜〉的主題就是尋常的華人，就他的採訪消息來源的數量，可能都是他周圍的人，這是蠻值得鼓勵的——從尋常生活中異常的事件來書寫。兇手還是政大畢業的，這會把這個事件帶進臺灣的一個閱讀角度，在這個時代有他愼重的意義，反思我們去看待美國的種種。

古：他們其實就是那批「來來來，來台大；去去去，去美國。」最後去了美國後變成如何，走不出那個圈子，或許工作上有與白人交流，但生活、娛樂都還是在華人的社區。他沒有特別去講述移民的悲哀，但可以看到生活、娛樂的受限——美國夢到底是什麼？這篇的敘述是好看的。

楊：我是覺得就報導文學作品的完整性來看，我是會選這一篇。他是從報導文學的敘事結構及結論，拉到整個美國的槍枝問題，而他背後所反映的美國華人社區的孤獨感，尤其是都是老人的社群，他在裡頭找尋，這個兇手是很孤獨、被排擠的，或者是不能參加社團的，而有孤獨裡面的憤怒和自我毀滅的感覺。純粹就文學來看，也是敘事較完整的。

須：這篇頭尾有相呼應，中間筆調也沒有偏差，也沒有突然換另一個敘述，作者都沒有犯這樣的缺失，而且有做研究，這是值得鼓勵。包含創傷的問題，有些段落我看得很感動。比如傷者被送到醫院，警察是一直陪到他神智清楚才離開，然後是諮商系統進入，這可以看到他們系統的嚴謹，這些細節的出現，就是報導上給我們帶來的視野。這是細節比較多的一篇，可以當第一名。

古：我沒有選是因爲就議題而言，他是幾篇之中與台灣人相對比較沒有太大的關係，我會選〈台廠人〉是因爲他與我們當下的社會連結比較大。

須：我也會支持〈台廠人〉，因爲他是與我們有當下的意義。中美衝突、中越衝突、美中衝突之下台灣怎麼辦？他點出台廠人那種浮萍般的感覺，或許他不說只是在於他不能說。

古：或許他還在系統中，所以這些人他只能匿名、給綽號，不能深寫。但是他與此時此刻的台灣是很有關聯的。而〈舞在黑色除夕夜〉是與我這一代的台灣人是很有關係的，或許有人因爲兩岸情勢緊張而想移民，而那一代的移民肯定和這一代的移民很不一樣，我當時是以社會意義連結去看。但我不反對這篇第一名。

楊：我可以完全附和，你們第一名、第二名都講了嘛。我同意。

須：你們要不要選出佳作？

古、楊：〈金山逐光——少年火長的百年漁法〉這篇可以。

須：〈翻越一座山〉或是〈動物之家導覽〉？

古：我會選〈動物之家導覽〉，雖然他很鬆散，眞的是非常鬆散。但是我覺得這個議題，如果社會肯多分一點目光給他們。雖然結構眞的很散（笑）。

楊：我是眞的捨不得〈翻越一座山〉的那個開頭。

須：史詩級的開頭，多元化的結尾，有報刊級的中間。若以結構和文筆來看，〈翻越一座山〉是比較好的。但我覺得，如果〈動物之家導覽〉沒有得獎的話，他是有機會可以重寫的。

楊：要建議他重寫，我會建議他必須寫出那些狗的典型性。他寫了很多案例，但沒有找出各自的典型性，狗有大型犬、小型犬，每一隻狗的命運應該有他的典型性，這包括貓、領養人，甚至這個社會。他要從更多的採訪中去得到那個典型性，將之抽煉出來，把每一個故事更深入去寫，這就會變得很好看。他會比流水式的敘事得更完整，把對每隻狗的特性有更完整的敘述會更好看。

古：其實貓的部分寫得比較好，人對貓的領養是因爲寂寞，但貓是不跟你玩這一套的，所以又被送回。其實人的寂寞是不可能單靠這些去解決的，而貓這種動物是非常獨立的。狗的故事散在那裡，貓的部分他應該要拉出來另外寫一篇，狗再另外整理好。。

經過評審的討論和爭取，第四十四屆時報文學獎報導文學得主順利產生，首獎是〈舞在黑色除夕夜〉，二獎爲〈台廠人〉，佳作分別爲〈金山逐光——少年火長的百年漁法〉、〈翻越一座山〉。恭喜所有得獎者。

新詩獎 決審會議紀錄

陳義芝

李進文

路寒袖

好詩圓熟流暢，莫忘節奏音律

王大貴／記錄整理

第四十四屆時報文學獎新詩組的徵文共計收件四百八十八首（包含來自東南亞三十一首、港澳十三首、中國大陸九十七首、美加三首，其他地區一首），經初審委員夏夏、林達陽、楊宗翰評選後，有五十四首進入複審。複審委員爲吳懷晨、隱匿、嚴忠政，複審結果有廿二首進入決審，分別是〈頹廢者和他的床〉、〈創作的前夜——讀李喬〉、〈末日考〉、〈萬華謠言〉、〈拾荒〉、〈跟著布考斯基一起暈車〉、〈大百合〉、〈陳敏敏你拉鍊忘了拉〉、〈讀報〉、〈鳥影之窗〉、〈世界上最適合愛情的人〉、〈我的名字是跳舞〉、〈雲過〉、〈海洋的最後一期南島語言課〉、〈怪物的母親〉、〈蛇行咒〉、〈再問聃〉、〈光影交錯之間-致方慶綿〉、〈菊石〉、〈半暝返〉、〈冰屑與塵埃〉、〈喊山，山就奔來眼前〉。

會議於九月二十八日下午二時卅分中國時報會議室舉行，由中國時報人間副刊主編盧美杏主持，首先由李進文、路寒袖、陳義芝等三位決審委員推舉主席，主席由路寒袖擔任，開始各自陳述評審標準，並針對廿二首作品進行投票、討論。

評審標準

陳義芝（以下簡稱陳）：這一次行數擴展，最長可以到一百行，但下限還是卅行。我建議下限拉上去。因爲行數多可以負載更多內容，這樣就能加入敍事的筆法，若能改成八十到一百二十行，就會有別於其他的短詩，但又能夠敍事跟抒情兼容。

詩的語言還是很重要，有些以爲製造出一點奇景怪象就是詩，其實不然。好的詩語言是非常圓熟流暢，乾淨又能蘊含豐富意涵。因爲今年增加詩行，所以也逼出一些作者挖空心思想要創出一些新的招數。我們也的確看到一些令人讚嘆的表現，決審作品中有一些詩因爲沒有什麼事件而顯得囉唆；少許篇章因爲想要擴充，於是他的前半精彩後半顯得複製，這很可惜。

李進文（以下簡稱李）：陳老師剛剛提到下限，我是比較偏向另外一種——不規定下限。如果不規定其實會有更多的型態，但若全是五、六十到一百行的話，就會有很多偏向敍述詩的方式。

這次因爲行數可以到一百行，所以出現結構駕馭能力不佳的問題。因爲台灣已經很久沒有徵早期常有的敍述詩、長詩，所以很多人沒辦法駕馭結構，年輕一輩比較不擅長用詩的語言去說故事，或者是敍事。這個是需要鍛鍊的，但也很久沒有這樣的場域可以去鍛鍊，所以這次把長度拉到一百行我是覺得蠻好的，他是另外一種開創。

看詩時我會注意幾點，第一個是文字語言要乾淨，詩要有自己的聲音腔調，透過聲腔來展現出個性、風格。第二個是議題的處理方式，針對的議題要有相對的文字敘述方式，比如說的是基層行業，那就不能用文藝腔，這會格格不入。另外是能否提供不同的角度去切入議題，這表示作者有深思熟慮去看待這樣的議題。第三現代詩就是要介入當代，詩絕對不是什麼空靈、不食人間煙火的，它是要涉世的。因爲只有面對當代去做這些議題，才能產生過去與未來的人所不能取代。詩在某部分也是一種紀錄。最後就是實驗性，詩語言是有先驗性、前鋒性，可以開拓美學的領域。

路寒袖（以下簡稱路）：我也來呼應一下二位的建議，如果是維持原來的一百行，我倒是建議下限大概在七十行，距離不要太大，義芝建議的八十到一百二十行我也可以附議。整體來說，在大型文學獎中的確首次看到將詩的篇幅拉到這樣的長度，確實會立即反映結構上的問題，有些可惜的是部分詩作不管是意象經營或情感表現都蠻老練，但在結構上有點欠缺，不是那麼理想。有些爲了拉長篇幅而以句生句，如果是起了一個意象而演繹出意象面來造成感染力，那這是對的。但我所指的是那種隨便生成，不在一個主題之下去發展就會很雜亂。每一句都很炫目，但卻看不出主題、情感，這是我覺得比較可惜的。

題材豐富多樣，小到寫我們萬華、或是像陳敏敏這樣的小人物、底下階層的拾荒者父子，或是關係到台灣歷史的南島語言課等等，所以這開創了很大的可能性。除了結構，在語言上畢竟還是要乾淨，而且不要刻意的去雕琢。另外，我個人比較注重音樂性，除了文字的流暢度，要經營這麼長篇幅，如果沒有節奏、音樂性，讀起來就會感到滯礙，情感不順暢。

在三位評審陳述評選的標準後，開始進行第一階段的投票，每位圈選四首不分名次，之後再針對獲得票數的幾首，逐一進行討論。

■第一輪投票：

1票：

〈拾荒〉（路）

〈陳敏敏你拉鍊忘了拉〉（陳）

〈鳥影之窗〉（李）

〈蛇行咒〉（路）

〈再問聃〉（陳）

2票：

〈頹廢者和他的床〉（路、陳）

〈萬華謠言〉（李、陳）

3票：

〈世界上最適合愛情的人〉（李、路、陳）

■第一輪投票討論：

★一票的討論

〈拾荒〉

路：這應該是個功力深厚的作者，將很通俗、戲劇化的題材處理得很到位。描摹拾荒者在整個城市的中下階層工作、生活，也有一些比較傳奇性的安排——這個敍述者是拾荒者撿來的兒子。他在整首詩結構及語法的處理上都很到位，因此是可以推薦的一首作品。

陳：這首我不欣賞的原因在他的語言腔調。拾荒是一個很好的題材，但個人覺得他的語言有點做作不夠自然。我們知道創作是製作，但有時在不同的地方會有不同的音色、不同的腔調，他的確在意義表達上沒問題，我相信寒袖看到了他的意涵，有些地方太雅言了。所以我沒有選他。

李：我完全同意。以現代眼光來看，拾荒者不一定要孤苦老病，有一些社會病像是強迫性囤積症，或稱作棄置恐懼症（Compulsive hoarding），他們不一定是窮人，作者對拾荒的既定印象還停留在很久以前。造作是最大的缺點，他用文藝腔去處理這樣一個題材，文字並沒有融入這個拾荒者形象。要把形象立體起來就是要用他的腔調，根據題材使用不同的文字表達，不然就會造成格格不入，只有到最後老人的話比較接近口語自然一點。拾荒這個題材從過去到現在已經有太多了，一定會被拿來做比較，而這首並沒有一個新的角度去詮釋、去翻新這個議題。我是比較受不了文藝腔裡頭帶有的自以爲是，這是我的看法。

陳：這篇我覺得還蠻有意思的，請兩位再看一看。我覺得它有兩個層次，到底需不需要這樣的層次，可能每個人看法會不一樣。一個就是電影《李米的猜想》，裡頭每一個小標題都是來自電影台詞（作者自己有加註），將七個小標結合來看也很有意思，裡面都有人生情節，這形成情節縮影；如果撇開標題來看每節內容也差不多，就是在車行途中描述一段人生。這裡有一些斷片，看起來像是平常鏡頭，用的是平常口語，但也都有味道。就是極其平凡的人、極其平凡的事但是有清晰的影像，有一些生命裡的殘缺也會有一點溫暖，在鄙俗的笑談中兩個小角色帶給我們一些思考，就是人生的共相，人生就是因緣和合而成。語言相當口語，並不是使用那種壓縮型、超現實的語言，但也不會讓人覺得太散文化，有一種悠悠韻味。

李：他使用電影裡面的台詞，連起來確實是有是可讀性，但我覺得他的問題就在每個小標題和下面內文沒有關係，這是第一個我覺得有問題的地方。另一個是這裡頭同時有二個故事在跑，一個是我與陳敏敏的現實組，另一個是李米和她的男友方文的電影組，電影組是比較躁動、沉重，而現實組的敘述是非常淺的。這二個故事，一個虛擬一個現實，他們的落差其實相當大。再加上小標與內文沒有連結，我覺得他並沒有掌握這部電影的核心。如果可以直指電影核心，把那種絕望、危疑不定的躁動感表現出來去呼應它，但作者反而去創造一個新的故事卻又沒有那麼緊密相扣，這是他的缺點。

路：我的看法和進文很接近，第一個是我找不到這個故事和電影之間的關係，其實並不深，尤其是以電影台詞作爲七章的標題。另外我也抓不到陳敏敏跟敍述者的關係到底是如何，似乎是說了一個故事，但又很難讓人去推想脈絡。題材很特別，但結構上存在比較多的問題。

〈鳥影之窗〉

李：我還滿欣賞這首，主要在說一個妥瑞氏症的孩子和他的母親。一般在處理這種題材多是假裝成同樣的弱勢族群，但作者卻以旁觀者的角度冷靜觀察這件事情。作者厲害的地方在使用旁觀的描述方式讓詩的鏡頭有聲音，在鏡頭的切換之間又點綴有妥瑞氏症小孩發出的聲音，而三種不同的狀聲詞顯示出小孩子的狀態越來越激烈，最後又回歸平靜。這種冷靜的敍述影像切換還有狀聲詞的巧妙運用，我覺得很好。他必須要有很熟練的技巧去處理這樣一個題材，標題也下得很好，鳥影也許是指人生投影，窗有種渴望逃離的暗示。這首詩並沒有說沒關係我要接受現實、我要怎麼樣，只是描述狀況，透過描述來渲染這種感情的傳遞，最後以「一條銀色的堅定的邊」暗示我接受這樣的事實，「邊」有邊緣的意思。他把疾病狀態拿捏得恰到好處，最難的是情感的拿捏，因爲是採第三者在觀看，是帶有一種視覺影像跟聲音的處理，也處理得很出色，心情會隨之起伏卻不矯情，刻畫生動。是一首優秀的詩。

陳：妥瑞氏症算是一個新的題材。由裡頭的主詞看得出是一位母親帶著小孩在外遭受到的異樣眼光，但他表達那些外在的反應有點制式化，譬如冰冷痕跡、窗台氾濫、餐廳歪斜，甚至包括那個「幹」字，這首是想要批判的，但他的一些抗議都太單一，世界並不都是這樣。若用二元對立比較不容易感動人，而最後三行的敘述句是正面的、快樂的結尾，這也比較不容易深刻。

路：媽媽帶著妥瑞氏症小孩在公共場所受周遭的其他客人異樣眼光，這有點太制式，尤其一些特殊症狀的孩子到公共場合一定要被冷眼看待、被戲弄嘲笑，這太制式化也變得太理所當然，若一定要寫，不應該直接敘述而是要更曲折來處理。那句髒話太多餘——前面一直要把情緒壓下來，最後卻以一句髒話向整個社會提出那麼大的抗議，前面做的壓抑是否都失效了？這個是比較可惜的。

〈蛇行咒〉

路：我還滿喜歡這首。初看是不喜的，但是愈看愈喜歡。主要是在敘述得到皮蛇（帶狀皰疹），能把臨床表現結合佛教經典語法，寫出整個療程卻不會讓人感到造作、刻意，我是滿推薦這個作品，請二位再看一下。

李：這首我是有點疑惑不解——爲什麼六字大明咒卻都只有五個字，甚至還是空的，我不懂他爲什麼要拆解六字大明咒，這是我最大的疑惑。因爲反覆反覆的出現，必然有他的用意。是在說敘述者有缺陷嗎？是因爲大明咒造成敘述者得皮蛇嗎？裡面沒有點明關係。他的語言就是吊書袋的文字，以我讀詩的習慣來說，如果常常把宗教語言放到詩裡，會有一種沒有完全消化的現象——就是沒有消化後再用自己的語言寫出，而被宗教語言牽著走。應該要消化後用更簡潔乾淨的方式去傳達出來，不然讀完後也無法對這種遭遇感到同情。這種吊書袋的文字我是覺得不是很好。結尾的「佛是一部被遺棄的／殘頁經書」是很多人用過，還滿老套的，不是不能用，但有點草率，並不是很妥當。

陳：咒語是一種音聲傳達，有無窮的威力。剛剛進文也提到六字大明咒，也就是六字眞言，當然是有漢譯：向持有珍貴蓮花的聖者祈請破除煩惱。至於是否可以將「唵嘛呢叭彌吽」切碎這個問題，我自己就沒辦法接受。我讀了之後覺得作者藉著六字大明咒有一點故弄玄虛，想要讓詩有深度。「唵」和「吽」都是神聖的讚嘆語，「嘛呢」是珍貴的，「叭彌」是蓮花，然後結尾的「佛是一部被遺棄的／殘頁經書」，佛怎麼會是殘頁經書呢？讀過金剛經的人都會知道佛就是清淨自性，每個人都是佛，佛是不外求的。作者想藉用佛經元素來深刻化，可惜是不能這樣操作的，所以我就沒有選。

〈再問聃〉

李：幾十年前有羅智成的〈問聃〉，而這個作者是以年輕世代寫法，所以你會發現他裡頭的形而上和形而下，尤其是形而下的部分會不會寫得太露出，作者與羅智成的方式不太一樣，詩中以反諷的語法寫穿越時空的古今對談，這帶有互涉意味，在寫作的創作方式來看，這是有挑戰的，是與羅智成有點互相在較勁，但二者還是不同的：《諸子之書》裡所要表達的是每個時代都是古代，但在寫古代時要避免陳腐——這是羅智成的觀點。在〈問聃〉裡「中國的古代才開始」，但作者「是你在說話嗎……是你！我有好多疑問關於你的學說好多／無關中國」，並沒有附和著羅智成，一方面是衝突，也是在挑戰經典。詩的結尾處是將形而上與形而下互相結合形成了一種張力。作者沒有很刻意去衝撞經典，但他其實是反經典，也透過互涉的方式去嘲諷、去叛逆、去翻轉，文字處理技巧算是成熟。

陳：這首詩也許有企圖，也許有表現，但是不融通、太雜了。裡頭有一些不明的指涉，裡頭用了楊牧、洛夫、陳大爲，註釋裡都有說明，但都沒有化掉，所以他的獨立性是有問題，這樣他的思想不容易讓讀者讀出脈絡來，不能舉一些看似深奧的句子卻讓人不明。若要處理哲學思想，自己的人生觀如果沒有確立是很難去處理的。我覺得一首詩的傳達特別重要，現代詩當然講求深度，但如果你的傳達讓讀詩的人處處感到障礙，那作者還是要再思考。

路：這也是我的看法。他有佳句而沒有佳篇。刻意太過斷裂跟扭曲是一種無稽的嫁接，讓很有創意的句子所產生的意義就這樣斷掉。整首詩猶如一盤閃亮的珠子，乍看很吸引人，細看卻有大有小、有的又不夠圓，讓人無法處理，你不能就這麼把這盤閃亮的珠子丟給讀者去串，這有點不負責任了。所以我就沒有選他。

★二票的討論

〈頹廢者和他的床〉

陳：作者淡淡寫來筆法細膩說人的一生，總共分成二章，一個是生的面向一個是死的面向，但也不是那麼截然二分。他在第一章裡面講到人會與自然、人群接觸，經歷一些快樂跟痛苦的事，雖然標明頹廢者，其實他的頹廢就是一種適應。他有一些很不錯的詩句透出他的人生觀，雖然有一些詩的語法不是很可解但是可感，最後的部分讓我想到「縱浪大化中，不喜亦不懼」。我其實讀了兩遍，第一次沒有很在意，但是當我讀第二次時就把它挑出來，我覺得他沒有故作驚人之語，但是對於人生況味是滿深層的。

路：我的看法和義芝是滿接近的。講是頹廢者但我覺得他是一位參透者，看似無目的漫步在人生之途上，但是我覺得是生命沉澱之後的釋然，文字上是溫和悠閒，心情上是進化昇華，可以說是一氣呵成，氣韻流暢，感染力不是那麼濃烈，卻淡而有味。誠如義芝所說，裡頭也有許多詩句我也很喜歡，語法看似簡單但含蘊著對生命的感知才能寫出這樣的詩作出來。

李：就我的觀點來說說他的缺點。以這樣的題材來說讀起來會有一點自溺，缺乏更宏觀角度的悲憫情懷。然後我會很在意長詩的主詞，也就是結構的問題，他的主詞不斷在轉換，不見得很亂，你可以理解但裡頭主詞還是太多了點。有些文字上的堆疊。我讀了幾次，總覺得頹廢者與床實在沒什麼關連，感覺好像讀了二首詩，但經過二位老師的解讀，一者生一者死，一者動一者靜，我也贊同，只是在文字的處理上沒有那麼純熟。

〈萬華謠言〉

陳：我本來把他擺第四，他有讓我動容的地方，也有讓我質疑的地方。他打動我的地方就是透過這一篇作品可以去體會生命是怎麼一回事，人生並不是單一的、陽光的、正面的，生命裡必定有一些陰沉的、令人懷疑的那些東西。在這裡是一間傳聞住進了妖怪的凶宅；另外一個就是「小齊」，我覺得敘事者「我」跟這個小齊應該都是女生，應該是童年玩伴。詩中一直使用0跟1，但我對這個結構不是很清楚，既然有這樣標示，如果能夠更鮮明會更好，假設撇開這個不講，主詞時而用妳時而用她，讀到後面我不能很確認小齊的狀態。若我們可以幫他勾連到指涉爲何人時，是否有必要如此變換是我的懷疑。

有一個地方是讓我覺得很有詩意的，就是「眼前一灘積水／穿白鞋的小齊站在那裡／轉身，讓純白裙裾在風中旋擺」，本來「這裡還在償還」是一個不太容易理解的句子，但當他底下繼續去演繹就會知道說這裡有著時間、生死早晚這樣的一個命題讓我去思考，所以我覺得有的地方讀起來沒有很清晰掌握，但是我還是欣賞他的那個深度。

李：詩在處理議題或是處理一個地方，要以不同的角度去看待那個地方。詩本來就是不需要解釋那麼清楚，但還是要有確定的東西在裡面。作者在寫鬼屋中間會穿插一些他的思考，人物除了我跟小齊，可以確定的是小齊已經死掉，中間穿插著叔叔或者是像叔叔的一群人／鬼，他們也許是很早年某個年代也住在萬華，就是他家其實也是鬼屋。這種對當時那個時代那個社會有針對性的點到爲止的去思考，讓這首詩的文字簡潔緊湊，至於那個0與1是不太需要，因爲邏輯並沒有亂。

剛剛所提到的當時社會問題，是早期萬華也許看得到黃、毒、賭、酒與家庭的連結，感覺像是看到一小幅萬華的浮世繪一樣。這首詩到最後「我看向她原本站立的，那小片積水／水面清澈，單單映出我的身影」就很明顯原來小齊就是鬼屋裡面的鬼。我覺得這首詩的強度是經由前面敘述，到後面慢慢地整個影像突顯出來，在處理社會的議題性並帶有浮世繪的影像效果，這樣的詩本來就不容易寫，當然也如義芝老師所說的一樣，有些東西感覺不是那麼明確，但他將歲月的感傷或者懷念故人，淡淡寫來不流於濫情，這種疏離的寫法他得非常節制才能寫得輕輕的，但其實非常動人。

路：處理中下階層議題選擇萬華來寫好像是一個模型，但我覺得他太制式化了，酗酒、吸毒、嫖妓、雜亂的街景，整個套進來就是結果這樣子，看不到任何人生角色，結構的問題如義芝剛剛提的0跟1、人稱與角色，小齊像是虛擬出來的，叔叔太過模型化，酗酒吸毒最後輕生等等，我覺得就是太亂了。

★三票的討論

〈世界上最適合愛情的人〉

李：這是首情詩，情詩是大宗也最容易被挑剔，但作者處理出一些特色，裡頭有一些優點：第一是文字的處理極爲成熟，雖然這是必備條件，但這首詩讀來像是在跳探戈，舞蹈要有技巧才會流暢，作者是透過書寫技巧將情詩這個題材處理得很純熟，收放自如，文字也很甜。「癡迷，沒有盡頭」讓我想到凱洛．安．達菲（Carol Ann Duffy）的詩集《癡迷》（Rapture），詩中某些技巧其實很接近達菲的功力。但是這麼長全部在敘述愛會讓人有點膩，當然也能看成愛的心靈史或是愛的史詩，即便如此，作者能一氣呵成淋漓道盡我能想像、體會到的愛情。他有他自己的聲腔、語言模式，這讓人讀起來十分流暢，也展現出作者的個性，這是一種暗藏其中的書寫技巧。內容易懂，也有很多佳句，雖使用文藝腔，倒也符合這個題材。

陳：這首詩的題目與主題並不新鮮，但它的特別是在演練各種階段的愛情。全詩分成四章起承轉合，開頭是以天地爲情愛的演練場；第二章「癡迷，沒有盡頭」就寫得無比熱烈非常迷人，十分值得贊賞；第三章的「轉」則觸及到情愛的本質，生命也確實不是總是絢爛的，熱烈的愛情變成一種恩義的相知相守；最後用了一種像是總結的筆法，不會覺得累贅，是相當可取的。

路：我非常喜歡這首詩，除了剛剛兩位委員提到的，其實它是顯露又含蓄，裡面有很多情欲的部分卻用含蓄的筆來寫，並不以賣弄來博取讀者的喜愛，很自然把愛情、欲望收束到先生對妻子的愛、昇華到對妻子的感謝。把普通的情愛昇華到時間法則是相當高明的，至於他的文字能力、意象也是沒話說，是相當老練的詩人。

評審針對八首作品進行第二輪投票。

■第二輪投票：

（採計分方式，最高以8分計，依次遞減）

・20分〈世界上最適合愛情的人〉（李⑤路⑧陳⑦）
・19分〈頹廢者和他的床〉（李④路⑦陳⑧）
・17分〈鳥影之窗〉（李⑧路⑤陳④）
・16分〈萬華謠言〉（李⑦路④陳⑤）
・12分〈陳敏敏你拉鍊忘了拉〉（李③路③陳⑥）
・11分〈拾荒〉（李②路⑥陳③）
・9分〈再問聃〉（李⑥路①陳②）
・4分〈蛇行咒〉（李①路②陳①）

經過反覆的推敲琢磨，第四十四屆時報文學獎新詩組的得主終於誕生，首獎是〈世界上最適合愛情的人〉，二獎爲〈頹廢者和他的床〉，佳作分別爲〈鳥影之窗〉、〈萬華謠言〉。恭喜所有得獎者。

散文獎 決審會議紀錄

郝譽翔

鄧小樺

吳鳴

文學與現實對話，突顯獨特生命感

王大貴／記錄整理

第四十四屆時報文學獎散文類徵文共計收件三百五十七篇（包含來自東南亞十四篇、港澳八篇、中國九十七篇、日韓三篇，美加十五篇，其他地區六篇），經初審委員江江明、達瑞、賴鈺婷評選後，共有四十七篇進入複審。複審委員爲李欣倫、凌性傑、彭樹君，複審結果有十七篇進入決審，分別是〈蓮仔〉、〈火鍋店的旃荼羅〉、〈金融商品〉、〈乳房的表情〉、〈蘇黎世那話兒〉、〈破掉的聲音〉、〈登臺〉、〈我與瓊瑤的羅曼死〉、〈腹中靈〉、〈太空人〉、〈文盲〉、〈失智阿嬷教我的歌〉、〈無盡地清潔〉、〈無聲無震動〉、〈霧中遊戲〉、〈鵜鶘胃，醍醐味〉、〈兒戲〉。

會議於十月四日上午十時卅分中國時報會議室舉行，由中國時報人間副刊主編盧美杏主持，首先請吳鳴、鄧小樺、郝譽翔等三位決審委員推舉主席，主席由吳鳴擔任，開始各自陳述評審標準，再針對十七篇作品進行投票、討論。

評審標準

郝譽翔（以下簡稱郝）：評時報文學獎是一個很愉快的經驗，散文這個文體相較於詩跟小說，它特別需要一個眞誠的作者寫出他的世界觀、人生觀乃至於他心中最私密的情感，而且必須是坦承的，不像小說或詩可以用一些文學技巧加以轉型。也因此我覺得讀到每篇作品都好像進入到作者的內心世界，然後看到了一個活生生的人，這一點其實很觸動我。這批作品裡面有許多篇章讓我讀起來相當感動，尤其裡面很多書寫親情能夠另闢蹊徑，比如寫姊弟之間那種非常親密的情感，或是母女、母子之間的那個拉扯，寫出一種非常眞實的生命感，這眞的是很不容易的一件事。

今年對疾病的書寫也特別多，這顯示出台灣或是全球社會的普遍的徵狀，比如失智、躁鬱，然後幻覺這類精神障礙或者是癌症，關於疾病的書寫從肉體到心理乃至於記憶、情感因爲身體的疾病被蠶食鯨吞的過程，我覺得寫得非常的精彩，也讓人讀來有怵目驚心之感。

這批作品當中有另一個特點，很多關於底層階級的描寫，比如寫在馬來西亞的印度人，他在社會裡面一個非常特殊或尷尬的一個位階，或是寫餐廳工作的員工。透過這些層面的書寫，好像爲我們打開了另外的視野。總體而言我覺得這次的散文作品是精彩的，而且面向多元，能反映當前台灣乃至於全球現代社會的徵狀。

鄧小樺（以下簡稱鄧）：我自己覺得散文類是特別有趣的，我自己也比較喜歡寫散文，它看起來應該要跟作者是很貼近，如剛剛郝老師說的眞誠私密坦承這幾點我很同意。但我要看作者如何在書寫過程中既是坦承又不販賣隱私，或者敘述中有沒有轉化——這不同於社群媒體上的流水記事，而是要抽離的思考過程，然後能有另外一個角度去看現實。這次的作品裡有很多特別能夠滿足我這方面的需求，感覺今年作者們的年齡好像偏高，或是社會經歷較豐富。不知道是否與疫情有關，社會結構似乎經過了洗牌，所以我就進入了一些角落去看到了不同的風景，然後給予文藝的角度一個衝擊。可說是以文學眼光跟現實去互動然後產生對話的過程，在現實性方面我是很驚喜的。對職業的書寫除了現實也看得到人的意志消沉或提升，身體的書寫都很怵目驚心。

因爲我是香港人，所以我不是很看得懂臺語，所以會對方言的使用特別注意，請兩位老師指教一下，因爲有些使用會讓我覺得非常驚喜。有些作品似乎人類學進入散文書寫，比如〈我與瓊瑤的羅曼死〉、〈失智阿嬤教我的歌〉，似乎是有意識去記錄一些可能會消失的東西，或是社會底層的碎屑，這樣的文章很特別，讓我有言之有物的感覺，然後很誠實，看得很愉快、舒服。

吳鳴（以下簡稱吳）：因爲我是做歷史學研究，所以會去看整體現象，這次的閱讀過程中是有幾個現象：張愛玲說寫散文就是把肚臍眼翻給人家看，而這次的書寫不只翻肚臍眼，連內褲都脫了，也就是寫到更私密的部分，這有普遍的時代性，這是第一個。第二個就整體而言，這十七篇作品沒有一篇是快樂的，都是幽暗的，這表達了一個時代的整體焦慮。過去的散文書寫也會有描寫內心焦慮、病痛，但沒有這麼普遍。第三是文氣重，因爲過去幾十年來文學獎的引導，一些得獎常客經後人分析竟有廿多位父親，十多位母親，我們應該要思考一下這個問題。第四個是「不留餘地」——陳寅恪在談論學術研究時提到了「俗諦」（大家拍手叫好的）要留有可創新的餘地。這次的作品都很符合我們的時代性，但好像看不到預留的那個部分，在主題書寫上比如書寫幽暗，書寫疾病、焦慮，書寫對社會、對職業的不滿，卻看不到如何安定自己。第五個就是可能過去散文得獎作品都有多旋律的現象，就是撿到籃子都算菜，而這次的很多作品也呈現多旋律的現象但主線不明顯。這種過度複雜的線索很可能前後句是無關的，這也呈現了鍵盤書寫特色。簡而言之，我認爲相當有時代性，也憂心他的一致性（幽暗的書寫、對時代的焦慮、個人的焦慮）。有喜有憂，喜的是寫到很深的地方，憂的是如張愛玲所說，一步步走向沒有光的世界。

在三位評審陳述整體感想後，開始進行第一階段的投票，每位圈選五篇，採計分方式，最高以5分計，依次遞減，之後再針對獲得票數的篇章，逐一進行討論。

■第一輪投票結果：

．10分〈〈蓮仔〉〉（鄧⑤郝⑤）

．7分〈霧中遊戲〉（鄧③郝④）

．5分〈腹中靈〉（吳③郝②）

．5分〈失智阿嬤教我的歌〉（吳⑤）

．5分〈鵜鶘胃，醍醐味〉（吳④鄧①）

．4分〈無盡地清潔〉（鄧④）

．3分〈我與瓊瑤的羅曼死〉（郝③）

．2分〈火鍋店的旃茶羅〉（鄧②）

．2分〈破掉的聲音〉（吳②）

．1分〈乳房的表情〉（吳①）

．1分〈兒戲〉（郝①）

■第一輪投票討論：

★0分的討論

〈金融商品〉

鄧：我是覺得這篇很有趣，是十七篇中最硬朗的，是最不文藝的職業也是最冷酷，全篇維持這樣的基調，算是很特別的。

郝：我覺得題材是很特別，但我沒有選的原因就是結構太散，有點筆隨意走，到後來我已經不知道作者的觀點到底是什麼，這個很可惜。希望這個作者繼續再寫。

吳：我的筆記針對這篇是這樣寫「文字東一句西一句，有時喃喃自語，有時表達金融企業的不滿」。

〈登臺〉

郝：太零碎了，不然他的文筆其實是很好。

吳：鋪墊得很好。

鄧：有些作品一直要達到字數上限，其實少個八百字反而會很好。

〈無聲無震動〉

鄧：〈無聲無震動〉和〈無盡的清潔〉是有點像的，因爲很像所以有比較。這篇比〈無盡的清潔〉更輕盈一點，〈無盡的清潔〉是比較有內容的，〈無聲無震動〉的都市味是滿有趣的。

★1分的討論

〈乳房的表情〉

因評審不堅持，故此篇不進入第二次投票名單。

〈兒戲〉

因評審不堅持，故此篇不進入第二次投票名單。

★2分的討論

〈火鍋店的旃荼羅〉

鄧：這次有一些不理想、不文藝的職業，我第一會看作者是否寫出該工作場景獨有的節奏，另外就是看身處不理想的工作環境時能否有自己的活力。本文裡的人物雖不完美，依著行文節奏卻不會不喜，甚至看不起他們，作者確實描述到底層工作者的特色也維持了他們的尊嚴。

郝：作者寫了個一般人或是文青較難以觸及的經驗，我相信這個作者是有親身經驗，因爲描寫得非常眞實如在目前，筆法生動靈活。我沒有給高分的原因在，我比較在意作者的關照點。就如小樺之前提的，這除了是一個經驗之外，最重要是我們能通過這個視角看到什麼。作者帶我們看到一個賤民的生活，我一直期待會有反轉的可能，但作者卻將它帶到了一個極致。作者從頭到尾一直在下重筆，如果最後能有一個抽離的視角，而不是以這麼陰暗的視角看這個階層，或許會更好。

〈破掉的聲音〉

因評審不堅持，故此篇不進入第二次投票名單。

★3分的討論

〈我與瓊瑤的羅曼死〉

郝：我從小就是瓊瑤的粉絲其實是蠻能理解的，七〇年代的台灣女性都是浸淫在瓊瑤對愛情的想像中，再加上當時媒體單一，很容易就被瓊瑤壟斷。就如小樺所說的，作者寫自己的成長經驗，但又像人類學家／社會學家去寫出了女性集體對情愛的想像是如何被形塑、建構，乃至於死亡過程。標題下得很有趣，文中亦多有金句。在這些很苦很黑暗的文章裡，這篇相對輕鬆，這是我選它的原因。

鄧：能讓人笑出來的散文是很珍貴的。前面相當有趣，可惜在三十幾歲到合作編劇的部分顯弱了，或許是爲了收尾。當生活已經變化時，作者的處理方法卻無法對應如前面般精采、詼諧，感覺有點程式化。

★4分的討論

〈無盡地清潔〉

鄧：可能是香港比較少這種書寫，所以這讓我滿驚喜的。在書寫現實生活的同時，文章裡究竟有什麼能撐起這個文體而不是陷於流水式描寫。我看的就是現實和作者的內心思想之間能否達到完美的張力，能否給我新的感觸。在這次衆多不理想的職業書寫中，這篇是最讓我滿意的。下水道很髒，但作者給予的思考是關於文明、歷史等等。裡頭的工作與遊戲、髒與文明乃至城市嘈雜與內心平靜，我覺得是一個都市書寫的型態，而且完成得很好。

郝：散文在文學獎的主題以親情、疾病最爲常見，但以一名理工背景的公務員視角寫下水道，就如之前討論的〈金融商品〉一樣都是很少見到的，也讓人期待這樣的書寫出現。由這樣的角度去書寫一個城市文明的骯髒污穢卻又被掩蓋，這個切入點非常好。但裡頭的語言問題是讓我遲疑不決的，太口語了，但也是這篇文章的優點——沒有文藝腔。所以這是篇內容重於文字的散文。

吳：詞彙不豐富，內容吸引人但文字捉襟見肘。

★5分的討論

〈腹中靈〉

郝：這是個相當常見的題材，但讓我眼睛爲之一亮的是作者藉產婦分娩時，母親與胎兒間臍帶將斷未斷或胎死腹中的狀況來比喻母子間的困境。尤其裡面流產的過程眞是怵目驚心，作者利用子宮交錯的血管在生命地圖中回到出生的那一刻，生命是否會有另外一種可能。能在常見主題中翻出新意撼動讀者，這部分的表現相當精彩。

吳：妳說的就是我想說的。

〈失智阿嬤教我的歌〉

吳：我選它的原因有三：第一是時代性，從日本時代到現在；第二是貼合職業，一位精神科醫神所面臨的狀態；第三是這是十七篇中唯一讓我感覺溫暖的，即使是失智。

郝：我被說服了。這篇筆法簡潔，剛好是我最近崇尚的美學，不需要堆疊、層層糾結，文章乾淨明朗又有意思，也配合了主題「失智」，所以回到了童年最純眞的狀態。

〈鵜鶘胃，醍醐味〉

吳：我給高分的原因有二，第一，這就是防疫旅館的聯想，讀者能看到百科全書式的書寫，裡頭文學、宗教、哲學、瘟疫等，有點隨想隨寫，就如作者自己所說的是鳳頭豬肚豹尾，意象很多，整體豐富。

鄧：這篇很輕巧，不同於〈失智阿嬤教我的歌〉是寫得輕巧，它是狀態很輕巧，作者隨意寫來又有典故讓人聯想，這給人一種自由的感覺，正好有別於防疫旅館的桎梏感，用這樣的書寫方法來奪回自己的自由還滿不錯的。這樣的遊戲文章如宴席般很多東西跑出來，或許會有人覺得賣弄，但我覺得這種聯想型的是有別於知識型的可以靠網上搜索、黏貼。

★7分的討論

〈霧中遊戲〉

鄧：作者用遊戲的比喻把一件很悲慘的事情包在裡面，短句的使用讓人覺得舉重若輕，有種戰場上快樂聖誕之感。與〈失智阿嬤教我的歌〉相比，這篇的文宣經營比較多。作者使用的短句是有種很少女、帶點童話感的筆觸去處理這麼難的經歷，我覺得很特別。文筆比〈兒戲〉高一點。就如剛剛我提過的，在文學作品的書寫裡到底可以用什麼不同角度去看這種經歷，然後讓這件事情有新的角度，讓我們在某個程度上比較消化。

本文作者把經歷用他的文筆和他的比喻去整理消化，不使勁說這個遊戲，而是真的把這件事情用這個角度去看待，所以我覺得他文學的著力比較多。

郝：作者不只在寫弟弟的最後潰敗或是殞落的過程，他還能用一種文學的筆法去處理，甚至通過這個經驗看到一個背後更大的隱喻，而不是只耽溺在自己的情緒裡，這是很不容易的。文中引一些文學典故，像犀牛的荒謬劇，還有卡夫卡的《變形記》。這好像是現代人的比喻，在這個現代社會的龐大體制下，個人如何被壓縮，與體制格格不入者就會像蟲或犀牛般注定被排除在外，作者做了非常好的連結；裡頭的遊戲背後都是別具深意而不只是真實的經驗而已；作者說他擅長操作學術語言，可是學術語言到最後的思維縝密還是沒有辦法觸及人類最神祕的心理。所以我覺得文中這些切入點都非常好，好到讓我們能去思考姊弟之間的情感外，還有背後關於社會體制，乃至於每個生命都是獨特、神祕的，這是我們永遠無法理解跟觸及的地方。作者的文筆其實是很有詩意的，文中很多比喻都讓我覺得像一首詩。就我個人而言，這是一篇很耐讀又很有意義的散文，標題也下得好〈霧中遊戲〉，耐人深思跟咀嚼。

〈蓮仔〉

鄧：不知道爲什麼整個情節在腦子裡留好久，每看一篇都會想起這篇〈蓮仔〉。或許是因爲方言的使用對我造成一個很大的效果，讓我覺得它變成一個很獨特的文體，不只是有一種鄉土的味道，是帶有古風味的。

就如我們剛才說的，有這麼多母子、母女關係，媽媽都是不聰明、被欺負或是彼此關係不佳，在散文中該怎麼去處理，how to repair，或是怎麼改變現實裡的關係，我覺得這是很重要的部分。這篇後來在我腦中這個母親就變成傳說中的人物，可能和這行文方式有關。文中的最後一段我是看到哭的，作者用一種文體讓我們對這個母親有新態度，讓我們自然的投入對母親的尊重。這和〈霧中遊戲〉的處理是不一樣的，成爲一個對照。

郝：這篇確實會有共鳴。文中的臺語使用非常生動，裡面母親對話的部分其實是寫得非常精彩，因爲有些台語的書寫會有點做作或刻意，這裡會讓人覺得這就是媽媽的口吻，這部分我覺得很成功。作者行文其實是非常詩意的，將台語很融洽的融合其中，文中的比喻也很鮮活，就文字與技巧來看，這無庸置疑是很精彩的一篇散文。

主題上來講，失智這個主題這幾年看很多了，這可能是我看過關於失智書寫中應該是最精彩、數一數二的作品。相對於〈失智阿嬤教我的歌〉的失智是回到童年的純眞很溫暖，可是這一篇卻完全寫出了失智者將以前所壓抑的痛苦或是暴躁的任性，反而會在失智時完全眞實顯露，變成一個需索無度、任性不受控的小孩的失智狀況。最有意思的就是最後一段，那個結尾我反覆看了好幾遍，作者不露痕跡地點出眞實情況然後戛然而止，眞的會讓人覺得心痛，呼應了前面母親種了一堆塑膠花，這個地方眞的是神來之筆，完全是可以作爲文學上的隱喻跟象徵。讀完就眞的心痛，就是會一直想。

鄧：作者用花的名字來提升一個人的象徵，其實是很文學的隱喻。他放在後面是有意在這裡重新抬這個母親起來，映照了現實種假花的狀況，故意用鮮明的意象做一個反轉，這就是他給我的傳說性——母親就如仙女般任性而行，但其實這是被人罵的事情，這一抬一降之間讓人心情隨之起伏，再加上五舅的部分，那個力量很強。

郝：我覺得作者抓花的那個意象很好，因爲台灣女孩子都是用花啊蘭啊這些植物來命名，抓這個意象去寫就特別具有說服力。

吳：這篇整個意象是不錯的，我稍微有疑慮的是文中河洛話有些地方用字不太精確，比如「你連恁囝攏無熟似矣呢？」像比較貼切的會用「識」而不是「似」，用「似」會讓不熟悉這個語言的讀者看不懂。我只有這些小小的疑慮。

因評審們自動放棄〈我與瓊瑤的羅曼死〉、〈火鍋店的旃荼羅〉、〈破掉的聲音〉、〈乳房的表情〉及〈兒戲〉，共計六篇作品進入第二輪投票。

■第二輪投票：

（採計分方式，最高以6分計，依次遞減）

・17分〈蓮仔〉（吳⑤鄧⑥郝⑥）

・14分〈霧中遊戲〉（吳④鄧⑤郝⑤）

・10分〈失智阿嬤教我的歌〉（吳⑥鄧①郝③）

・9分〈腹中靈〉（吳②鄧③郝④）

・7分〈無盡地清潔〉（吳①鄧④郝②）

・6分〈鵜鶘胃，醍醐味〉（吳③鄧②郝①）

經過反覆的推敲琢磨，第四十四屆時報文學獎散文組得主終於誕生，首獎是〈蓮仔〉，二獎爲〈霧中遊戲〉，佳作分別爲〈失智阿嬤教我的歌〉、〈腹中靈〉。恭喜所有得獎者。

影視小說獎 決審會議紀錄

李志蕾

周芬伶

胡金倫

虛實交錯，文學與故事兼具

王大貴／記錄整理

第四十四屆時報文學獎影視小說類的徵文共計收件三百六十五篇（包含來自東南亞十二篇、中國一百零三篇、港澳十三篇、日韓三篇，美加八篇，其他地區五篇），經初審委員張尊禎、楊明、楊隸亞評選後，有五十三篇進入複審。複審委員為方梓、朱國珍、吳鈞堯，複審結果有十五篇進入決審，分別是〈瓦爾登湖〉、〈哀樂早春〉、〈甜蜜蜜〉、〈錄鬼〉、〈上達天聽〉、〈墨菲的花園〉、〈野貓的研究〉、〈銹病〉、〈苦嶼〉、〈窄門〉、〈橋下的灰鸚鵡緊緊挨著避雨〉、〈巢寄生〉、〈故園歷險記〉、〈鬥雞走狗〉、〈最後的烏鴉〉。

會議於十月六日下午二時卅分於中國時報會議室舉行，由中國時報人間副刊主編盧美杏主持，首先由李志薔、周芬伶、胡金倫等三位決審委員推舉主席，主席由胡金倫擔任，開始各自陳述評審標準，再針對十五篇作品進行投票、討論。

評審標準

李志蕾（以下簡稱李）：歷屆大家都在思辨影視小說與純文學小說的不同，時報文學獎在一萬五千字左右的要求下，可能前面兩關的評審多是文學界出身，所以選出來的配比還是以純文學的分量較多，比較少看到將某種類型寫得很好看的類型小說。

回到我自己的思考跟標準，因爲這是一個文學獎，首先還是要好小說，小說質地核心要很好，不是透過小說去服務影視，而是在好小說的核心下去考慮是否適合影視化，或是說有影視可以切入的想像空間存在。

影視小說的評斷標準，並不是文字描寫上很有影像感就是一篇好的影視小說，我反而比較重視的是，與某些傳統上我們強調的小說重要元素是重疊的，譬如人物塑造，人物慾望的追求、衝突，或是情節、故事的完整性等等。這有別於某些全篇以第一人稱說一些玄虛議論的好。

周芬伶（以下簡稱周）：今年題材非常多元，早期的電影小說都是編劇先寫故事，所以他們的畫面感跟分場概念會更多，但這次很明顯我覺得應該是沒有去分界，都是純文字書寫。在這個狀況下就要看純文字書寫的題材，能否在一萬五的字數限制下，抓到一個比較精彩的切片。裡面有一些明顯看起來就應該要寫成長篇或中篇的，卻壓縮在一萬五千字裡顯得侷促；寫小情小愛的非常多，而這些反而到最後比較不耐讀。我會注意作者是否把題材特色完全發揮出來，不然就只是素材而已。第二個是看故事精彩度能否勾住讀者。第三個是細節處理，是精細還是很粗糙帶過。因爲是三百多篇挑出十五篇，非常多元，確實很難挑出最好的作品，都在伯仲之間。

胡金倫（以下簡稱胡）：基本上兩位評審的我非常同意。我覺得今年進入決審的作品比較強調文學性。因爲以往看很多短篇小說比賽時，覺得作者似乎非常渴望影視化，所以書寫時能很多就忘了文學性跟故事性。但一個好的電影或者劇本還是來自一個好的故事，然後在字數限制下將整個故事情節或人物立體化的吸引讀者。當然有些戲劇或是影視是劇本先產生，但也很多是改編自小說，但好的題材跟動人的故事，對我來說是比較重要的。

在三位評審陳述評選的標準後，開始進行第一階段的投票，每位圈選四篇不分名次，之後再針對獲得票數的幾篇，逐一進行討論。

■第一輪投票結果：

1票：

〈瓦爾登湖〉（李）

〈苦嶼〉（胡）

〈窄門〉（胡）

〈橋下的灰鸚鵡緊緊挨著避雨〉（周）

〈巢寄生〉（李）

〈鬥雞走狗〉（周）

3票：

〈野貓的研究〉（李、周、胡）

〈銹病〉（李、周、胡）

■第一輪投票討論：

★一票的討論

〈瓦爾登湖〉

李：這是我的四篇裡面的第四。是來自中國大陸的作品，它是一個植根在現代的鄉野奇幻感的小說，是篇文字簡練精準的有趣故事。作者以母親的角度來陳述父親死去又復活這件事，但是故事在中後段最大的懸念，是婦人如何面對兒子即將從美國帶著女友回來，她要如何隱瞞，甚至故事到最後還有一些反轉。我覺得這個過程裡，除了類型比較有趣，是奇幻的、鄉野傳奇的現代版，它也有一些關於人際關係的辯證跟反轉。但是關於影視化這件事情，我會覺得母親這個角色的是有一點點疑問，因爲我覺得母親這個人物的塑造有點不實，有點被動，對於即將面對兒子回來的這個大事件，母親是一直逃避到最後，所以我無法從母親的行動中去看到她做了哪些選擇，這些選擇彰顯了哪些主題跟價值。這是我覺得這篇小說對我而言比較有缺憾的地方。但我覺得它的好處跟它裡面對失憶的描寫，呈現一個荒誕的鄉野傳奇的氣氛還蠻迷人。

周：這一篇不錯，但我是覺得設定有點簡單，那個哏很容易就不好玩了，即使拍成電影，死人復活的效果其實也是有限，反而是後面兒子跟他的女友還比較生動。若故事是從那邊開始寫起，一個浪子浪女回鄉，造成都會跟鄉土矛盾，感覺會比較有趣。前面那個有點老哏，所以後來覺得可能經不起太多的考驗。

胡：其實一開始我其實不太明白爲什麼要取〈瓦爾登湖〉，到底跟這個主題有什麼關係，有點想不太明白。第二個是，其實就是韓流的奇幻魔幻寫實，有點莫言的味道。我會把這篇跟〈錄鬼〉放在一起看，這本來是我的大概第六第七，論故事性，〈錄鬼〉還比較好讀，它完全就是聊齋誌異的現代版。

〈苦嶼〉

胡：第一個我比較擔心的是裡頭的台語是否標準。「苦嶼」寫的顯然是一個原住民女性的故事，它的優點在描寫一名沒有機會受教育的原民女性出海捕魚的故事，過去寫蘭嶼的比較會是夏曼藍波安這一類，而描寫島嶼的女性比較少見。缺點是除了台語的擔心，漢人男性的出現逃離到再出現，敍事者的這個「我」，以及母親跟父親，交代得並不清楚，或許他是故意的讓讀者自己找出誰才是敍述者的父親，但到後面作者似乎有點力不從心去交代完整個故事。

李：我有去查了一下這個應該是澎湖的鳥嶼，一個離島之外的離島。島民只有上百人，基本以漁業維生。那邊都是閩南體系的，所以語言上基本也是使用了閩南語，也就是台語，感覺上台語的部分是不太有問題。但是這一篇對我而言，他其實是在講在這個澎湖離島的離島，母親年輕時代遇到了一樁失落的愛情，因造船廠兒子的懦弱，母親只好跟喜歡她的海巡兵，也就是敍述者「我」的父親結婚，然後搬到南投埔里。整體上重點是放在母親年輕時的失落愛情，但我覺得描寫得最好的其實是外公帶著家人一起出海捕到那個火龜，火龜象徵的詛咒、懲罰與跟她面對的愛情或是被鄉民的歧視，其實是互相呼應。最後的大火是這個小說的高潮，這個很好，對我來說這個故事很完整。只是比較欠缺小說味。

對我而言這個題材很傳統，它只是一個偏鄉離島少女的愛情故事，背後的火龜傳說也太傳統，可以在很多小說裡面看到這樣的象徵，這是我自己對這篇比較過不去的地方。故事很完整，一個年輕女性遭遇到感情的波折，如何艱困走過這一段歷程的這部分，我覺得情感是有到位的。

周：澎湖的方言跟臺灣很多是不一樣的，但我覺得這也沒關係。要拍成電影也是有可行性，有漂亮地方還有浪漫的愛情故事。我後來沒有選它是因爲，這篇其實寫得很有層次，女生的特殊之處是能與神溝通，而火龜不僅是在寫愛情，是寫一種悲劇性的離島故事，但是島民對於生命或是對天地尊敬、崇敬，對大自然崇拜的這部分我覺得不清楚，如果把這條線寫得很清楚的話，例如提到媽祖的部分，也許兩條線交錯會更有層次一點，如果將離島跟神的部分拿掉，它就只是一個簡單的愛情故事。

李：我補充周老師的講法。我覺得火龜的部分，島民對於神明跟火龜的敬畏，他寫得不夠深入。

胡：火龜只出現在最前面跟後面那一幕，然後媽祖就敘述帶過。

李：因爲最後是一場大火造成整個村莊陷入火海，這是火龜的詛咒。詛咒的來源就是對土地跟神明的敬畏，若這一塊沒有寫通透的話，那場大火就很可惜。

周：他文字跟組織能力是不錯的。

〈窄門〉

胡：小說整個主角看起來全部都是原民，主要講的是長官下鄉要找地方長宿休閒造成當地勞民傷財的事件。但我猜測這裡是否有影射漢人跟原民之間的主從地位？因爲文中把窄門拆掉，就是爲了讓大身形的主委出入，拆門對某些種族而言可能會是個忌諱。作者文筆成熟，沒有用很驚悚的情節，平鋪直敘地說出了一些階級地位、社會較下層的原民，會受到位階較高的原民欺迫。小說裡將階級的比較，不只發生在漢人社會，也呈現在原民社會裡。作者沒有使用什麼小說技巧，也沒有用什麼理論或是魔幻，完全樸實呈現原民社會裡的某種現象，還包括所謂的官場現象，平鋪直敘，非常寫實。

李：這一篇我也很喜歡，故事非常簡單，作者抓到一個很厲害有趣的點，從核心輻射出去的人性很精彩，本質上就是一個嘲諷、荒謬的鬧劇。因爲長官突然要下鄉長住，主角未被事先商量而被迫接受任務，然後他的妻子兒女甚至村長，每個人的心態都因此而扭曲，只是全部都發生在原民的環境裡更顯得滑稽。窄門的意象其實是引用了馬太福音，我覺得讓主角心裡不斷地因爲這個窄門而浮現各式各樣的心理小劇場是很好的。但有一兩點是比較可惜的，第一個小說層次不太豐富，他眞的寫得很像素人的文筆，但他也許是個老手可以控制。但對於「窄門」跟整個扭曲的官場、扭曲的心理，我覺得他經營得不是層次很豐富。事件可一層一層螺旋的往下挖，去找出更不一樣的心理層次，挖出更精彩的東西。另一點是小說的結尾稍嫌草率，應該收在一個有力量的地方，讓大家在這個反諷底下有一個省思或辯證的思考。

周：這篇讓我想到〈嫁妝一牛車〉，王禎和描寫的人物，還有那種村莊的氛圍、輿論的壓力讓一個男性的自尊受傷，但這篇因爲沒有心理鋪陳，所以比較單薄。前面引用窄門經文，我覺得不必要，因爲他收得太趕了；如果要引這個，在行文有餘裕狀況下再把宗教元素加進來，衝突性可能會更大。

胡：我覺得作者非常知道參賽規則及評審喜好，會抓題。但就像周老師說的，沒有學到王禎和的那種精神。

〈橋下的灰鸚鵡緊緊挨著避雨〉

周：這一篇很炫，題材吸引人，敘事性也強，當然也不是沒有問題。小說前後銜接突兀。裡頭的中彩券、姊弟情愫，再加上後面的直播行業，裡面展現內容的畫面感，作者是有抓到比較新的一個題材去寫，但前面的東西占較多，後面的直播部分反而沒那麼精彩，但還是會被他的題材吸引。

李：這篇小說散發出來的那種隱隱哀傷的氛圍是很迷人的。這對姊弟像是被雨淋得溼淋淋的小鳥緊緊挨在一起，想要在這個世界上存活下去。這樣的議題剛好選出來幾篇也同樣氛圍。這次的小說裡面很多都呈現了台灣年輕人在都會生存的困境，像這邊是姊姊逃離了修煉的道場的家想要生活下去，〈巢寄生〉是一個中階女性如何往上爬，借著感情去寄生，包括〈甜蜜蜜〉好幾個都有這樣的氛圍，〈上達天聽〉也是類似，就是年輕人到社會遇到一些光怪陸離，無論想要競爭或安身立命但又找不到方法，有些社會的共感氛圍。

這個故事其實暗藏一個核心，面對父親修煉的道場，對這個年輕的姊弟而言，它是一種另類崩壞的家。姊姊逃到另外一個虛無的網路世界去當虛擬主播，其實那個世界也是一個玄妙無解難以依託。這部分的確還算蠻迷人的，剛剛周老師談到的那個空缺，就是道場給姊弟的成長壓力描寫得不清楚，然後在直播的那一塊也沒有一個比較完整的世界觀。這兩處是對兩姊弟最後如何做決定及何去何從有很深的影響。我覺得這部分對我來說會比較可惜。

胡：這篇小說名字蠻有趣的，就是講兩隻小鳥孤苦無依地挨在一起避雨。宗教破壞家庭毀了天倫之樂這件事情在台灣還蠻常見的，而裡面分成兩個世界：一個是父親生活的道場世界，和姊姊逃離後生活的虛擬網路世界，其實兩個都很玄。但是裡面就是像二位所提，有一個空隙沒辦法銜接，尤其是從弟弟突然間跳到小畢的部分沒有銜接得很好。然後兩個人爲了刮刮樂三十萬，可是到最後又跑出個一百六十萬，這中間的數字是哪裡有問題？

李：他們是中了二百萬被扣稅。剛講說姊弟之間的曖昧，我的解讀是，事實上姊姊拿了那一百多萬出去生活，然後在直播行業燒光，但賓士車是她本來寄給弟弟但弟弟不要，這有影射姊弟倆各自的選擇是不一樣的。所以這兩個挨著的小鳥慢慢慢慢就是因爲這樣而分開，以某種悲哀的氛圍來解釋姊弟之間的情感。

〈巢寄生〉

李：剛剛說因爲有很多都是反映台灣當下，在大都會力爭上游的辛酸跟淒苦。這一篇我感覺有點韓國電影《寄生上流》的味道，只是它是女性版，觸及女性想要階級向上流動，在台北都會求生存的悲傷故事。這樣的女性她能夠憑藉的其實就是她的身體，這個身體有時候有用有時沒有用，事情沒有總是按照她的計謀走，所以她的人性慢慢變得扭曲，變成一個帶著一點邪惡心念但能生存的人。小說比較有趣的地方是，它塑造了一個不那麼被認同的女主角，她非常有心機而且展現了很多邪惡的地方，又充分展現了某些人性的複雜度，所以主角其實也不是純粹的邪惡。她母親對她還是有愛，她跟閨密之間還是有友情，甚至有命運共同體的存在。他們之間的拉扯跟複雜，除了愛慾可能也有違反倫常的祕密或是某些女性共同命運。這些部分在這篇小說裡傳達得很好；另外一個好處是隨著故事的發展一直反轉，它有類型片的敘事手法，但本質上其實還是很文學，這是我對它欣賞的地方。

周：我第一個的思考方向就是它能改編成電影嗎？那改編之後它會不會是一個普普的片子？第二個就是若不能改編，它是不是一個值得閱讀的作品？如果這兩個都沒有的話，它就是一個比較尷尬的位置。以改編而言，我會選〈橋下的灰鸚鵡緊緊挨著避雨〉，剛開始用賭博彩券，感覺是蠻誇張的，但起碼它不是很悶的一個題材，它是有發展空間，那個複雜度是電影可以掌握的，也能反映現下臺灣社會的一個狀態。〈巢寄生〉就比較尷尬。

胡：我會投它一票，作者應該有熟看韓劇，有點像是女性的復仇或是女性的力爭上游，這讓我想起早期蕭颯的小說，優點就像志薔講得很清楚，講的是另外一種的寄生上流，小說描寫女性最好的工具就是她自己的身體，還有另外一個最好的工具就是子宮。最後的孩子好像有留住，這對她到底是好事還是壞事不知道，但是我覺得所謂邪惡女性的背後，就是有一個不幸福的成長背景，主角跟母親的關係，很像《逆女》的母親般憎恨自己的女兒，這是一個很奇怪的現代社會現象。作者稍微融合了影視和推理技巧在裡面，就是她竟然找得到那個鑰匙，還有那張支票，這有點是神來一筆，最後雖然她還是沒有得到婚姻，但是她還是有了一個地方可以住，這讓我想到「鳩佔鵲巢」，最後占有了那個窩也完全寄生在裡面。

李：比較難得的是，她雖然是一個好像有很邪惡心機、想要階級流動這樣一個女性，在描述過程中觀眾漸漸理解她背後的辛酸，是不會去太討厭這一個主角。我覺得這個小說的好處，作者沒有塑造完全正面女主角，但確實有辦法讓觀眾對這個角色取得理解跟認同。我覺得這是已經不容易。

胡：這篇小說至少有一個達到高潮的結尾，這是它最大的優點。

〈鬥雞走狗〉

周：這篇妙在其實這題材不太有人寫，但是小說寫到有點入迷、入戲，這一點我是很欣賞的。作者要捕捉台灣的獵奇觀點，就是日據時代的文人，那種公子哥兒的那種生活，並有點走火入魔。鬥雞可能在某個時間點是流行的，對社會風氣有非常大的影響，甚至會讓家庭敗散、國家腐敗，作者想要去捕捉這種風俗，我覺得它是一個風俗，不能稱爲歷史，因爲它沒有一個大的歷史軸線，只是單從《吳新榮日記》讀到這樣子的一個景觀而出，裡面東西人物都是作者設定，他勇敢的去挑戰一個其實不太可能達成的任務。如果他能改編的話，因爲作者的文筆其實還不錯，可以發展成中長篇。

胡：這個小說題目讓我想到新文學時代，裡面的這些文人，還有裡面意義特殊的那個書架，且牽涉到當時的風俗包括詛咒。那個倒敘法是比較吸引我的部分，只是後面結尾沒有特別理想。

李：我其實看不太懂作者的創作性質，雖然他的確寫了當時流行的，而且文筆眞的非常好，很多描述都很生動，也有他的想法。故事從他父親的收購，接著他的父母及女兒過世、妻子重病，本以爲有詛咒，但後來又開啟了另外一段新的故事，突然越變越魔幻，從鬥雞到夜間動物園大亂鬥。我沒辦法理出這個作者的創意，雖然我知道他想要把這些東西兜在一起，我沒有尋出他可以給我的訊息跟意義。從影視化的角度，是有一些有趣的事物，也有很魔幻的氛圍。可是若從主角這個角度來說，我會覺得不夠。在這個敘事線上不是因爲主角主動的慾望產生，都是被外在事物推著走，這不太能夠去支撐這個敘事的動力，這是我覺得比較過不去的地方。

★三票的討論

〈野貓的研究〉

周：其實這個題材很簡單，情欲是其中的重點之一，但在講那種情欲，人跟貓失去了界線或是說，貓性大於情欲。裡面的交纏，原來有兩條線後來交織成了一線，因爲我們看到人貓不分。交織得很巧妙，細節也處理得很好，結構也比較沒有毛病。

李：小說表面上是在講一段失衡的出軌戀情，如同周老師講的，他將女性那種很幽微的精神狀態，都很扣合野貓原始的生存需求跟樣貌。作者比較不俗的處理，是他並未將重心放在一般女性外遇後的內心掙扎、罪惡感、煎熬，只是一味地描寫跟主角有交集的那個虎斑貓、鳥，跟貓生小貓的事。他就回到那很原始的，貓的山野本質，我覺得這部分是很妙的，他生出了另外一種境界。

胡：作者非常的內斂，不將激情完全形容於外，非常的冷靜去寫主角在婚姻或性愛上未獲得滿足，就將激情去做別的事情，比如做野貓研究。

李：這篇我還特別去查了電信蘭到底是什麼，原來是日常看到的龜背芋。我覺得這篇小說第一個是，無論作者是否眞的農家出身，他對種植龜背芋是有做很深入的田調，這一點在寫作上是值得稱讚的。小說主要在寫一個家庭無聲的崩解，還有女主角如何用她堅韌的力量將這個快要崩塌的家庭撐住的這個情感，這個情感很感動我。裡面的情感描寫細膩動人也不張揚，從裡面的細微處都可以體會到這個主角的苦楚，還有她的愛。這個部分是這篇很大的一個優點。

這篇雖然是小說形式，但散文感還是重了點，這我覺得有點不太滿足。家庭是重了一點，但這也是台灣小說很常見的一個特質，不是什麼大問題。我覺得這樣的一個關於家庭崩解的故事，若由是枝裕和或是小津安二郎應該可以拍出一部很好的電影。

周：跟其他篇相比起來他顯得淡了點。我有種龜背芋，它生命力非常的張揚，需要不停的澆水，只要一天不澆它就會枯掉，所以銹病就是這樣，會看到整個綠綠的完全變成咖啡色，它的畫面感是有的。它的確行文間很像散文，但我再看一次時覺得很耐讀，很能反映現在台灣都是這樣，女性因爲都在照顧年老的爸媽而失婚，應該要孝養的兒子卻遠走高飛發展得好，都不會留在鄉下，眞的就是很殘酷的人生現實，後面的安排我覺得滿好的，所以再看一次是很耐讀的。

胡：這一篇作者的情感也非常內斂，不會用很情緒化的文字。我一直在想，作者爲何不直接用龜背芋而是用電信蘭？我揣測是否因爲電信會讓人連想到光電，那其實是一種破壞，一種對環境破壞，也是對很多家庭的一種破壞，這是我自己聯想。所以這個〈銹病〉作者描寫的是植物的病，也描寫的是家庭的生病，這讓我想到王文興的《家變》，用銹病來取代家變的感情。最後作者用一個很好的結束方式，不落俗套。

評審針對以上八篇進行評分，採計分方式，最高以4分計，依次遞減。

■第二輪投票：

（採計分方式，最高以4分計，依次遞減）

・11分〈野貓的研究〉（李④周④胡③）
・10分〈銹病〉⑩分（李③周③胡④）
・4分〈巢寄生〉（李②胡②）
・3分〈橋下的灰鸚鵡緊緊挨著避雨〉（李①周②）

・1分〈苦嶼〉（周①）

・1分〈窄門〉（胡①）

得最高票的〈野貓的研究〉因會後發現有違時報文學獎徵文辦法的規定，致作品參賽無效，經三位評審再次討論後決定，第四十四屆時報文學獎影視小說類首獎從缺，其餘作品維持獎次，分別爲〈銹病〉得到二獎，佳作爲〈巢寄生〉、〈橋下的灰鸚鵡緊緊挨著避雨〉。恭喜所有得獎者。

世界上最適合愛情的人：第四十四屆時報文學獎得獎作品集 / 盧美杏主編 . -- 一版 . -- 臺北市：時報文化出版企業股份有限公司 , 2023.12
面；　　公分 . -- (新人間 ; 403)
ISBN 978-626-374-637-4((平裝)

1. 華文創作 2. 文學獎作品集
863.3　　112019258

ISBN 978-626-374-637-4
Printed in Taiwan

新人間 403
世界上最適合愛情的人：第四十四屆時報文學獎得獎作品集

主編　盧美杏｜**編輯**　謝翠鈺｜**校對**　王大貴｜**企劃**　陳玟利｜**封面設計**　楊艷萍｜**封面字體**　吳雙如｜**美術編輯**　SHRTING WU｜**董事長**　趙政岷｜**出版者**　時報文化出版企業股份有限公司　108019 台北市和平西路三段 240 號 7 樓　**發行專線**—(02)2306-6842　**讀者服務專線**—0800-231-705．(02)2304-7103　**讀者服務傳真**—(02)2304-6858　**郵撥**—19344724 時報文化出版公司　**信箱**—10899 台北華江橋郵局第九九信箱　**時報悅讀網**—http://www.readingtimes.com.tw｜**法律顧問**　理律法律事務所　陳長文律師、李念祖律師｜**印刷**　勁達印刷有限公司｜**一版一刷**　2023 年 12 月 1 日｜**定價**　新台幣 420 元｜缺頁或破損的書，請寄回更換

時報文化出版公司成立於 1975 年，並於 1999 年股票上櫃公開發行，
於 2008 年脫離中時集團非屬旺中，以「尊重智慧與創意的文化事業」為信念。